長相思

卷五

生相依，死相隨

桐華 著

長相思

卷五

生相依，死相隨

目錄

第三十四章

長路漫浩浩

七十多年的光陰，看似彈指剎那，
可那一日日、一夜夜的痛苦都是肉身一點一滴地熬過。
終於、終於，他光明正大地站在了她面前。

顓頊來小月頂看小夭時，小夭坐在廊下繡香囊，黑色的錦緞，用金線繡出一朵朵小小的木犀花，一針一線十分精緻，已經就要做完。

顓頊等她繡完最後一針，稀罕地問：「妳怎麼有性子做這些東西了？」

小夭說：「一舉兩得。針法也是醫技，可以來縫合傷口，多練練，讓手指更靈活些，病人少受點苦。」

「還有一得呢？」

小夭笑說：「我打算繡好後，送給璟。」

顓頊愣住，半晌後問：「妳……妳和他又在一起了？」

小夭搖搖頭，「沒有。」

「那這……算什麼？」顓頊指著小夭手裡的香囊。

「我上次去青丘探望他，發現他病得不輕，如果再不及時醫治，只怕活不過百年。我現在只是他的醫師。」

顓頊沉默地坐著，無喜無怒，十分平靜。

小夭卻覺得有些心驚，叫道：「哥哥？」

顓頊笑起來，溫和地說：「妳繡完這個香囊給我也繡一個，繡鳳凰花，我倆最喜歡的花。」

小夭爽快地應道：「好。」

小夭去看璟，發現璟的身體在康復中，對胡珍滿意地說：「很好！」

胡珍道：「這段日子，族長氣色轉好了許多，幾個長老都不斷誇我醫術精湛，我也只好厚著臉皮接受了。」

小夭說：「本來就有你的一半功勞。」

小夭把做好的木犀花香囊拿給璟，裡面裝了一顆蜜蠟封著的藥丸，「這顆藥丸是個防備，危急時刻，能暫時續住一口氣。」

以小夭的身分和醫術也只能煉製一顆的藥丸，可想而知珍貴程度，璟仔細收好，「不要擔心，我會很小心。」

小夭嘆道：「事情一日沒解決，一日不能放心。」

璟說：「我大半時間都在軹邑，只有處理族中的事務時才會回去。」

小夭勉強地笑了笑，「那最好了。」

璟不想讓小夭老想這些不開心的事，問道：「妳在五神山玩得高興嗎？」

小夭笑了，「父王年少時肯定不是個老實人，他那釣魚、烤魚的技術我都甘拜下風，明顯吃喝玩樂樣樣精通。」

小夭和璟聊了幾句，告辭離去。璟雖然心裡不捨，卻沒有挽留，目前這樣已經很好，他不能再奢望更多。

回到小月頂，小夭想起答應了顓頊，要給他做個鳳凰花的香囊，開始在絹帛上描摹鳳凰花。

顓頊來小月頂時，看到小夭屋內各種形狀的鳳凰花，不禁笑起來。

小夭說：「我實在沒什麼繪畫的天賦，你快幫我畫幾個花樣子。」

顓頊不樂意地說：「我不畫，難道妳送璟的香囊也是讓他給妳畫的花樣子嗎？既然是妳送我的東西，自然從頭到尾都要是妳的心意。」

小夭又氣又笑，「你可真夠挑剔的！好，我自己畫！」

顓頊站在小夭身後，看了一會，無奈地嘆氣，「妳啊，可真夠笨的！」他握住小夭的手，教小夭畫，「妳這裡就不能稍微輕一點嗎？手腕放鬆，柔和一些，妳畫的是鳳凰花，不是鳳凰樹……」

顓頊一邊教，一邊訓。剛開始，小夭還笑嘻嘻地還嘴，後來被顓頊訓惱了，把顏料往顓頊臉上抹去。

顓頊邊躲邊笑，時不時偷襲一下小夭，「瞧瞧妳這點出息，從小到大都這樣，自己做不好，還不許人家說！」

「你有出息得很！人家哥哥都讓著妹妹，就你小雞肚腸，怪我笨，你怎麼不怪自己笨，不會教人呢？」

兩人吵吵鬧鬧、嘻嘻哈哈地鬧成了一團。

黃帝從窗外經過時，駐足笑看，只覺依稀彷彿，又看到了兩個在鳳凰樹下追逐嬉鬧的孩子。自從昌意戰死，兒媳在顓頊面前自盡，一夜之間顓頊就長大了，眼中有著銳利的寒冷，像個大人一般不苟言笑，只有和小夭在一起時，他才會又像個孩子。這麼多年後，經過重重磨難，顓頊早已把外露的銳利藏了起來，眾人看到的顓頊，不管什麼時候都喜怒不顯、溫和平靜，可當他和小夭在一起時，依舊像個孩子一般又鬧又笑。

黃帝嘆氣，顓頊和小夭，手心、手背都是肉，傷了哪個他都捨不得，可這世上的事，自古難兩全。他暗問，難道是我老了嗎？當年兵臨城下、四面危機時，都沒像現在一樣左右為難。

黃帝又嘆了口氣，踱著步子，走開了。

晚上，小夭躺在榻上，一邊想著意映和篌，一邊無意地把玩著魚丹紫。

燈光下，晶瑩剔透的魚丹紫散發著柔和光芒，珊瑚一邊幫小夭拉帳子，一邊竊笑。

小夭嗔了她一眼，「妳偷笑什麼呢？」

珊瑚忙道：「沒、我沒笑什麼，就是覺得這魚丹紫挺稀罕，以前我見過一枚紅色的魚丹，沒這塊大，也沒這塊純淨。」

小夭說：「我以前也見過一枚紅色的魚丹，比這塊大，沒有一絲雜質，十分好看。」

珊瑚打趣道：「王姬若喜歡，讓塗山族長買來送給妳了！」

小夭瞪珊瑚，珊瑚笑做了個鬼臉，「王姬睡了嗎？我熄燈了。」

「嗯。」

珊瑚把海貝明珠燈合攏，屋內變黑。

小夭握著魚丹紫，閉上了眼睛，腦中卻不自禁地想起了當年在海上的事——

那次出海玩，她和璟獨自在船上待了一夜，可除了顓頊，沒有一個人留意到。現在想來，豐隆對男女情事從不上心，根本不會多想；馨悅忙著和顓頊調情，無暇注意；篌和意映……只怕那一夜，篌和意映也在私會。當時，璟剛回去不久，意映應該正在和篌鬧彆扭，為了氣篌，才刻意對璟十分溫柔體貼。

小夭禁不住嘆了口氣，原來一船人，除了豐隆，都別有心思，所以誰都沒留意到誰的異樣。

那一日，篌最晚歸來。他驅策魚怪從朝陽中飛馳而來，繞著船轉了好幾個圈，當著一船人的面殺了魚怪，取出魚丹紅。那枚魚丹紅晶瑩剔透、璀璨耀眼，連見慣寶物的馨悅都動了心，開口索取，出手大方的篌卻沒有給馨悅。

小夭雖然沒想擁有，可也忍不住盯著看了一會，好奇地打聽是什麼寶石，璟看出她心動，才贈送了這枚魚丹紫。

船上的三個女子，只有意映從頭到尾沒有流露出對魚丹紅的一絲興趣，甚至連看都沒有多看一眼，這不太符合意映的性子。意映壓根不看，並不是不喜歡那枚魚丹紅，而是因為她知道篌會把那枚美麗的寶石送給她。

篌當眾殺死魚怪，取出璀璨耀眼的寶石，就如同勇猛的雄獸當著雌獸的面獵殺獵物，這是一種對雌獸的示愛求歡。朝陽中，駕馭著魚怪的男兒，身姿矯健，瀟灑倜儻，充滿了男性的陽剛魅力，讓意映情動神搖，其實，篌在變相地羞辱璟，當著璟的面，讓璟的未婚妻看看他比璟強了多少，讓璟的女人為他臣服。

篌的折磨羞辱，沒有擊垮璟，篌也沒有辦法在權力的角逐中勝過璟，他透過征服璟的女人來證明自己比璟強。璟的貼身侍女蘭香為了篌背叛璟，璟的妻子也因為喜歡篌而背叛璟……

小夭猛地坐了起來，「可惡！」

第二日，清晨，小夭急急忙忙地去找璟。

璟正要出門，駕車的胡啞面色難看。

看到小夭，璟讓胡啞等著，自己陪小夭進去，「怎麼突然來了，有事嗎？」

小夭摘下帷帽，「我不是找你的，我要見靜夜。」

璟道：「靜夜在屋內，我陪妳去見她。」

小夭說：「你去忙你的事，我有話單獨和靜夜說。」

「那我儘快回來。」

小夭笑了笑，沒有說話，轉身就往裡去了。

靜夜正在屋內和胡珍說話，小夭走進去，靜夜行禮道：「王姬來了，公子呢？」

小夭問：「我看胡啞神色不對，怎麼了？」

「昨兒晚上，一個保護族長的侍衛悄悄給公子吃的藥裡投毒，幸虧王姬上次提醒過我們，我們都格外小心，沒讓他得手。投毒的侍衛沒等幽審問，就服毒自盡了。那個侍衛和胡啞一起長大，胡啞心裡很難受。」靜夜嘆了口氣，「這種感覺真可怕，上一刻還是彼此信賴的夥伴，下一刻卻成了舉刀相向的敵人。胡珍說藏在暗中的敵人就是要我們惶惶不安，連最親的人都去懷疑，幸好公子心大，竟然絲毫沒受影響，還一直寬慰胡啞。」

小夭的臉色也難看起來，意映和篌已經開始行動了！

胡珍說：「雖然我從沒告訴任何人族長的病情，但那兩人不是傻子，恐怕早已清楚，一直等著族長病發，但這幾個月來，族長的氣色明顯好轉，長老都已經看出來，他們自然也能看出來。我想，昨夜的投毒只是開始。」

胡珍的眼睛一眨不眨地盯著小夭，小夭明白他想說什麼，對他說：「你放心，我不會讓別人傷害到我的病人。」

胡珍鬆了口氣，作揖行禮，「有勞王姬了。」

小夭說：「我有話和靜夜說。」

胡珍看了靜夜一眼，退了下去。

小夭坐到璟平日坐的主位，盯著靜夜。

靜夜被她盯得毛骨悚然，問道：「王姬想吃了奴婢嗎？」

小夭說：「我問妳話，妳老實交代，否則，我說不定真會吃了妳。」

璟向來溫和有禮，對她從未疾言厲色過，靜夜心裡有些不舒服，可知道小夭在璟心中的分量，只能不卑不亢地說：「能說的奴婢自然會說。」

小夭說：「妳告訴我，篌有沒有送過妳禮物，有沒有對妳示過好，有沒有勾引挑逗過妳？」

靜夜的臉刷一下全紅了，「王姬懷疑我背叛了公子嗎？我沒有！」

「妳回答我的問題，篌有沒有勾引挑逗過妳？說實話！」

靜夜咬著嘴唇，半晌後，點了點頭。

「妳的身子可被他玷辱了？」

靜夜眼中含著淚花，「有一次差點，奴婢以死相抗，他才放過了奴婢。」

「妳對篌動心了嗎？」

靜夜立即說：「公子失蹤後，我就一直懷疑是篌做的，怎麼可能對他動心？只有蘭香那個糊塗蟲才會把篌的虛情假意當成真，竟然不惜把自己的命搭進去。」

「既然妳沒有對他動心，為什麼不把這些事告訴璟？」

靜夜忍著淚說：「我在外人面前再有體面，也不過是塗山家的婢女，篌公子看上我，那是我的福氣，我能抱怨嗎？何況，那種事情……我一個女子如何啟口對公子說？」

小夭思量地盯著靜夜，靜夜抬手對天，「我發誓，絕沒有做對不起公子的事。我、我……已經有喜歡的人，絕不可能喜歡篌。」

「妳喜歡誰？」

「胡珍。公子為王姬昏睡了三十七年，我和胡珍一起照顧了公子三十七年，那種絕望地看著公子的生命日漸消失的感覺十分可怕，是胡珍陪著我一起走了下來。他不像篌……不會甜言蜜語，老是呆呆笨笨的，可他讓我心安。在他身邊，我知道，就算天塌了，他也會陪我一起扛。」

胡珍呆呆笨笨嗎？小夭可一點沒覺得，明明是個好聰明的人。女人也只有真心喜歡了，才會把呆呆笨笨四個字都說得滿是柔情蜜意。

小夭問：「篌現在還騷擾妳嗎？」

「沒有了，自從公子接任族長後，篌再沒對我說那些混帳話、做那些混帳事。後來，篌知道我對胡珍有情，他也沒有惱，反而賞了我一套玳瑁首飾。」

小夭露了笑意，說：「我相信妳。其實，我本來就不覺得妳會背叛璟，只不過想要問清楚，畢竟妳瞞著璟是不對的，不過，妳說的也很有道理，這種事的確不可能拿出來說，尤其太夫人還在時，一個不小心，太夫人一句話就能把妳賞給篌。」

靜夜鬆了口氣，抹去臉上的淚，「謝謝王姬能體諒奴婢的難處。」當年她也正是有這層顧慮，生怕做了第二個藍枚，無論如何都不敢開口。

小夭撐著下巴，沉思著。

靜夜輕聲叫：「王姬？」

小夭揮揮手，「妳忙妳的，我在思索一些事。」

靜夜安靜地退出屋子。

小夭琢磨著篌的心思，靜夜的拒絕就是在告訴篌，他不如璟，這是篌無法容忍的，所以他一直沒放棄糾纏，只不過，他發現了靜夜喜歡的是胡珍，即使勾引到靜夜，贏的是胡珍，而不是璟，篌自然對靜夜就沒了興趣。篌竟然真的是在透過征服「璟的女人」去證明他比璟更好！既然篌有這種心思，他不可能放過意映，畢竟相比蘭香和靜夜，意映才是最有分量的證明。

回想過往意映的一些異常舉動，意映肯定是真心喜歡篌，可篌對意映究竟幾分是真情，幾分是洩憤？

璟一直想化解篌的怨恨，卻不知道篌的心理已經扭曲，從虐待璟，到爭奪族長之位，甚至搶奪「璟的女人」，他只是想證明自己比璟強。可那個從他出生起就否認打擊他的女人已經死了！永不可能看到他的證明！

小夭嘆氣，如果璟的母親知道她親手釀造的這杯毒酒要兒子一點一滴地吞下去，她可會對少時的篌好一點點？小夭再沒有一刻比現在更能理解璟不忍對篌下手的原因，但璟已經退讓了太多，她不能再允許篌傷害璟。

璟走進屋子時，看到小夭撐著下頷，皺著眉頭，歪頭思索著什麼。斑駁的陽光將她的身影照得半明半暗，幾縷烏黑的髮絲散在臉頰旁，襯得她的面龐細膩柔和，猶如一株含苞待放的玉蘭花。

璟靜靜地看著她，只覺那陽光照在小夭的身上，卻透到了他的心底，讓他如同喝了酒，有一種暖熏熏的沉醉感。

璟慢慢地走過去，小夭兀自沉思，直至璟到了身前，她才驚覺，抬起頭，看是璟，她笑了。那笑意先從心底透到漆黑的眼眸裡，又如煙霧一般從眼眸散入眉梢眼角，再從眉梢眼角迅速暈開，整個臉龐都舒展了，最後，才嘴角彎起，抿出一彎月牙。

笑意綻放的剎那，是令人驚豔的美麗，而這種美麗的綻放，只是因為看到了他。璟覺得心被裝得滿滿的，忍不住歡喜地呢喃：「小夭！」

小夭笑問：「怎麼這麼快就回來了？事情處理完了？」

「把要緊的事處理完了，不要緊的先擱一擱。」璟坐到小夭對面，「剛才在想什麼？」

小夭自嘲地說：「我能想什麼呢？我這種人，要麼什麼都不想，稀里糊塗；要麼就是滿肚子壞主意。璟，你能答應我一件事嗎？」

「妳說。」

「相信我！不管發生什麼，都無條件地相信我！」

「我答應。」

小夭似乎仍有些不放心，再一次叮嚀道：「不管看到什麼、聽到什麼，都閉起眼睛，先問問自己的心。」

璟說：「妳放心，我以前答應過妳的事，都沒做到，這次，我一定會做到！」

小夭笑了笑，「好，我等著看。」

傍晚，顓頊來小月頂時，小夭向他打聽，「最近有沒有哪個妃嬪有點什麼喜事要慶祝啊？比如生辰啊，娘家有人升職什麼的？」

「妳想做什麼？」

「我想有個水上的宴會，最好能在船上，開到大湖裡去。」

顓頊叫：「瀟瀟。」

瀟瀟走了過來，顓頊問：「王姬要一個水上的宴會，讓誰去辦適合？」

瀟瀟回道：「方雷妃在河邊長大，每次宴席都喜歡設在水邊。再過十幾日，正是大鏡湖的垂絲海棠開得最好的時候，可以讓方雷妃以賞花為名邀請眾人聚會。」

小夭笑著點頭，「這樣好，一點都不會讓人生疑。」

瀟瀟問：「王姬想請誰？奴婢去安排。」

小夭說：「璟、防風意映、塗山篌、離戎昶，別人我不管，但這四人一定要請到。」

瀟瀟說：「奴婢記住了。」

小夭說：「瀟瀟，謝謝妳。」

「王姬太客氣了。」瀟瀟行禮，告退。

顓頊問小夭，「我還以為妳不想看到防風意映，妳想做什麼？」

「我想做壞事，所謂壞事就是只能自己偷偷幹，誰都不能說。」

顓頊笑道：「好啊，那天若有空，我去看看妳會做什麼。」

仲春之月，方雷妃在神農山的大鏡湖設宴，邀請賓客遊山玩水、觀賞垂絲海棠。

方雷妃邀請不少客人，準備了七八艘大小不一的船隻，喜歡熱鬧的客人可以坐大船，喜歡清靜的可以坐小船。船沿著蜿蜒水道，迤邐而行，賓客可以賞湖光山色和溪地邊的垂絲海棠，若想近玩，隨時可以讓船靠岸，由山澗小徑走進海棠花海中。

小夭如今在大荒內十分有名，可她深居簡出，沒幾個人能見到她。這次來赴宴，幾乎人人都盯著小夭，想看清楚這個在婚禮上跟個浪蕩子奔逃的王姬究竟長什麼模樣。

方雷妃命貼身婢女去請眾人上船，大概怕小夭尷尬，和小夭同船的人很少，要麼是熟人，要麼是親戚——璟、防風意映、篌、離戎昶、西陵淳、淳的未婚妻姬嫣然、方雷妃、還有方雷妃的妹妹方雷芸。

方雷妃和意映坐在榻上，拉著話家常，方雷芸陪在姐姐身旁，說的少，聽的多，很是文靜有禮。姬嫣然也是大家閨秀的樣子，面帶笑意，陪坐在意映的下首。璟、昶、篌、淳四個男子都站在船尾，一邊聊天，一邊拿著釣竿釣魚。小夭獨自倚著船欄，欣賞風景。

衵看到小夭，不停地用胳膊肘搥璟。璟沒有動，衵索性拽著璟走到了小夭身旁。

衵大剌剌地說：「王姬，要不要再考慮一下我的兄弟？」

小夭側身倚著欄杆，笑而不語。

衵說：「妳拋棄了豐隆，被防風邶毀了名聲，想再找個像樣的男人可很難了，我這兄弟對妳一往情深，妳不如就跟了他吧！」

小夭用手攏了攏頭髮，笑吟吟地說：「他對我一往情深嗎？我看不出來。」春衫輕薄，勾勒得小夭身段玲瓏，漫不經心的慵懶，有一種天真的嬌媚，猶如那水邊的垂絲海棠，無知無覺地綻放在春風裡。

衵幾乎要咬牙切齒了，「璟還要怎麼對妳，妳才能看出來？」

小夭咬著唇，想了瞬，指著遠處的岸邊，說道：「我想要一枝海棠花。」

衵剛想說「這還不簡單」，就聽到小夭笑著說：「不能用靈力法術，我想要的是親手摘下的海棠花，現在就要。」

衵愣住了，這事很小、很簡單，可世間的事不是很小、很簡單，就真的容易做了，所以往往最簡單的事卻是最難做到的。衵看了看意映和方雷妃那邊，又看了看篌和淳那邊，再看看湖上別的船隻，乾笑道：「王姬，妳這不是故意刁難人嗎？」

小夭不說話，只是笑意盈盈地看著璟。

衵還想再勸，撲通一聲，璟跳下了船，向著岸邊游去。

這一聲驚動了聊天的四個女人，都站起來。方雷妃驚問道：「塗山族長？發生了什麼事？」
小夭笑嘻嘻地說：「塗山族長去摘海棠花。」
自離戎昶拉著璟走到小夭身旁，篌看似在和西陵淳釣魚，暗中卻一直留意著璟。昶和小夭的對話，他聽得一清二楚。篌知道璟對小夭有情，卻沒想到璟為了小夭真的什麼都不在乎。
其他船上的人雖然不知道璟為何突然跳進水裡，可看到一向舉止有禮的塗山族長做此怪異舉動，也都停止了談笑，全盯著璟瞧。
有和璟相熟的人揚聲問道：「塗山族長，需要我等效勞嗎？有事請儘管吩咐。」
璟一邊游水，一邊溫和地回道：「多謝，不過此事需要我自己去做。」
眾人七嘴八舌地問：「什麼事需要族長親做？」
璟坦然回道：「摘花。」
眾人愕然，繼而哄笑起來。
昶趴在欄杆上，雙手無力地遮住眼睛，好似不忍再看，他惡狠狠地問小夭：「妖女，這下妳可滿意了？」
璟游到岸邊，選了一枝開得最好的海棠花摘下，又從岸邊游回來。
當他渾身濕淋淋地躍上船時，所有人都看向他手裡的垂絲海棠花，柔蔓輕舒，綠葉滴翠，垂英裊裊下，十幾朵海棠花吐露芬芳，花姿嬌美，色澤紅豔。
璟把海棠花遞給小夭，小夭抿著笑，隨手摘下了最美的兩朵，簪在鬢邊，將剩下的花枝繞在腕上，做了海棠花臂釧。

眾人本來以為塗山族長摘花是為了防風意映，都在善意地哄笑，此時笑聲戛然而止，全都盯著小夭。

離戎昶高聲笑道：「我們和王姬打賭打輸了，賭約就是不用靈力法術，親手摘下海棠花，我想賴帳，璟卻一板一眼，認賭服輸！」

眾人都知道離戎昶的荒唐不羈，笑著打趣幾句，也就散開了。和小夭同船的幾人卻知道，根本不是什麼玩鬧的賭約。

小夭舉起手臂，笑問璟：「好看嗎？」

璟點了下頭，一旁看得目瞪口呆的幾個女人也不得不承認，很好看。姬嫣然甚至悄悄瞟了眼淳，幾分惆悵地想，原來世間最美的首飾不是那些珠玉，而是有情人摘下的幾朵野花。

小夭對璟說：「小心身子，快把衣服弄乾了。」說完，她像什麼事都沒發生一樣，婀婀婷婷地走開了。

意映的臉色十分難看，所有人都尷尬地站著，小夭卻一臉泰然，站在船頭，和珊瑚一邊竊竊私語，一邊欣賞風景。

方雷妃定了定神，笑道：「各位來嘗嘗小菜，這幾道小菜都是我從家鄉帶來的廚子做的，若不喜歡，嘗個新鮮，待會還有主菜，若喜歡，就多吃點。」

眾人心神不寧地坐下，食不知味地嘗著婢女端上的小菜。

篌含著絲笑，打量小夭，也許是因為流落民間多年，這女子雖然身分尊貴，性子卻和貴族女子截然不同，像是野地裡的罌粟花，野性爛漫、不羈放縱，難怪敢當眾拋棄豐隆，和防風邶鬼混。防風邶死了，也不見她難過，反而又挑逗著璟。

完美出色的璟向來冷冷清清，無欲無求，人人夢寐以求的族長之位他壓根不在乎，姿容絕麗的防風意映他也不屑一顧，連用藥都無法誘逼他和意映親熱，可璟卻對這朵罌粟花動了情、上了心、有了欲。

篌自小喜歡狩獵，越是危險的妖獸他越喜歡，因為越危險，征服時的快感也越強烈。

湖上行來一艘船，眾人起先都沒在意，待船艙內的人走出來時，才發現竟然是王后馨悅和赤水族長豐隆，方雷妃他們全都站了起來。

馨悅和豐隆躍上了船，方雷妃和其他人都向馨悅行禮。小夭開始頭疼了，縮在眾人身後。

馨悅對方雷妃笑道：「聽說妳在湖上賞花，所以來湊個熱鬧，希望沒有擾了你們的雅興。」

方雷妃笑說：「王后來只會讓我們興致更高。」

馨悅的視線越過眾人，盯向小夭，「真是沒想到王姬居然也會來。」

小夭不知道該怎麼回答，就什麼都沒回答。

馨悅對豐隆說：「哥哥，這應該是那場鬧劇婚禮後，你第一次見王姬吧？」

豐隆看了小夭一眼，一聲未吭。

小夭已經明白今日馨悅是特意為她而來，她可以完全不理會馨悅，但小夭覺得對不起豐隆，如果這樣能讓豐隆解氣，她願意承受馨悅的羞辱。

馨悅走到小夭身邊，繞著她走了一圈，嘖嘖嘆道：「都以為王姬對防風邶深情一片，卻不想防風邶死了不過幾個月，王姬就來宴飲遊樂，一絲哀戚之色都沒有。」

馨悅對意映說：「妳二哥算是為她而死，可你看看她的樣子！碰到這麼個涼薄水性的女人，我都替妳二哥不值，難為妳還要在這裡強顏歡笑。」

馨悅笑對豐隆說：「哥哥，你該慶幸，幸虧老天眷顧赤水氏，沒讓這種女人進了赤水家！」

豐隆陰沉著臉，沒說話。

昶乾笑兩聲，想岔開話題，說道：「大家都是來賞花的，賞花就是了！」

馨悅笑指著小夭手腕上的花，「這不就有海棠花可賞嗎？王姬竟然打扮得如此妖嬈，這嬌滴滴的海棠花不知道是戴給哪個男子看的？又打算勾引哪個男人……」

璟擋到了小夭身前，「這是我送她的花，王后出言，還請慎重。」

馨悅掩嘴笑，「哦——我倒是忘記你們那一齣了。現在倒好，反正也沒有正經男人會要她了，塗山族長帶回去，做個妾侍倒也不錯，只是要看緊了，要不然誰知道她又會跟哪個男人跑了呢？」

璟要開口，小夭拽了他的衣袖一下，帶著懇求，搖搖頭，璟只得忍下。

「快看看，快看看！」馨悅嘆氣，「意映啊意映，妳倒真是大度，人家在妳眼前郎情妾意，妳居然一言不發，難道妳還真打算和這個害死了妳二哥的女人共侍一夫嗎？妳好歹是夫人，拿出點氣魄來……」

「王后打算拿出氣魄做什麼？」不知何時，顓頊上了船，正笑走過來。

眾人紛紛行禮，顓頊越過了眾人，笑拉起方雷妃，問道：「海棠花可好看？」

方雷妃恭敬地回道：「好看，陛下可要一同賞花？」

顓頊笑，瞅著方雷妃打趣道：「人比花嬌，海棠花不看也罷！」

方雷妃的臉色泛紅，馨悅的臉色發白。

顓頊對小夭招招手，小夭走到他面前，他從小夭的髻上摘下海棠花，海棠花在他手上長成了一枝嬌豔的海棠，顓頊想把花枝繞到方雷妃的腕上，做一個像小夭腕上戴的臂釧，卻沒繞好，顓頊笑起來，把花枝遞給小夭，「這種事情還是要妳們女人做。」

小夭把花枝繞在方雷妃的手臂上，幫方雷妃做了個海棠花釧，顓頊道：「好看！」

方雷妃向顓頊行禮，「謝陛下厚賜。」

小夭也向顓頊行禮，「陛下，我有些頭疼，想先告退了。」

顓頊說：「正好我要去見爺爺，和妳一起走。」

顓頊對方雷妃和其他人說：「你們繼續賞花吧！」顓頊已經要走了，忽又回身，低下頭，在方雷妃的耳畔低聲吩咐兩句，方雷妃羞笑著點了下頭。

小夭和顓頊乘著小舟，離去了。

方雷妃笑著招呼大家繼續賞花遊玩，馨悅臉色不善，幾欲發作，方雷妃卻當作什麼都沒察覺，談笑如常。方雷妃和淑惠那些來自中原氏族的妃子不同，她屬於軒轅老氏族，對馨悅看似恭敬，卻無一絲懼怕。

意映惱恨剛才馨悅羞辱小夭時，連帶著踩踏她，此時，笑對方雷妃說：「陛下對王妃可真是寵愛，剛才在船上那一會，眼裡只有王妃，再無他人。」

方雷妃抬起手腕，看了看海棠花臂釧，盈盈一笑，什麼都沒說。

馨悅羞惱難堪，顓頊從來到走，看似一點都沒有責備她，可他當著所有人的面對她視而不見，狠狠地落了她的面子。馨悅只覺滿目的海棠花都在嘲笑她，她想要立即逃離。

豐隆傳音道：「我之前就和妳說，不要來，妳非要來。現在既然來了，就不能走。妳跑了，人家在背後會說得更難聽，妳若無其事地撐下去，別人能想到的是，不管顓頊怎麼寵別的女人，妳卻是王后，根本無需爭寵。」

馨悅只能忍著滿腔憤怒，做出雍容大度的樣子，繼續和眾人一同賞花遊玩。

待小船開遠了，顓頊立即開罵，狠狠地戳了戳小夭的頭，「妳幾時變成豬腦子了？馨悅罵妳，妳不會還嘴？妳就算有這份好脾氣，用到我和爺爺身上行不行？怎麼不見妳對我好一點？每次說妳兩句，立即牙尖嘴利地還嘴！對著個外人，妳倒變得溫吞乖順起來，我告訴妳，下次若讓我再碰到了，我先收拾妳個不爭氣的東西！」

小夭低著頭，沉默。

顓頊斥道：「說話啊！妳啞巴了？」

小夭無奈地攤手，「你不是怪我平時牙尖嘴利嗎？我這不是在溫吞乖順地聽你訓斥嗎？」

「妳……」顓頊氣得狠敲了小夭一下，「有和我較勁的本事怎麼不用在對付外人身上？」

「我和豐隆的事……我還是覺得對不起他，馨悅要罵就讓她罵幾句吧，正好讓豐隆解一下氣。」

「對不起？有什麼對不起的？我和妳父王該對赤水氏做的補償都做了，該說的好話也都說了，豐隆如今一人之下、萬人之上，得到的利益都實實在在，損失不過是別人背後說幾句閒話！不要說日後，就算現在，他想要什麼樣的女人沒有？可妳呢？妳可是名譽盡毀，這件事裡吃虧的是妳！」

小夭說：「就這一次吧！如果下次馨悅再找我麻煩，我一定回擊。」

顓頊冷哼，「和我說做壞事，我以為妳要禍害誰，特意抽空，興致勃勃地趕來看熱鬧，結果看到妳被人禍害。」

小夭展開雙臂，伸了個懶腰，笑道：「我的壞事才撒了網，看他入不入網，入了網，才能慢慢收網。回頭一定詳細告訴你，讓你看熱鬧。」

顓頊只覺小夭臂上的海棠花刺眼，屈指輕彈了下中指，小夭腕上的海棠花釧鬆開，落入了水中，「哎，我的……花！」

小夭想撈，沒撈到，花已經隨著流水遠去，她滿臉懊惱。

顓頊不屑地說：「幾朵破花而已，回頭妳要多少，我給妳多少。」

小夭悄悄嘀咕，「不一樣……」

幾日後，小夭和珊瑚走進塗山氏的珠寶鋪子。

小夭戴著帷帽，夥計看不到小夭的容貌妝扮，可看珊瑚耳上都墜著兩顆滾圓的藍珍珠，立即熱情地招呼她們，請她們進內堂。

婢女奉上香茗，老闆拿出一套套珠寶給小夭和珊瑚看，小夭靠在坐榻上，隨意掃了一眼，就看向窗外，顯然沒有一件瞧得上。珊瑚挑了半晌，選了一個七彩魚丹做的手釧，這種魚丹色澤絢麗，看著好看，實際在魚丹裡是下品，但這條手釧上的魚丹色澤大小幾乎一模一樣，要從上千顆魚丹中挑選出，能成這條手釧也是相當難得。

小夭讓老闆包起手釧，打算結帳離開。

篌挑簾而入，笑道：「王姬不給自己買點東西嗎？」篌對老闆揮了下手，老闆退了出去。

小夭懶洋洋地說：「只是閒著無聊，帶珊瑚出來隨便逛逛。」

篌說：「真正的好東西，他們不敢隨便拿出來，王姬，看看有沒有喜歡的。」

兩個婢女進來，將一個個盒子放在案上。

篌打開了一個盒子，裡面是一套玳瑁首飾，好的玳瑁雖然稀罕，可對小夭來說並不稀罕，難得的是這套首飾的做工，繁複的鏤空花紋，配以玳瑁的堅硬，有一種別致的美麗。

小夭拿起看了一下，讚道：「塗山氏的師傅好技藝，比宮裡的師傅不遑多讓。」說完小夭又放了回去。

篌打開另一個盒子，拿起一根花絲蓮花簪，說道：「這支小小的七瓣蓮花簪，要一千八百根金絲做成，每片蓮花瓣上就有二百多根金絲，經過掐、填、攢、堆、壘、織、編，數道工藝才能把本來冰冷的金絲變成這朵美麗的蓮花，裝點女子的髮髻。光編絲這一項工藝就相當於一個女人天天編辮子，編了六十年。」篌又拿起一條鏨花紅綠寶石項鍊，「這條項鍊用了四十八顆寶石，取四平八穩之意，平刻、陽鑒、抬、採、鏤空、雕琢、打磨、鑲嵌共二十八道工序，從選料到完工，花費了兩個師傅十年的時間。兩個師傅十年的心血為一個女子奉上一瞬的美麗。」

篌隨手拿起一件件首飾，向小夭介紹，他講得仔細，小夭聽得也仔細。

小夭不禁問：「你怎麼對這些首飾這麼瞭解？」

篌笑道：「這些首飾都是我設計，從選料到挑選合適的師傅，我一手負責。」

小夭是真有點意外驚嘆，不禁細看了篌幾眼。

篌道：「沒什麼好驚嘆，塗山氏是做生意的，珠寶是所有生意中風險最大的幾個，我從小下了大工夫，妳若花費了和我同樣的工夫和心思，做的不會比我差。」

小夭說：「首飾看似冰冷，實際卻凝聚著人的才思、心血、生命，所以才能裝點、襯托出女子的美麗。」

篌鼓了兩下掌，「說得好！不過我看妳很少戴首飾。」

「我以前有段日子過得很不堪，能活下來已經是僥倖，我對這些繁碎的身外之物，只有欣賞之心，沒有占有之欲。」

篌挑了挑眉頭，「很特別。」

小夭自嘲地說：「其實沒什麼特別，只不過我更挑剔一些，不容易心動而已。」

篌笑看著滿案珠光寶氣，嘆道：「看來這些首飾沒有一件能讓妳心動。」

小夭笑笑，起身告辭。

篌突然問道：「妳明日有時間嗎？明日有一批寶石的原石會到，有興趣一起去看看寶石最初的樣子嗎？」

小夭歪頭看著他，唇畔抿著絲笑，開門見山地說：「你應該知道璟喜歡我。」

篌挑眉而笑，以退為進，「如果妳已經打定了主意要嫁他，我收回剛才的話。」

小夭笑道：「防風邶教我學射箭，後來他死在了箭下，你若不怕死，我倒是不介意去看看你剖取寶石。」

篌笑說：「那我們說定了，明日午時，我在這裡等妳。」

小夭不在乎地笑笑，戴上帷帽，和珊瑚離去了。

第二日，小夭如約而至。篌帶小夭去看剖取寶石。

有了第一次約會，就有第二次，有了第二次，自然就有了第三次……

小夭不得不承認，篌是個非常有魅力的男人。他英俊、強健、聰慧、勤奮、有趣，工作時，嚴肅認真；玩耍時，不羈大膽。他的不羈大膽和防風邶的截然不同，防風邶是什麼都不在意、什麼都不想要的漠然；篌卻是帶著想占有一切的熱情，他的不羈大膽不像防風邶那樣真的無所畏懼，篌的冒險和挑戰其實都在他可控制的範圍內，他看似追尋挑戰刺激，實際非常惜命。大概這才是防風意映想要的男人，他的野心，可以滿足女人一切世俗的需求，他的玩心，可以給女人不斷地新鮮刺激，卻不是那種危及生命的刺激，只是有趣的刺激。

篌知道小夭是聰明人，男人接近女人還能是為了什麼呢？所以雖未挑明，卻也不掩飾，他送小夭女人可能喜歡的一切東西，並且戲謔地說：「我知道妳不見得喜歡，但這是我表達心意的一種方式，妳只需領受我的心意，東西妳隨便處理，扔掉或送掉都行。」

小夭笑，難怪連馨悅都曾說過篌很大方，篌送她的東西，只怕換成顓頊，也不見得賞賜了妃子後，能瀟灑地說妳可以扔掉。

從春玩到夏，兩人逐漸熟悉。

一個夏日的下午，篌帶小夭乘船出去玩，小夭和他下水嬉戲，逗弄鯉魚，採摘蓮蓬，游到湖心處，小夭和篌潛入了水下。

戲水、戲水，一個戲字，讓一切遠比陸地上隨意。篌明知道小夭靈力低微，依舊逗引著小夭往深水潛去，待小夭一口氣息將盡時，他想去幫小夭，小夭笑笑，朝他擺擺手，從衣領內拽出一枚魚丹，含入嘴裡，倒是比他更氣息綿長，想在水下玩多久都可以。待兩人浮出水面，小夭翻身坐到小舟上，吐出了口中的魚丹，拿起帕子擦頭髮，一枚晶瑩剔透的紫色珠子掛在她胸前，搖搖晃晃。

篌說道：「原來這枚魚丹紫在妳這裡，是璟送妳的吧？當年都說被個神秘人買走了，搞了半天是璟自己。」

小夭不在意地說：「是璟送的。」

篌道：「看來妳也不是不喜歡寶石，璟倒是懂得投妳所好。」

小夭笑道：「說起來這事還和你有關。你還記得那年，你們來五神山參加我的祭拜大典嗎？我們出海遊玩，你捉了一隻魚怪，從魚怪身體裡取出一枚美麗的魚丹紅，我和馨悅都被吸引住，我當時也動了想要的心思，可馨悅開口你都拒絕了，我和你不熟，更不可能。後來，我向豐隆和璟打聽這是什麼寶石，想著回頭讓父王幫我找一枚，沒想到這東西可遇不可求，就是高辛王宮裡也找不出塊好的，一般的我又看不上，本來還很失望，不曾想璟留了心，竟然送了我這枚魚丹紫。」

篌想起了當日的事，的確馨悅開口問他要，被他拒絕了。小夭當時和豐隆、璟站在一起，議論著魚丹。篌心裡窩火，臉上卻笑意不減，「沒想到倒是我成全了璟。」

小夭說：「天色不早了，我們回去吧！」

篌說：「三日後，我們再見。」

小夭爽快地說：「好！」

三日後，小夭和篌再次見面。

篌搖著小舟，蕩入了荷花中，在接天蓮葉無窮碧中，篌停下小舟，對小夭說：「能讓我看一下妳的魚丹紫嗎？」

小夭把魚丹紫脫下，遞給篌。篌拿在手裡把玩了一下，暗暗嘲諷璟倒真是上了心思，這枚魚丹應該是他親手煉製的。

篌對小夭說：「閉上眼睛。」

小夭問：「幹嘛？」

篌說：「閉上眼睛就知道了。」

小夭笑看著篌，卻就是不閉眼睛。篌放軟了聲音，哄道：「相信我，閉上眼睛。」

小夭閉上了眼睛，篌起身把魚丹項鍊掛在小夭的脖子上，又坐了回去，「好了，睜開吧！」

小夭睜開了眼睛，好笑地說：「你還我項鍊弄得這麼神秘幹什麼？」

篌指指小夭胸前，小夭低頭看，是魚丹項鍊，可魚丹變成了一枚更大、更璀璨的魚丹紅。她驚喜地拿起魚丹紅，反覆看著，簡直愛不釋手，「你送給我的？」

篌說：「送給妳的。不過，一個人只能戴一條項鍊，妳若要了它，就不能要這枚魚丹紫了。」

篌展開手，掛在他中指上的魚丹紫垂落，在他掌下晃來晃去。

小夭凝視著魚丹紫，蹙眉不語，一瞬後，把魚丹紅摘下，要還給篌，冷冷地說：「既然送禮的人沒有誠意，我沒興趣要！」

篌沒有拿小夭掌上的魚丹紅，一提手，將魚丹紫握在了掌中。他半哄半求道：「我只是告訴妳遲早要選一個，但我會等，一直等到妳願意。」

小夭這才笑了，捏著魚丹紅晃了晃，「我不喜歡別人逼我，否則再好的，我也懶得要！」

小夭這話，篌絕對相信，能捨得放棄赤水豐隆的女人天下沒有幾個，小夭的確是個怪胎。篌道：「這枚魚丹紫我先幫妳收著，不管最後妳是想拿回去還是想扔掉，都隨妳。」

小夭笑著把魚丹紅掛到了脖子上。

兩人在湖上玩了大半個時辰，篌送小夭回去。

小夭一直淡然平靜，直至回到小月頂，進了竹屋，她猛地抱住珊瑚，又跳又笑地說：「我拿到了，我終於拿到了！」

珊瑚被她折磨得搖來晃去，「妳拿到了什麼？」

小夭說：「我拿到了能解開事實真相的鑰匙。」

以篌對寶石的態度，縱然這是可遇不可求的頂級魚丹，他也不見得稀罕，這枚魚丹紅能在他身邊保留了六七十年，肯定是他送給意映的禮物。可是，璟見過這枚魚丹紅，意映畢竟是璟的妻子，她的屋子，包括她的身體，對璟而言都不能算保密的地方，意映作賊心虛，肯定沒有膽子把這枚耀眼的魚丹紅藏在身邊，篌肯定也不會冒這個險，所以，東西雖然送給了意映，但依舊是篌在保管。也許當兩人私會時，意映才會戴上。

自從孩子出生後，篌和意映越發謹慎，不但沒有私會，反而刻意製造矛盾，讓所有人以為他們不合。這枚魚丹紅大概就靜靜地鎖在了某個盒子裡，盒子被藏在某個密室內，被篌遺忘了。直至他看到小夭戴的魚丹紫，在小夭的敘述中，他才想起了當年的戰利品。

一個被鎖在盒子裡十幾年的東西，篌不介意再用它去換取另一個女人的歡心，尤其這個女人才是璟真正想要的。

小夭拜託顓頊再幫她弄一個宴會，像上次一樣要在水邊，要邀請璟、意映、篌、昶，其他人無所謂。

顓頊道：「這段日子，妳一直和篌偷偷相會，妳究竟想幹什麼？」

雖然小夭每次去見篌，都很隱秘，但她從沒覺得自己能瞞過顓頊，聽到顓頊問，也沒覺得意外，神秘地笑了笑，說道：「我想幹什麼，你很快就會知道了。」

十幾日後，離戎妃設宴邀請朋友來神農山遊玩。

恰是夏日，為了消散暑意，都不需要瀟瀟思謀如何安排，自然而然，離戎妃就主動把宴席設在了湖邊。

離戎妃是離戎族族長離戎昶的堂姐，是位個性很隨性的女子，邀請的要麼是自己的至交好友，要麼是堂弟昶的至交好友。客人不多，總共二十來人，乘了一艘大船，在湖上一邊賞荷花，一邊看歌舞。

小夭上船時，賓客已經都到了。小夭的視線從璟和意映臉上掃過，落在篌身上，篌對她笑了笑，小夭回了一笑，坐在離戎妃身旁。

看了會歌舞，客人三三兩兩散開，各自談笑戲耍。

離戎妃和意映聊著首飾、衣裙，小夭帶著珊瑚獨自站在欄杆邊，欣賞湖光山色。

昶拉著璟走了過來，怒氣沖沖地張嘴就問：「妳和篌是什麼關係？」

從春到夏，小夭和篌見了幾十次面，不可能瞞過這些世家大族的族長，小夭怕璟問，也怕篌起疑心，已經很久沒去看過璟。

小夭瞟了眼璟，不耐煩地回昶：「我和篌是什麼關係，你管得著嗎？」

昶憤憤不平地說：「妳既然和璟要好，就不該再和篌私會。」

小夭笑了笑，冷冷地說：「我和璟只是普通朋友，我和篌也只是普通朋友，你別多管閒事！」

篌站在陰影裡，聽到小夭的話，臉色陰沉。

他走了出來，對眾人笑道：「聽說這湖裡有一種銀魚，專喜歡吃荷花的落蕊，時日長了，肉自帶了一股荷花香，不管燒烤、還是熬湯，都極其鮮美，只是牠們很警覺，藏於深水中，十分難捉，而且必須一捉住立即烹飪，否則肉質就會帶了酸味，我看今日船上的廚子不錯，正好我有魚丹，不如去為大家捉幾條銀魚。」

離戎妃看來也是個愛玩的，笑道：「如果你能捉到銀魚，我來為大家烤，我的燒烤手藝可不比廚師差。」

眾人紛紛附和，笑道：「早聽說這湖裡的銀魚十分鮮美，可因為難捉，一直沒機會吃，如果今日能吃到，可就不虛此行了。」

篌走到欄杆邊，拿了魚丹紫出來，晶瑩剔透的魚丹紫在陽光下散發著璀璨的紫色光芒，眾人都盯著魚丹紫看。璟完全沒想到他贈送給小夭的魚丹會在篌手中，不禁露出驚愕的神色，難以相信地看向小夭。小夭好似有些驚慌不安，低下頭，迴避了璟的視線。

篌瞅了他們一眼，縱身躍入湖中。

看篌潛入了水底，小夭才抬頭，飛快地看了璟一眼。璟面沉如水，難辨喜怒，小夭走了幾步，站在他身邊，卻什麼都沒解釋。

過了半晌，篌從湖水裡浮起，荷葉幻化的籠子裡，居然真的有一條將近兩尺長的銀魚，眾人鼓掌喝彩，船上的氣氛一下子熱鬧起來，離戎妃興致勃勃地挽袖子，讓廚子去殺魚，她來烤魚。

篌看向船上，小夭和璟肩並肩站著，看似親密，可兩人臉上沒有一絲笑意。篌笑起來，朝小夭的方向招手，看似對著眾人，實際對著小夭說：「要不要一起去捉銀魚？很有趣的。」

幾個人陸陸續續跳下了船，笑道：「即使捉不到銀魚，去湊湊熱鬧也好！」

小夭看了眼璟，什麼都沒說地躍進水裡。

璟盯著篌，篌浮在水面，笑看著璟，一副由著你看清楚一切的樣子，等小夭游到他身邊，他才不急不忙地和小夭一塊向著遠處游去。

意映看到篌向著小夭招手，招呼她下水玩，心猛跳了一下，看到幾人跳下水，意映覺得是自己多心了，篌那句話是衝著船上所有人說的，並不只是小夭，可待小夭躍進水裡，意映看到她和篌並肩游水，眾目睽睽下，兩人並無過分的舉止，但女人的直覺就是讓她覺得不安。

意映心神不寧，不禁暗自留意起璟來，只看袒滿面怒氣，對璟說著什麼，璟卻只是沉默地凝視著湖天交接處。

船上的人本就不多，五六個下了水，五六個圍在離戎妃身旁，剩下的五六個人都趴在船欄上，意映看沒有人注意她，悄悄繞了一下，去船尾偷聽袒和璟的對話。

意映不敢太接近，但她自小練習射箭，耳聰目靈，斷斷續續聽到衵在說小夭和篌，意映不禁屏息靜氣靠近了一些。

「那個妖女隔三岔五就和篌偷偷相會，同出同進，遊湖、賞花、爬山……她說是普通朋友，你相信嗎？我可不信……」

篌和小夭暗中私會？意映不相信，篌絕不會！絕不會……意映盼望璟能反駁衵的話，可是衵費盡了口舌，璟都一言不發。顯然，衵說的是真話。

那麼——篌和小夭真的在頻繁地私會？

意映只覺得眼發黑，頭發暈。

衵氣怒交加地說：「你可別以為是篌一頭熱，看看那妖女，剛才篌一叫她，她就扔下了你！璟，你是不是瞎了眼睛，怎麼瞧上了這麼個女人……」

意映如同掉進了冰窖，通體寒涼，是不是全天下都知道了篌和小夭的事，只有她一個人還被蒙在鼓裡？

離戎妃叫道：「意映、意映，快來嘗嘗我烤的魚……」

意映忙收拾心情，強擠出一絲笑，走了出去。

侍女夾了塊魚肉給意映，可也不知道是意映心神不寧，還是侍女笨手笨腳，魚肉掉在意映的衣衫上，骨碌碌地滾落，在意映的衣衫上留下一道油膩膩的汙跡。侍女忙跪下磕頭賠罪，離戎妃斥罵侍女，意映道：「沒有關係，一套衣衫而已，換掉就可以了。」

離戎妃命另一個侍女帶意映去船艙裡更換乾淨衣衫。

在貼身婢女的服侍下，意映更換了乾淨的衣衫，婢女問她：「夫人，要出去嗎？」

意映呆呆地坐著，臉色慘白，一言不發。

婢女不說話了，默默地守在一旁。

意映心亂如麻，一會覺得一切都是假的，絕不可能，一會又覺得袓說的肯定都是事實，這種事又不是什麼機密，只要派個心腹出去，自然能查出來。

意映正魂不守舍、左思右想，門拉開了，小夭濕淋淋地走了進來，看到她，有些意外，禮貌地點了點頭，徑直走到裡間。意映想起小夭靈力低微，別人一上岸，只要催動靈力，衣衫就能乾，她卻沒那個本事，必須要更換衣衫。

隔著紗簾，只能看到模糊的影子。

小夭和珊瑚嘰嘰咕咕地笑著，小夭說：「不要這條裙子，妳重新拿一條來。」

意映聽到小夭的聲音就煩，想離開，剛起身，恰好珊瑚掀開紗簾，走了出來。在紗簾掀開，還未合攏的一瞬，意映的視線一掃，只覺一團火紅耀眼的光芒躍入了她的眼睛。她霍然轉身，想要看清楚，紗簾已經合攏。

意映居然再顧不上禮儀，直接走了過去，猛地掀開簾子，看到只穿著小衣的小夭，她的胸前墜著一枚璀璨耀眼的魚丹紅。意映一下子站都站不穩，踉踉蹌蹌地扶住了隔子。

珊瑚不滿地說：「防風夫人，王姬在更換衣服。」

意映恍若未聞，直勾勾地盯著小夭，卻還要強迫自己去笑，盡力若無其事地說：「王姬的這枚魚丹紅項墜子真是好看，不知道在哪裡買的，可以讓我看一眼嗎？」

小夭穿上了外衣，順手把墜子拿下，扔給意映，意映忙接住，生怕被摔壞了。小夭笑道：「不過一個玩意兒而已，夫人不必緊張，壞了也沒什麼大不了。」

這種話，意映以前常常對別人說，彰顯著自己的尊貴，不管什麼珍寶，在富可敵國的塗山氏面前，都不過一個玩意兒而已，可今日意映終於明白了，究竟是玩意兒還是珍寶，因人而異。她視若珍寶，恨不得用整顆心去捂著，可在小夭眼裡，不過一個玩意兒，可以隨手拋扔！

其實，第一眼，意映就知道這顆魚丹紅是篌送給她的，可她不願意相信，非要拿到手裡，清清楚楚地看到了，才終於明白，她的一顆心，本應該被珍藏起來，卻已經被篌做成墜子，送給了另一個女人，由著她當成個玩意兒，隨意地拋扔。

意映把墜子還給小夭，慘笑著說：「很好看。」

小夭微笑著接過墜子，隨手掛回了脖子上。

意映盯著小夭胸前的魚丹紅，紅色非常襯肌膚，越是白皙細膩的肌膚越是美麗，當篌和小夭私會時，篌是否也像當年一樣，拿著魚丹紅，在小夭的身體上滾玩？是否也會說「唯其紅豔，方襯妳如雪肌膚」？

意映猛地轉身，朝著門外走去，一步快過一步。

小夭看意映走了，臉上的笑容消失。她坐下，長長地吁了口氣，覺得疲憊，這場仗從春天打到了夏天，到這一刻，她能做的已經都做了，剩下的就要交給璟了。

珊瑚默默地幫小夭把衣衫繫好，「王姬，妳要奴婢去給妳端碗熱茶嗎？」

小夭搖搖頭，「不用了，我略略休息一會就出去。我打算乘小船先離開，妳悄悄給璟遞個消息，就說我在老地方等他，讓他設法脫身去見我。」

「奴婢記住了。」

小夭出去吃了些銀魚，向離戎妃告辭。離戎妃是個很隨性的人，毫不介意，只是說道：「說不定陛下待會要來，妳不等等陛下嗎？」

小夭說：「不等了，反正天天能見到。」

離戎妃命侍從放下小船，送小夭回去。

小夭乘著小船靠了岸，沒有回小月頂，而是去了草凹嶺。草凹嶺上的茅屋依舊，當年，她和璟常在這裡相會。小夭到茅屋裡轉了一圈，坐在潭水邊，等著璟。

很久後，璟來了。

璟坐到了小夭身旁，小夭側頭看他，「看到你送我的東西在篌手裡，生氣了嗎？」

璟說：「就算妳真給了他，我也不會為個身外物和妳置氣。小夭告訴我，妳到底想做什麼？」

小夭瞇著眼睛笑起來，「你已經猜到了一些吧？」

璟說：「有些隱隱約約的念頭，但我希望我猜錯了，小夭，我不希望妳……」

小夭從衣領裡拽出了魚丹紅，「不管你喜不喜歡，反正我的事已經做完了，剩下的事，都是你的了。」

璟握住了魚丹紅，「這是……篌當年在歸墟海中獵取了一枚魚丹紅……是那顆嗎？」

小夭點頭，「你看到篌手中有你送我的東西時，即使堅信我和篌之間沒有什麼，可當時也有些不舒服吧？」

璟自嘲道：「第一瞬的反應的確是震驚和難過，不過立即就明白了，妳肯定另有打算。不知道妳究竟想做什麼，幫不上妳，只能面無表情、不發一言，以不變應萬變。」

小夭抿著唇笑，「你覺得意映和篌之間會有我們的信任嗎？意映看到這枚魚丹紅在我這裡，會有什麼想法？」

璟很快就想通了前因後果，「這枚魚丹紅是篌送給意映的，但他為了能博取妳的歡心，轉送給妳了？」

小夭頷首，「本來只是一個猜測，可今日意映的反應證實了我的猜測。意映和篌之間的約定要打破了，意映勢必會去找篌，當篌無法把魚丹紅拿給意映時，意映肯定會爆發，恐怕篌要使出渾身解數才能安撫意映……你明白嗎？」

「我明白。」意映和篌之間因為共同的秘密，攻守配合，毫無弱點，可小夭讓兩人生了猜忌懷疑，自亂陣腳，他們一定會尋找機會見面。

璟按捺住激動，仔細思量了一番後，說道：「小夭，能把那面狌狌精魂所鑄的鏡子借我嗎？」

小夭明白了璟的打算，他想用狌狌鏡子記憶下篌和意映說過的話、做過的事，拿給她看。小夭把小鏡子掏出來，讓璟滴一滴心頭精血給鏡子，教璟如何使用，待璟學會後，她叮囑，「一切以你的安全為要，反正我相信你，沒必要非要用鏡子記憶下來給我看。」

璟收好了鏡子，說：「小夭，謝謝妳為我所做的一切！」

小夭不禁嘆道：「你謝我做什麼？要謝就謝你自己吧！如果不是你，篌也不會這麼急切地想要征服我。」

璟的表情有點迷惑，小夭道：「篌曾經勾引過靜夜，不過沒成功。蘭香、靜夜、意映、我，篌一個都沒放過，難道你真以為是我迷惑住了篌嗎？」

璟漸漸反應過來，臉色一時白、一時紅，「他、他……想證明他比我……更好？」

小夭嘆了口氣，「我的這個計策不是沒有漏洞，可因為你這個從來不爭不搶的人表現得非我不可，篌太想透過征服我去摧毀你了，忽視了漏洞。」

璟勉強地笑了笑，說道：「不是我表現得非妳不可，而是他知道我真的非妳不可。我們是一起長大的親兄弟，大哥一直都知道如何去真正毀滅我。」

小夭沉默了一瞬，說：「我所做的一切都只是撒網，後面的收網要全靠你了。不管你使用多麼卑劣無恥的手段，反正篌和意映之間的每一句話都不能漏掉，我要知道真相。」

璟一字字說：「我也想知道真相！」這些年，他一直在黑暗中跋涉，沒有盡頭的黑夜終於有了一線曙光，無論如何，他都會去抓住。

兩人在水潭邊靜靜地坐了一會，小夭說：「你趕緊回去吧！出了今天的事，你正好裝作心灰意懶，順理成章地回青丘，篌不會懷疑。」

璟說：「我怕篌和意映有意外之舉，妳不要隨意出神農山，剩下的事我會處理好。」

小夭叮囑，「你也一切小心，兔子逼急了都會蹬鷹，何況篌和意映這種人呢？一定要小心！」

璟微笑道：「我會小心。」

璟、意映、篌，先後回了青丘。

青丘現在肯定暗潮湧動，可小夭唯一能做的事情就是等待。

根據意映看到魚丹紅的反應，小夭十成十地肯定意映和篌有私情，可他倆有私情並不能證明孩子就是篌的。孩子和璟也有血緣關係，到底是篌的孩子還是璟的孩子只能由意映親口說出。按照小夭的推測，人在情緒激動下容易失控。不管多麼聰明的女人，當心被嫉妒和仇恨掌控時，都會變得瘋狂，這次意映和篌大鬧，很有可能會說出孩子的秘密，但小夭也只是推測，不能肯定他們到底會說出什麼。

萬一，他們沒有說呢？

以篌和意映的精明狠辣，這樣的陷阱只能設一次，也就是說只有這一次機會，能從篌和意映的嘴裡探到所有真相。錯過這一次，篌和意映會寧願把一切帶進墳墓，折磨璟一輩子，也不會讓璟知道真相。

小夭忐忑不安，不管做什麼都做不進去，索性每日跟著黃帝去種地，在太陽的曝晒下，揮汗如雨地勞作，透過身體的疲憊，緩解精神的壓力。

十日後，小夭和黃帝正在田地裡耕作時，黃帝的侍從來奏報，塗山氏的族長塗山璟求見王姬。

這是小夭住到小月頂後，璟第一次公然要求見面，小夭懵了，扶著鋤頭不知道該如何回覆。

黃帝道：「讓他進來吧！」

侍從領命而去，黃帝對小夭說：「妳不去換件衣服嗎？」

小夭呆站著，顯然什麼都沒聽到，她緊張得幾乎要站不穩。

黃帝看小夭神情一會憂、一會懼，搖搖頭，嘆了口氣，把鋤頭從小夭手裡拿了過去，扶著小夭坐到田埂上。

璟跟在侍從身後，進了藥谷。遠遠地就看到田埂上坐了兩個穿著麻布衣服、戴著斗笠的人，待走近了，才發現是黃帝和小夭。

璟上前給黃帝行禮，黃帝上上下下仔細打量了他一番後，說道：「你和小夭去樹蔭下說話吧！」

璟跟著小夭走到槐樹蔭下，小夭摘下了斗笠，笑看著璟，十分平靜的樣子，也許因為太陽，小夭的臉泛著潮紅，額頭有一層細密的汗珠。

璟把手帕遞給她，「擦一下汗。」

小夭右手接過，卻用左手去擦汗，蹭了滿臉泥，她還沒發覺，依舊擦著。

璟這才驚覺小夭在看似的平靜下藏著多少的緊張不安，他只覺又喜又愧，喜小夭對他如此緊張，愧他讓小夭如此不安。

璟拿過帕子，幫小夭把臉上的泥拭去。

小夭覺得心跳如擂鼓，再等不下去，問道：「意映和篌見面了嗎？你聽到他們的對話了嗎？」

「如妳所料，他們見面了。」瑲把狌狌鏡子給了小夭，想告訴小夭結果，「我……」

小夭忙道：「我、我……自己看。」如果是好的結果，不在乎這一時半刻，可如果是壞的結果，晚一會是一會。

瑲不說話了，小夭的手輕輕撫過狌狌鏡，鏡子開始重播它記憶下的一切。

一間裝飾奢華的屋子，卻沒有窗戶，看上去像是在地下，有隱隱的水流聲。

意映打扮得異常美豔，在屋裡來回踱步，焦急地等待著。

過了很久，不知道篌從哪裡走了進來，意映撲上去。篌抱住她，皺眉說道：「不是說好了在瑲死前，不再私下見面嗎？妳到底為了什麼要逼著我來見妳？」

意映說：「你送我的那枚魚丹紅呢？有沒有帶來？」

篌愣了一愣，道：「忘了帶。」

意映急促地說：「忘了帶？以前你來見我，每次都會帶上，你不是最喜歡看它在我身上滾動嗎？還說唯其紅豔才配得上我雪般細膩的肌膚。」

篌笑道：「我們十幾年沒有歡愛過了，忘記帶也是正常。」

意映冷笑著說：「是啊，我們十幾年沒有歡愛過了，所以你才有了新人、忘了舊人。」

也許因為心虛，篌猛地打橫抱起了意映，把她扔到榻上，「妳知道，我心裡只有妳一個，妳可千萬別把自己和那些女人比。」

篌趴下去，想要親吻意映，意映用手擋住了他，「高辛王姬呢？」篌的動作僵住，意映譏諷地說：「你是忘了帶你送我的魚丹紅，還是已經把它掛在別的女人身上了？」

意映猛地一掌推開篌，因為恨，用了不少靈力，篌竟然被推翻在地。

篌急急爬起，叫道：「妳聽我解釋，我把魚丹紅送給小夭，只是想……」

「小夭？叫得可真親熱！」

「王姬，是王姬！我把魚丹紅送給王姬只是暫時之策……」

意映憤怒地叫：「是很暫時！從春天到夏天，你三四日就見她一次，還叫暫時？這十幾年來我們才見了幾次？如果她和你的關係是暫時，你會怎麼說我和你的關係，不存在嗎？」

篌急切地說：「我去逗弄那個王姬只是為了欺辱璟！我對她真沒動心，她在我眼裡不過就是個獵物！只不過因為她是璟的女人，我就想奪過來，妳該知道我有多憎惡璟……」

意映愣了一愣，盯著篌，臉色煞白，「那我呢？你對我是什麼心思？是不是因為璟那個廢人，你才想要我？」

「不、不，意映，妳和她們都不同！妳在我心中是唯一的……」

篌想去抱意映，意映卻後退。她相信篌剛才說的話，他只是因為璟喜歡小夭，所以才想占有小夭。可正因為相信了篌說的是實話，意映才心驚。她曾確信篌喜歡她，她願意為他做一切事，但是，現在她不知道了，篌真的喜歡她嗎？還是，其實她和小夭一樣？都只是篌折辱璟的工具？

篌著急地說：「意映，妳相信我，妳和她們都不同……」

意映盯著篌，「你站在那裡，不要動，看著我的眼睛。」

篌看著意映，意映盯著篌的眼睛，「你說我和她們都不同，是因為你真心喜歡我，還是因為璟什麼都沒做，我卻用你的孩子幫你困死了璟？」

在意映明亮的目光前，篌不禁眨了下眼睛，笑道：「當然是因為我真心喜歡妳。」

意映怔怔地看著篌，悲傷從心底湧起，霎時瀰漫了全身。篌抱住意映，想去吻她，意映卻狠狠地甩了篌一巴掌，慘笑著說：「你說的是假話！」

「不、不是……」

意映猛地轉身，向外跑去，跑出了鏡子的畫面，篌追著她也消失在鏡子外。

小夭捧著狌狌鏡，發著呆。

璟說：「他們約會的地點非常隱秘，我進不去，幸虧有妳的小鏡子，我讓幽派了一隻小狐狸，把鏡子放在隱秘的地方，才記憶下他們相會的過程。」

小夭好似有點清醒了，抬頭看著璟，「意映的意思是……」

璟說：「我和她之間什麼都沒發生，瑱兒是我的侄子，不是我的兒子。」

小夭緩緩閉上眼睛，頭輕輕地伏在膝蓋上。

璟能理解小夭此時的反應，因為他看完這些後，第一個感覺不是喜悅，而是一種劫後餘生的心酸。他一個人呆坐了一夜，直到天明，才猛然間湧出喜悅。

璟說：「小夭，我以後不會讓別人傷害妳，更不會讓自己傷害妳，請妳再給我一次機會。」

半晌後，小夭抬起了頭，看著璟，盈盈而笑。璟猜不透她的意思，緊張地問：「妳願意嗎？」

小夭猛地撲進璟懷裡，抱住了他。

璟緊緊地摟著小夭，因為心酸，難以成言，只能用圈緊的雙臂表達他永不想再失去她。

黃帝站在田埂上，望著他們。

夏日的陽光，透過繁茂的槐樹枝葉灑在相擁的兩人身上，竟好似將他們的身影凝固在了雋永的溫暖中。

黃帝不知道是因為自己老了，還是閉著眼睛的小夭長得太像記憶中那個年輕的她，黃帝竟然覺得眼睛有些酸澀。他這一生成就了無數人的幸福，他的親人卻大多不幸，就如太陽，光輝普照大地，令萬物生長，可真正靠近太陽的，都會被灼傷。他已經垂垂老矣，逝去之事不可追，但現在，他很希望槐樹下相擁的溫暖真能天長地久。

黃帝走過去，輕輕咳嗽了兩聲，璟不好意思地立即直起身子，小夭臉頰緋紅，卻滿不在乎地看著黃帝。

黃帝坐到了璟的對面，問小夭，「他有妻有兒，妳不介意了嗎？」

璟不知道小夭的打算，沒有開口，看向小夭。

小夭思考了一瞬，把狌狌鏡拿給黃帝。

黃帝猶如見到故人，滿面唏噓感慨，撫摸著鏡子道：「這面狌狌鏡竟然流落到了妳手裡！」

「外公知道這面鏡子？」

黃帝說道：「是一個很長的故事，以後有時間的話再慢慢和妳說，現在妳想給我看的過往之事呢？」

小夭讓鏡子去回憶它所看見的所有事情，黃帝看完後，嘆道：「原來如此，倒是要恭喜塗山族長了。」

恭喜人家的妻子有了姦夫？小夭噗哧笑了出來，黃帝也反應過來，禁不住也笑。氣氛一下子輕鬆了許多。

黃帝說：「對男人而言，最大的仇恨不過殺父之仇、奪妻之恨，你有這個證據，縱使休了防風小怪的女兒，把篌逐出家族，都無人敢為他們說話。不過，也免不了讓天下嘲笑你和塗山氏，令每個塗山氏的子弟蒙羞，塗山氏的長老肯定不會同意你公開此事，你想好怎麼做了嗎？」

璟說：「我今日來神農山，正是想和小夭商量此事。若公開此事，唯一的好處是讓所有人知道真相，篌也許罪有應得，可瑱兒無辜，我實不想他小小年紀就背負天下的罵名，所以，我也想私下處置此事。」

黃帝點了點頭，「私下處理的確更好。」如果防風意映和塗山篌還不老實，過個一二十年，把兩人悄悄除掉，眾人早就遺忘了他們，壓根不會留意。

璟對小夭說：「我不打算公開處置篌和意映，瑱兒依舊記名為我的兒子，只有這樣，他才不會在辱罵中長大。小夭，如果妳不願意……」

「不，我同意你和外公，越隱秘處理越好。」是非對錯自己明白就好，沒必要攤開給天下人議論，更沒必要在此事上讓璟和全族的榮辱對立。

黃帝把狌狌鏡遞給璟，「這個先不著急還給小夭，我想你還會用上它。」

璟道：「我回青丘後，就召集族中長老處理此事。」

黃帝笑笑，對小夭說：「妳去送送塗山族長。」

璟眼中閃過驚喜，這表示黃帝認可他了嗎？

小夭帶著一抹羞色，對璟道：「走吧！」

傍晚，顓頊來小月頂時，看小夭眉梢眼角都是笑意，整個人猶如沐浴春雨後的桃花，散發著勃勃生機。

顓頊笑問道：「發生了什麼好事？」

小夭坐在他身旁，「你還記得在高辛時，有一次我們出海，篌捉了一隻魚怪嗎？他得了一枚罕見的魚丹紅……」小夭嘰嘰呱呱地從頭講起，越講越興奮，顓頊越聽越平靜。

黃帝端著一杯藥酒，一邊啜著酒，一邊沉默地看著小夭和顓頊。

小夭全部講完，笑咪咪地說：「我聰明吧？讓意映自己說出了真相！」

顓頊唇畔含著笑，視線落在遙遠的天際，好像什麼都沒聽到。

小夭不滿，推了顓頊一下，「喂，我知道，在日理萬機的黑帝陛下眼裡，這些都是雞毛蒜皮的小事，可對我很重要！你究竟有沒有聽？」

顓頊如夢初醒，說道：「對我也很重要。」他笑著又補了一句，「非常重要，重要到我都不知道該如何反應。」

小夭當然不信，笑著打了他一下，「你就拿我逗趣吧！我今天心情很好，不和你計較！」她拿起酒壺為顓頊斟了一杯，雙手捧著，敬給顓頊，「這次的事，如果沒有你幫我，篌和意映不會輕易中計。」

顓頊大笑了幾聲，接過酒，一飲而盡。

黃帝溫和地說：「顓頊，你累了，今日早點回去，早些休息！」

顓頊看著黃帝，黃帝盯著顓頊，兩人之間竟隱隱有對峙之勢。一瞬後，顓頊彎腰作揖告辭，笑道：「我這就走。」

小夭目送著顓頊的坐騎消失在雲霄中，對黃帝說：「顓頊有點不太對勁，是不是朝堂裡發生了什麼事？」

黃帝笑了笑，淡淡地說：「朝堂裡當然有事發生，不過，不用太為他擔心，這就是一國之君該過的生活。」

小夭在神農山等了十幾天，一直沒等到確實的消息。

小夭心神不寧，連地都種不了，在田埂邊走來走去，問黃帝，「外公，為什麼等這麼久還沒有消息呢？」

黃帝直起腰，拄著鋤頭，說道：「如何處置防風意映和篌關係著無數人的利益，對璟來說只是休妻，可對家族來說，是一次利益的再分配，必定會有爭執，身為一族之長，塗山璟必須小心行事，把對整個氏族的傷害降到最低。否則，一個氏族的分崩離析只是剎那。」

小夭知道黃帝說的很有道理，可實在按捺不住，每日都催問黃帝的侍從有關塗山氏的消息，黃帝對小夭十分縱容，於是，曾經締造了軒轅帝國的情報組織開始為小夭打探塗山氏的家事，再加上璟的配合，每一日都能將前一日的情報送上。

璟回青丘後，並沒有立即召集族中長老，而是先約了篌和意映，三人進行了一次私密的談話，談話內容密探沒有打聽出來，但小夭完全能猜到，肯定是璟想給篌和意映一條生路，結果卻是有人縱雷火燒宅，企圖毀掉狌狌鏡，殺死璟。

璟並不是傻子，只是因為心存了一分良善，所以一再退讓。這一次，他早做了準備，篌和意映的反撲完全落空。

璟召集所有長老，公布了篌和意映的秘密，九位長老譁然，沒有一個人相信，直到看完神器狌狌鏡的記憶，他們震驚地沉默了。然後就是冗長繁瑣的審問和爭論。意映始終一言不發，什麼都不願說，篌卻說出了一切，原來，他們在璟失蹤後的第一年就開始私下來往，第四年有了男女之實，篌把一切過錯都推給意映，說意映難耐寂寞，主動勾引了他。

篌第一次說這話，是單獨的審問，第二次卻是在長老的安排下，當著意映的面。意映依舊一言不發，只是一直看著篌，一直看著，就好像她從來沒有見過篌一樣。當長老質問她「篌所說可屬實」，她依舊一言不發，原本明亮的眼睛卻漸漸地變得空洞，猶如失去了光亮的屋子，裡面除了黑暗，什麼都沒有。

因為意映不出聲，長老自然認定篌說的就是真相。

在男女偷情這種事情上，男人本就更容易被原諒，當然也因為篌畢竟是塗山氏的血脈，九位長老把所有憤怒全部發洩到了意映身上，恨這個女人享受著塗山氏給予的榮耀，卻做著羞辱塗山氏的事，更恨她將他們所有人玩弄於股掌間。九位長老召來了防風族長，面對女兒的醜事，防風族長羞恥惱怒，竟然一點也不反對塗山長老的提議：秘密處死意映。只要不讓女兒的醜事影響到防風氏，防風族長不介意將最嚴酷的刑罰施加到女兒身上。

意映聽著父親和塗山長老就如何處死她討價還價，如果不是璟堅決不同意，只怕她早已經嘗試了各種酷刑。自審訊開始就沉默的她突然笑了起來，眾人都驚駭地看著她，她卻越笑越大聲，笑得軟倒在地，依舊蜷著身子，滾來滾去地笑。

長老覺得意映瘋了，命侍從把她拖下去。

璟去了拘禁意映的屋子，詢問意映：「妳願意回防風家嗎？畢竟那裡還有妳的母親。」

已經一個多月沒有說過話的意映終於有了反應，幽幽地說：「那已不是我的家！如果不是放不下瑱兒，死亡才是我最好的歸宿！」

「明白了。」瑲轉身離去。

意映問：「為什麼？你才應該是最恨我的人。」

瑲站在門口，回過身，看著意映。

明明他風姿卓然、高高在上，她滿身汙穢、萎靡在地，可他的目光一如往日，沒有絲毫鄙夷。意映說：「以前，我不明白篌的感覺，現在終於明白了，我對你做了那麼多事，你才是最有資格懲罰我的人，可我在你的眼裡看不到一絲恨意，為什麼你不同意用酷刑折磨我？」

「妳已經在承受酷刑的折磨。」

意映愣了一愣，說：「是啊！我已經在被世間最冷酷的刑罰折磨！」

瑲說：「不管大哥說什麼，我始終認為妳喜歡大哥沒有絲毫不對，但妳不應該為了遮掩自己的感情，殺了大嫂，妳還記得她嗎？」

意映喃喃說：「篌的妻子，我當然記得！」

「我母親的所作所為已經告訴了我，恨永不可能終結恨。殺了妳，並不是懲罰，只是洩憤，我不想我們之間的仇怨再禍及到下一代，讓瑱兒變成第二個篌。」

意映仰頭看著瑲，夏日的陽光從他頭頂照下，映得他的眉目分外清晰，和篌相似的五官，卻沒有篌的詭秘飛揚，而是若清水皓月般坦蕩磊落、平靜溫和，第一次，意映真正看清楚了瑲長什麼模樣。意映微笑著說：「以前認定了你懦弱無能，今日才明白，仇恨並不需要智慧，那只是受到傷害後的本能反應，寬恕才需要智慧和堅強，可惜我做不到，原來是我配不上你！我還是喜歡以眼還眼、以牙還牙，和篌倒真的很相配！」

璟說：「在妳能照顧瑱兒前，我會照顧好他。」

璟離開了，侍衛關上門，意映蜷縮回黑暗中，閉上了眼睛。

第二日，為了意映的生死，璟和九位長老意見相左，防風族長都已經同意塗山長老的刑罰，璟卻堅決不同意，和九位長老相持不下。

一直跪在下方的意映抬起了頭，說道：「我願意以一身精血靈力為塗山氏祭養識神。」

眾位長老愣了一愣，眼中露了喜色。在民間傳說中，九尾狐既是和鳳凰一樣的祥瑞神獸，可也是吞噬人的凶猛妖獸，傳得年代久了，人們也分不清哪個是真哪個是假，只是又敬又畏。其實，兩個都是真的。人以獸為食，獸以人為食，並無正邪對錯，都是天道。守護塗山氏的識神據說是一縷塗山先祖的遊魂，享塗山氏祭養，佑護塗山子孫，意映是血脈純正的神族，一身靈力修為不弱，若能得她精血祭養，自然對塗山氏大有益處。

璟要反對，意映仰著頭，平靜地說：「族長，求您允許！」

璟說：「妳不是塗山氏的血脈，識神一日得了妳的精血，就會貪婪地享用，不會節制，妳要受椎心之痛……」

意映重重磕頭，「這是我罪有應得，求族長允許！」

執法長老道：「這倒也是個辦法，讓防風意映贖去一身罪孽。」

眾位長老紛紛附和，璟卻遲疑未決。

意映再次重重磕頭，抬起頭乞望著璟，眼中儘是絕然。

她還要再磕頭，璟說道：「好！」

意映的身子頓了一頓，依舊磕了個頭，只是沒有用力，慢慢地磕下，額頭貼著玉石地，再沒有起來，直到執法長老宣判完，兩個侍從將她帶走。

防風族長離開青丘，回到北地的防風谷，沒有多久，從防風谷傳出消息，塗山族長夫人防風意映重病，經防風族長和塗山族長商議，防風意映移居塗山氏在青丘山中的密谷養病。

塗山氏試圖隱瞞，可大荒內依舊漸漸地有了謠言，說防風意映得的是癲病，一種類似人族麻風病的病症，會慢慢侵蝕神族身體，靈力會漸漸消失，肌膚會乾枯變形，到最後甚至會變瘋。

小夭唏噓，世人以為自己獲知了塗山氏企圖遮瞞的家醜，卻不知道那本就是塗山長老們有意散播出去的。意映用自己的精血靈力祭養識神，靈力自然會漸漸消失，身體乾枯變形，若承受不了痛苦，也很有可能發瘋。

幾個月後，塗山篌去往高辛，表面上是為家族打理在高辛的生意，實際上是流放，所有長老簽署的氏族內秘密命令是他終身不得返回中原，永不許再踏入青丘，但他依舊可以在高辛四處走動，依舊享受著塗山大公子的身分，相較意映所要承受的一切，他所承受的懲罰太輕太輕。

小夭知道璟其實心底深處是想成全篌和意映，可惜篌為了盡可能保全自己，將一切過錯推給了意映，意映不發一言，默認是她主動勾引篌，承擔了一切罪名。

小夭曾因為意映對璟的惡毒很討厭她，但現在，她卻對意映有深深的憐憫，當篌說出那些指責意映是蕩婦的話時，意映承受的已經是千刀萬剮。小夭不相信是意映主動挑逗篌，但她和篌之間的事只有他們自己知道。

當一切平靜，已經是大半年後。

小月頂上飛舞著入冬來的第一場雪。

小夭站在竹屋前，看著璟一襲青衣，踏雪而來，從遠到近，從模糊到清晰，站在了她身前。璟伸手為她撣去了落在大氅上的雪花，微笑著說：「小夭，我來了。」

小夭鼻子發酸，從高辛五神山的龍骨獄到今日神農山的小月頂，這一句看似雲淡風輕的「我來了」，是七十多年的光陰。看似彈指剎那，可那一日日、一夜夜的痛苦都是肉身一點一滴地熬過。終於、終於，他光明正大地站在了她面前。

璟攤開手掌，一枚晶瑩的魚丹紫在他掌心散發著美麗的光芒。璟把魚丹紫為小夭戴上，鄭重地說：「這一次不是診金。」

小夭抿唇而笑，把魚丹紫放入衣領內，貼身藏好。

小夭從荷包裡拿出那枚璀璨耀眼的魚丹紅，放到璟的掌心，「很難得的寶石，可惜篌壓根不在乎，意映已不想要了。」

璟輕嘆了口氣，暗聚靈力，漸漸地，紅色融化在他的手掌中，一陣風過，點點紅光被吹起，漫天飛舞，猶如紅色的螢火蟲。

璟和小夭看著它們一點點暗淡，直到一陣風過，全部消失在風雪中。

璟攏了攏小夭的大氅，「當心受涼，我們進去吧！」

小夭笑著點點頭，握住璟的手，相攜向屋內走去。

第三十五章
不知誰家子

妳我初相逢時，
妳就是妳，不是任何人的女兒，
日後，不管妳是誰的女兒，妳依舊是妳。

小夭在軹邑的陋巷開了個小醫館。已不是第一次開醫館，可這一次不像是在清水鎮，用《神農本草經》上學來的半吊子醫術混口飯吃；也不像是在五神山，用來打發時間，她是真正地用醫者之心在行醫救人。

小夭一邊行醫，一邊學習醫術，只不過不再去醫堂學習，醫堂裡教授的知識已經不能滿足她的要求，她讓顓頊命軒轅宮廷內最好的醫師來教導她。

顓頊笑道：「我身邊最好的醫師就是鄞了，只是他是個啞巴，交流起來不方便。」

小夭說：「沒有關係，我可以學手語。」

鄞是個醫痴，認為教小夭醫術純屬浪費時間，但不敢違逆顓頊的命令，不太情願地來了，可當他真和小夭相處後，非常慶幸他來了。

論醫術的扎實全面，小夭肯定不能和自小學醫的鄞比，但小夭浪跡天下，視荒山野嶺為家，浸淫在毒術中幾百年，對藥性的瞭解，遠遠勝過鄞，各種稀奇古怪的藥草和藥方隨口道來，鄞常常覺得不是他在教導小夭，而是小夭在啟發教導他。

還有兩個月就是年底，新的一年即將來臨。

璟如今雖然孤身一人，可身為族長，大事小事都落到他頭上，辭舊迎新時肯定要在青丘。小夭想著等過完年，璟沒那麼忙時，帶璟回五神山住上幾天。

璟自然是願意的，半開玩笑地說：「只要妳父王不反對，我隨傳隨到。」

小夭從璟的書案上取了一枚玉簡，一邊給父王寫信，一邊笑道：「父王自然一切都隨著我的。」

璟等小夭寫完信後，說道：「最近，有一件事在大氏族內流傳，不知道有沒有人告訴妳。」

「什麼事？」

「當年在梅花谷內設陣想殺妳的不是一個人，而是四個人。」

小夭不在意地說：「這我早就知道了，除了被外祖父處決的沐斐，好像還有三個人，馨悅說他們被哥哥秘密處決了，為了這事，樊氏、鄭氏還和哥哥結了怨。」

璟的表情卻很凝重，「談起當年的事，所有人都會疑惑為什麼這四個人會不顧大好前途，冒著被黃帝和俊帝千刀萬剮的危險傷害妳。」

小夭的身子一僵，梅花陣中，沐斐字字帶血的話，她努力遺忘了，但並未真的忘記。

璟說：「這四個人只有一個共同的特徵——他們都是被蚩尤滅族的遺孤，所以就有了一個謠言。目前只有極少數人知道，可謠言一旦出現，只會越傳越快，我想洩露出這個消息的人肯定會把一切指向……」璟停頓住，似乎不知道該如何表述那句話。

小夭笑了笑，「說我是蚩尤的孽種，對嗎？」從小時起，這就是她最恐懼的噩夢，害怕被證實，甚至不敢回五神山和父王相認，以為一切已經過去了，可是，沒有想到，噩夢追趕了上來。

「小夭，不要這麼說自己。」

小夭望著窗外，目中儘是茫然，面對任何困難，她都知道該怎麼辦，可現在，她真的不知道。

璟說：「當年知道這事的人應該很少，如果樊氏和鄭氏知道的話，想洩密早就洩密了，不可能等到今日，那麼只有豐隆和馨悅……」

小夭說：「不是豐隆，就是馨悅了，我羞辱了赤水氏，他們想毀了我，很正常。」

璟說：「馨悅更有可能。」

小夭心煩意亂，嘆了口氣，道：「算了，不想了。我們阻止不了謠言，我是誰的女兒不是我說了算，是我娘說了算，可我娘又不在了，他們愛說什麼就說什麼吧！」

靜夜在屋外奏道：「公子，珊瑚來接王姬了。」

小夭起身，將寫好的玉簡放入袖中，「我回小月頂了。」

璟陪著小夭，往後門走去。

門口停著一輛普通的雲輦，一身男裝的珊瑚站在一旁等候。

小夭停住了步子，看著牆角的一株藤蘿，遲遲沒有上車。

璟輕聲問：「小夭，妳在擔心什麼？」

小夭沒有看璟，低聲說：「萬一，我是說萬一，人人都相信了我是蚩尤的……人人都厭棄我，你……」

璟把小夭拉進懷裡，「別問這種傻問題，在妳把我救回去時，妳、只是妳，誰的女兒都不是，我可是那時就決定了要死纏著妳。」

小夭忍不住把頭輕輕地搭在璟的肩頭，璟拍了拍她的背，「別擔憂，一切都會過去。」

「嗯！」小夭朝璟笑了笑，快步上了雲輦。

待雲輦騰空，一隻玄鳥飛來，落在珊瑚肩頭，珊瑚問：「王姬，妳不是說有信要給陛下嗎？信鳥已來。」

小夭緊緊地捏著袖中的玉簡。

珊瑚看小夭半晌沒有作聲，叫道：「王姬？」

小夭說：「沒有，我還沒有寫信。」

珊瑚有些納悶，卻沒多問，揚起手，放飛了玄鳥。

晚上，顓頊來小月頂時，小夭本想把璟告訴她的事告訴顓頊，轉念一想，璟都已經知道的事，顓頊怎麼可能不知道？既然他一直沒有告訴她，顯然不想她為此煩心，如果顓頊能把這個謠言壓制下去，一切就像沒發生過一樣，她無需知道，如果顓頊不能把這個謠言壓制下去，那麼他現在告訴她，也於事無補。

小夭決定不和顓頊商量此事了，反正她無能為力，由著顓頊和璟去處理吧！

因為從小的經歷，小夭看事向來很悲觀，習慣從最壞的可能去預期，可這次，也許因為處理此事的人畢竟是顓頊和璟，黑帝陛下和塗山族長，即使向來悲觀的小夭也不禁給了自己希望——謠言會被壓制，一切都會平復。

但是，不到一個月，小夭是蚩尤孽種的謠言就在中原轟轟烈烈地傳開了。

當所有人知道此事後，自然而然就分成了兩派，一派相信，一派不相信。不相信的人斥責謠言是無稽之談，最有利的證據就是軒轅王姬殺了蚩尤。相信的人也羅列著各種證據，曾經見過蚩尤的人回憶著蚩尤的容貌，繪製出了蚩尤的畫像，判定小夭的確更像蚩尤。

漸漸地，所有捕風捉影的事都變成了言之鑿鑿。因為沒有辦法解釋殺了蚩尤的軒轅王姬怎麼會有蚩尤的孩子，竟然有人推測出是凶殘的蚩尤姦汙了軒轅王姬。

在高辛，因為對俊帝的敬仰，人們選擇相信俊帝的判斷，小夭是俊帝的女兒，可心裡對這個不停地給俊帝和高辛帶來羞辱的王姬很是厭惡，恨不得她當年沒有被找回來。

在軒轅，因為對蚩尤的恨意，人們竟然越來越傾向於小夭是蚩尤的孽種。

蚩尤曾帶領神農的軍隊，對軒轅攻城掠地，他屠城、殺俘，死在他手下的軒轅人的屍骨堆積如山，幾乎每個軒轅氏族都有子弟死在蚩尤手中，軒轅的老氏族恨他入骨。

中原的氏族也恨蚩尤，他暴虐殘忍，在中原也殺人無數，將很多家族滅族，就是中原六大氏都曾被蚩尤逼得搖尾乞憐，當年的屈辱全變成了對蚩尤的滔天恨意。

軒轅的老氏族和中原的氏族沒有絲毫共同點，可在恨蚩尤這點上，完全一致。可以說，軒轅舉國上下，所有氏族都恨蚩尤。蚩尤死了，恨沒有了發洩的對象，縱然恨，也只能唾罵幾句。可蚩尤的女兒出現，人們的恨意有了具體的對象，所有平復的傷痛都被喚醒，他們把對蚩尤的恨轉嫁到了小夭身上。

雖然，身居高位的人仍理智地看待這件事，可大部分的普通人都只顧著發洩恨意，他們沒有膽子去刺殺小夭，畢竟不管小夭是誰的女兒，她都是黃帝的外孫女，這一點是鐵打的事實，他們只能把所有的恨意都變成謾罵。從酒樓到茶肆，到處是謾罵小夭的言論，甚至有張狂的中原氏族子弟聚集到神農山下，高叫「蚩尤的野種滾出神農山」。

各種各樣的奏章也送到了顓頊面前，含蓄婉轉的、開門見山的，目的都一樣，希望顓頊顧全自己的名望，把高辛大王姬送回高辛。

小夭苦笑，既然認定她不是俊帝的女兒，才恨她，那把她送回高辛算什麼呢？難道希望俊帝相信謠言，殺了她嗎？

舊的一年就要過去，新的一年就要來臨，小夭卻再沒對璟提起要一起回五神山。

俊帝給小夭寫過四封信，信不長，卻拳拳愛意表露無遺，俊帝並未假裝他沒有聽到流言，他主動提起流言，寬慰小夭不必憂慮。

小夭把俊帝的信放在枕下，每個晚上枕著它們睡覺，就好似有了一份保護，幫她抵擋那些傷人的話語。

一年的最後一日，璟得回青丘主持族裡的祭祀儀式，顓頊在紫金頂舉行宴會與百官同樂。小月頂上就小夭和黃帝，祖孫兩人對著一案豐盛的酒菜，說說笑笑地守候著新的一年來臨。

新舊交替時分，紫金頂上騰起千萬道煙花，照亮了天空。小夭跑到窗前去看煙花，黃帝也下了榻，站在她身後，和小夭一起看著滿天的奼紫嫣紅綻放又謝落，猶如人世間最迷離的夢。

小夭的幽幽聲音在砰砰的炮仗聲中若有若無地傳來，「外公，我究竟是誰的女兒？」

黃帝的手放在小夭的肩膀上，遲遲沒有說話。

小夭微微側首，執拗地等著答案。在漫天煙花映照下，她的面孔時明時寐。

半晌後，黃帝說：「妳是軒轅開國君王黃帝和王后嫘祖的外孫女，這一點永不會變，只要我在，軒轅永遠是妳的家！」

小夭嘆息，「原來外公也不知道。」

黃帝攬住了小夭，「不要管別人說什麼，妳永遠是妳！」

小夭仰起頭，衝著天上的煙花笑，「這樣也好，反正娘已經死了，真相如何再無人知道，我認定自己是父王的女兒，那就一定是了！」

半夜，小夭已經睡下很久，聽到窸窸窣窣的聲音，一會後，寢室的門被輕輕推開，顓頊坐在了榻旁。

小夭不想讓他知道自己滿懷心事、難以入眠，裝著沉睡未醒，背對著顓頊。黑暗中，只聞顓頊身上傳來濃郁的酒氣，也不知道他到底被臣子灌了多少酒。

一會後，顓頊側身躺下，隔著被子輕輕抱住小夭，低聲說：「別害怕，我不會讓任何人傷害妳。他們不明白，我所擁有的一切，也都是妳的，神農山、澤州、軹邑……都是妳的，沒有人可以讓妳離開。」

小夭咬著唇，猜想中原的氏族又說了什麼，顓頊的話中有隱隱的怒氣。

醉意上頭，顓頊分不清過去和現在，喃喃說：「別害怕，我已經長大了，絕不會讓人傷害到妳，我不會再讓妳去玉山……妳會一直陪著我！」

「姑姑，我能保護小夭，妳不要送小夭去玉山……」

「姑姑，我和小夭說好了一直要在一起……小夭，不要離開！姑姑，我害怕……」

顓頊醉睡了過去，小夭的淚無聲而落，自己卻不知道在哭什麼，究竟是在哭那個過去的少年，還是在哭現在的自己。

新年的第一個月圓之日，小夭主動提出要去軹邑城裡看花燈，璟和顓頊自然都說好。

下午，璟來小月頂接小夭，身著一襲布衫，小夭穿上半舊的男裝，戴了頂帽子，顓頊也換了布衣。三人出了神農山後，乘著一輛牛車，夾在趕往城裡看花燈的人群中，晃晃悠悠地慢慢行著。

小夭看看璟、看看顓頊，不禁笑起來，「你們說我們如今像什麼？」

顓頊和璟對視了一眼，璟笑而未語，顓頊笑道：「有些像在清水鎮上時。」

小夭樂道：「可不是嘛！」

牛車後是扶老攜幼的人群，有錢的坐著牛車，沒錢的自己走著，可不管坐車的、走路的，人人都穿著簇新的衣裳，臉上帶著辛勞一年後滿足的笑容。一個騎在父親肩頭的小男孩嘰嘰喳喳地和父親說：「阿爹，進了城要買糖果子啊！」父親宏亮地應道：「好！」

小夭的笑容中掠過悵然。

牛車進了城，此時天已將黑，顓頊說：「花燈還沒全點亮，我們先去吃點東西。小夭，妳想吃什麼？」

坐得久了，身子有些發冷，小夭跺跺腳，笑道：「這麼冷的天，當然是烤肉了，再來幾碗烈酒更好。」

顓頊大笑，對璟說：「上一次說好了你請客吃烤肉，可半道上你跑了，這次得補上。」那一次三人相約去吃烤肉還是在清水鎮，因為防風意映的突然出現，變成了顓頊和小夭的兩人之約。

璟笑了，「你竟然還記得？好！」

商量好了吃什麼，顓頊和璟卻茫然了，一位是陛下，一位是族長，不再是軒和十七，實在不知道街上哪裡有烤肉鋪子，哪家好吃。

小夭笑著搖搖頭，「跟我走吧！」

小夭領著顓頊和璟走街串巷，進了一家烤肉鋪子，「在我吃過的烤肉鋪子中，這家算是又乾淨又好吃的，不過，我也好久沒來了，不知道現在味道如何。」

這些大街小巷的食鋪子都是防風邶帶她來的，面對著她最親的兩個人，小夭也沒刻意掩飾，話語中帶出絲絲悵惘。顓頊和璟都是絕頂聰明的人，立即猜到以前小夭和防風邶來過這裡。顓頊拍了拍小夭的肩，示意她別多想了，璟卻是心裡一聲嘆息。

烤肉鋪子被一扇扇山水屏風隔成了一個個小隔間，小夭他們來得早，占據了最裡面的位置，這樣縱使再有客人來，也不會看到裡面的他們。

三人叫了羊肉、牛肉和一罈烈酒，邊吃邊喝起來。炭火燒得發紅，烈酒下了腸肚，顓頊吃得分外香，不禁嘆道：「好多年沒這麼暢快了，日後應該常來外面吃。」

小夭一邊用筷子翻著肉塊，一邊嘀咕，「人心不知足，這世間哪能好事全被你占了？」

顓頊愣了一愣，深深盯了小夭一眼，笑道：「誰說的？我還偏就是全都要！」

小夭把烤炙好的肉放到顓頊的碟子裡，「要就要唄，反正你折騰的是瀟瀟他們，又不是我！」

顓頊在小夭額頭彈了一記，「牙尖嘴利，一點虧不吃！」

小夭瞪顓頊，璟指指面前的空碟子，愁眉苦臉地對顓頊說：「她對你是只嘴頭厲害，實際好處一點不落，對別人倒是笑言笑語，好處卻一點不給！」

顓頊笑著剛要舉箸夾肉，小夭把顓頊碟子裡的烤肉轉移到璟的碟子裡，璟笑道：「謝了！」

顓頊愣了一愣，無奈地笑起來，對小夭說：「再給我烤一碟。」

小夭忙忙碌碌，一邊灑調料，一邊說：「想吃自己烤！我還得餵自己的尖牙利嘴，否則哪來的力氣牙尖嘴利？」

顓頊軟聲央求小夭，「自己烤的沒妳烤的香！」

小夭說著不給，可等肉熟了，還是先給顓頊夾了一碟子。

三個身材魁梧的男子走了進來，恰被小二領到隔壁的位置，顓頊和璟都沒有再說話。只聽到隔壁的三人在點菜，除了牛羊肉，他們還點了幾盤蔬菜和瓜果。這個季節，新鮮的蔬菜和瓜果遠比肉貴，一般人根本吃不起，小夭怕引人注意，剛才只點了一碟醃菜。顯然，這幾人非富即貴。

聽他們的口音帶著明顯的軒轅城腔，小夭低聲問顓頊：「你認識？」

顓頊點了下頭，皺著眉頭在案上寫了兩個字，「將軍。」

小夭對顓頊做鬼臉，誰叫你把他們召來神農山覲見？活該！

等點完菜，隔壁的聲音突然消失，必然是下了禁制，不想讓別人聽到他們談話。

小夭嘀咕：「肯定在講秘密！」

她湊到璟身旁，低聲說：「不公平，我們怕引起他們的注意，不敢下禁制，他們卻下了禁制。」

小夭瞅了顓頊一眼，笑嘻嘻地說：「如果是在議論哥哥，那可就有意思了。」小夭拽璟的袖子，「我想聽到他們說什麼，你有辦法嗎？」

璟笑了笑，「沒有也得有！」他握著一杯酒，酒水化作白霧，白霧沉在地上，從屏風下涔到隔壁，消失不見。

隔壁的說話聲傳來，倒沒有說什麼要緊事，只是在比較新都軹邑城和舊都軒轅城，聽上去這三人都是明理的人，雖然難捨舊日家園，卻都承認現在的新都更適合做都城。根據他們的稱呼，小夭推斷出，三人中職位最高的是離怨大將軍，另外兩人，一位是他的內弟，一位是他的侄兒。

三人說了會都城，又說起黃帝，一人嘆道：「也不知道能不能見到黃帝陛下。」另一人說道：「我們肯定不行，但叔叔也許有機會叩見陛下。」

小夭笑看著顓頊，顓頊給她寫道：「離怨，澤州守軍的將軍，曾隨爺爺攻打中原……」他的手在半空中停了一瞬，才繼續寫道：「冀州大戰中，他在姑姑麾下效力。」

小夭臉上的笑容一滯。

隔壁的三人喝了幾碗酒，一個人說道：「姐夫，你曾跟隨王姬大將軍打贏了冀州之戰，想來和王姬大將軍交情很好。」

王姬大將軍是軍中將士對母親的特殊稱呼，小夭努力裝作不在意，耳朵卻驟然豎了起來，捕捉著離怨的聲音，可離怨遲遲沒有開口，半晌後才說：「那一戰，很難說是我們打贏了。」一句話，隔著幾百年的光陰，依舊有重如山岳的哀傷，讓屏風兩側的人都默默地喝了一碗酒。

沉默了一會，另一個語聲輕快的男子問道：「叔叔，不知道你有沒有聽聞最近的流言？就是說高辛大王姬的。」

「聽聞了。」

離怨的聲音波瀾不驚，小夭卻不自禁地身子向前探。

「叔叔和王姬大將軍是好友，那……」男子好似也覺得有些尷尬，遲疑了一下，才說：「高辛大王姬究竟是誰的女兒？」

離怨不吭聲，小夭的身子卻緊繃。璟握住了她的手，小夭卻完全沒察覺，只是下意識地緊緊抓住了他。

另一個年紀大一些的男子道：「姐夫，這裡就我們三人，都是至親，有什麼話不能說呢？」

離怨終於開了口，「我不是王姬大將軍的好友，應龍大將軍才和王姬交情深厚，當年的我只是在王姬麾下效力，從沒和王姬私下說過話，我也不知道高辛王姬究竟是誰的女兒。」

小夭的身子驟然鬆弛了下來，竟然有些乏力。

突然，離怨的聲音又響了起來，「一日清晨，應龍將軍帶著我巡營，軍營外有喧譁聲傳來，我們趕過去時，看到王姬和蚩尤被蚩尤的部下圍在中間……」

小夭的身子顫了一下，好似不想再聽。璟抬手想撤去法術，小夭又猛地抓住了他的手，眼睛圓睜，如野獸一般瞪著前方，凝神傾聽。

「蚩尤的部下大吵大嚷，我聽了一會才明白，原來王姬和蚩尤通宵未歸，他們看到王姬和蚩尤一同歸來，還擁抱告別，所以在質問蚩尤。蚩尤一直不說話，應龍將軍喝斥了對方，本來將士們已經要散了，可王姬突然對所有人說『我是和蚩尤有私情』。我們全震驚地呆住，以為漏聽了個『沒』字，可王姬又非常大聲地說了一遍『我已經喜歡蚩尤好幾百年了』！聲音大得就好似巴不得全天下都聽到。」

猶如被惡夢魘住，小夭恐懼害怕，全身動彈不得，所有人的聲音好似從一個極其遙遠的地方漸漸傳來。

「為、為……為什麼？蚩尤、蚩尤是……大魔頭啊！」年輕男子的聲音結結巴巴，充滿了沮喪，完全無法接受心目中為民戰死的王姬居然會喜歡蚩尤，他寧願如流言所說，王姬是被姦汙了。

離怨一直平穩的聲音驟然嚴厲了起來，「我知道你們詢問此事不僅僅是關心流言，想來是有人遊說你們迫害高辛大王姬，我警告你們，不行！只要應龍大將軍和我活著一日，就不允許軍中有任何勢力迫害王姬的女兒！」

「可是、可是，叔叔……」

「沒有可是！」離怨的聲音千鈞壓下，真正顯示出他是鎮守一方的沙場老將。

兩位男子都如軍人般應諾：「是！」

離怨的聲音又恢復了平靜，「人生的很多無奈與殘酷，你們都不曾經歷，所以不懂，是王姬捨棄了一切，才給了你們機會不去經歷。蚩尤……他是我們的敵人，可他也值得王姬喜歡！」離怨說完，起身大步離去。

剩下的兩人呆坐一會，都跳了起來，匆匆去追離怨。

「小夭、小夭……」

小夭茫然地抬起頭，顓頊和璟擔憂地看著她。小夭嘴唇翕動，卻嗓子發澀，半晌都說不出話。璟拿了水給她，小夭搖頭，顓頊把一碗酒遞給小夭，小夭咕咚咕咚喝下，烈酒從喉嚨燒到腸胃，小夭覺得自己好像又活了過來。

不知何時，天已經黑透，街上燈如海、車如龍。小夭坐得筆直，沒有看璟，也沒有看顓頊，只是望著窗外。

很久後，她異常平靜，異常肯定地說：「我是蚩尤的女兒！」

顓頊急速地說：「小夭，不管妳是誰的女兒，妳都是我最親的人。」

璟慢慢地說：「小夭，妳我初相逢時，妳就是妳，不是任何人的女兒，日後，不管妳是誰的女兒，妳依舊是妳。」

小夭站了起來，向外走去，顓頊和璟忙站起，她說：「我想一個人靜靜，你們不要跟著我！」

顓頊和璟都停住步子，目送著小夭走出了門。

小夭剛走遠，一隻虛體的九尾白狐從璟袖中躍出，蹦蹦跳跳地消失在夜色中。顓頊快步走出食鋪，對一直守護在外面的暗衛下令：「再派幾個人去保護王姬。」

顓頊對璟淡淡說：「暗衛會護送小夭回小月頂，你回去休息吧！」

顓頊轉身離去，璟問道：「陛下，為什麼要這麼做？」

顓頊慢慢地轉回了身子。臺階下，花燈如海，人群熙來攘往，歡聲笑語不斷，可臺階上，也不知道是因為有暗衛的靈力遮罩，還是恰好沒有人來，冷冷清清，寂靜無聲，只顓頊和璟隔著兩盞羊皮燈籠，對視著。

顓頊唇角似含有一點譏笑，「你如何知道的？」

璟回道：「起初，我以為是王后所為，只有她既想傷害小夭，又有能力散布流言。我想當然地認為陛下也一定在盡力壓制流言，可我竭盡所能，甚至不惜以西陵、鬼方、塗山三氏的力量向赤水氏和神農氏施壓，仍沒有辦法阻止流言的傳開，我才覺得不像是王后。推動流言的力量未免太強大了！今夜，看似一切都是小夭的選擇，可陛下若真不想掃了小夭的玩興，離怨將軍根本不可能踏入這間食鋪，唯一的解釋就是陛下想讓小夭與離怨將軍三人『偶遇』。」

顓頊淡淡而笑，「豐隆曾一再說你心有百竅，聰慧無雙，我還不太相信，如今看來，你倒是擔得起豐隆的盛讚。」

璟說：「陛下，不是小夭不夠聰慧想不到，而是她永不相信陛下會傷害她。」

顓頊的笑意消失，冷冷地說：「我就是想保護她才這麼做。」

雖然璟已經推測到顓頊的用意，但證實了，依舊震撼，他沉默地後退幾步，向顓頊行禮，「草民告退。」

顓頊沒有說話，只是冷然而立，看著璟走下了臺階，匯入人群中。

小夭隨著觀賞花燈的人潮，一直不停地往前走，可究竟走過了幾條長街、看到了多少盞花燈，卻是完全不知道。時而經過長街、時而走入陋巷，小夭覺得自己是漫無目的、隨意亂走，可當她停在那扇破舊的木門前，小夭才明白，她想來的就是這裡。

小夭緩緩推開了木門，上一次來，這裡爐火通紅、滿鍋驢肉、香味四溢，這一次，卻是灶冷鍋空，屋寒燈滅。那個做得一手好驢肉的獨臂老頭已經不再做驢肉了嗎？

小夭掀起破舊的布簾子，走到院內，四周漆黑一片，沒有燈光，沒有人聲。幸好月色明亮，可以看到院內一片枯敗蕭瑟，待客的兩張木案堆在牆角，滿是灰塵。

小夭敲門，「有人嗎？有人在嗎？老伯、老伯……」

沒有人回答，小夭推開了屋門。屋內的舊木案上有一個靈位、三炷未燒完的殘香。眼前的一切已經清楚地告訴她，獨臂老頭去往了何處。

小夭怔怔站了半晌，走進屋子，緩緩坐到了木榻上。

屋子本來就很破舊，如今沒了人住，聞著有一股霉味，小夭卻不願離開，也許，只有這個地方才真正歡迎她。

小夭看著靈位，默默坐了很久，突然輕聲說道：「老伯，他們說你曾是蚩尤的將軍，你一定和蚩尤很熟吧！不知道你有沒有見過我娘？其實，我一直想來看看你，和你聊一聊，可我不敢！我逃避著一切和蚩尤有關的事，現在，我逃不掉了，終於有勇氣來問問你，蚩尤究竟是個什麼樣的人？他是不是真的是個六親不認的大惡魔、大混帳？他可曾對你們提過我娘？他知不知道我的存在？我有太多的問題想問你，你卻已經走了……」

小夭靠著牆壁，閉上了眼睛，淚如決堤的海，剎那已是滿面。

這位燉驢肉的將軍已是世上唯一熟悉蚩尤的人！她曾有千百次機會來問他，可她沒來，等她來時，卻已經晚了。

小夭張著嘴，想要痛苦地大叫，卻又一聲都發不出來，極度的痛苦和壓抑交織在一起，讓她整個身子都在顫抖，「老伯，所有人都恨他，所有人都恨他！我也恨他……我只是想聽一個不恨他的人說說他，告訴我，我不該恨他，我想知道他究竟是個什麼樣的人……老伯，不管我走到哪裡，所有人都在咒罵他，也許你是這世上唯一不會咒罵他的人，可現在，你也走了……我恨他！我恨他……」

小夭一遍遍說著「我恨他」，她恨蚩尤帶給娘和她的恥辱，她恨他從沒有以父親的名義給過她一點關愛，她更恨他們拋棄了她，既然不要她，為什麼要生下她？

可今夜來這裡，她想說的並不是「我恨他」，她渴望的是有人給她一個理由，讓她不去恨他，讓她能坦然地面對世人的鄙視和辱罵。

但，最後一個人也走了！她對爹爹的唯一瞭解就是世人的咒罵！

淚眼朦朧中，小夭看到一個人影從屋角的黑暗中浮現，她立即用手臂抱住頭，匆匆把淚擦去。

「你是誰？為什麼躲在這裡？」小夭的聲音又悶又啞，卻已很平穩。

人影沒有說話，也沒有離開，走到了榻旁。

小夭沒有抬頭，卻清晰地感受到，另一顆心漸漸走近她，和她的心在一起跳動，「相柳！」她仰起頭，看到了相柳。他穿著一襲黑袍，外面又披了一件黑色的兜帽大氅，全身上下捂得嚴嚴實實，好似畏寒的普通人。可此時，大氅的兜帽有些鬆了，露出幾縷白髮。

小夭想到剛才的痛哭失態全被他看了去，覺得十分尷尬，冷冷地說：「你躲在這裡幹嘛？看我笑話嗎？」

相柳說：「講點道理好不好？我來祭奠故友，妳突然跑來，明明是你打擾了我！再說了，妳有什麼笑話可看？」

「難道相柳將軍沒聽說我是蚩尤的孽種嗎？」

相柳笑著，冷峻的眉目柔和了幾分，「原來是這事呀！可這事哪裡可笑？妳說來聽聽。」

小夭狠狠瞪了相柳一眼，只不過她頰上仍有淚痕，這一瞪實在沒任何力量。

相柳坐到她身旁，笑道：「看樣子，謠言是真的，妳真的是蚩尤大將軍的女公子。」

「閉嘴！」小夭埋下頭，不理他。

「突然換了個父親，還是個臭名滿天下的惡魔，的確難以接受。」

「閉嘴！」

「妳不瞭解蚩尤，可妳應該瞭解妳的母親，既然她選擇了蚩尤，妳就該相信她的眼光！」

「我說了，閉嘴！」

「不管怎麼說，妳知道自己的父母是誰，總比我強！像我這種從蛋裡鑽出來的妖怪，壓根不知道父母是誰。」

小夭抬頭看著相柳，似乎想看相柳說的是真是假。相柳一本正經地說：「妳也知道我有九顆頭，比別人能吃一些，我從小就為生計奔波，日子過得慘不忍睹，一會別人喊打喊殺，一會九顆腦袋還要自相殘殺，有一次餓急了，一顆腦袋差點把另一顆腦袋吃了……」

小夭瞪大眼睛，「真的？」

「假的！」

「你——」小夭簡直氣絕。

相柳繼續一本正經地說：「我記得有個人曾和我說『人的心態很奇怪，幸福或不幸福，痛苦或不痛苦，都是透過比較來實現』，我正在透過講述我的悲慘過往，讓妳比較出妳過得不錯！」

小夭想起來了，那個「有個人」就是她。小夭不滿地說：「我可沒編造假話！」

「從蛋裡鑽出來是真的，有九顆頭也是真的，後面的……」相柳敲敲自己的額頭，小聲嘀咕，「編得太順嘴，我剛剛都說了些什麼？」

小夭不知道自己是該氣還是該笑，但胸間的悲苦卻是真的淡了許多。

相柳問：「還需要說一些我的悲慘過往，讓妳覺得有個大魔頭父親其實也沒什麼嗎？」

小夭瞪了相柳一眼，問道：「你見過蚩尤嗎？」也許因為相柳就是個魔頭，在他面前提起蚩尤，容易了許多。

「沒有。我真正跟隨義父時，蚩尤已死。」

「共工和蚩尤關係如何？」

「當年很不好，幾乎算交惡，但蚩尤死後，義父祭奠祝融時，都會祭奠蚩尤。」相柳笑了笑，譏嘲地說：「妳不能指望當年那幾人交情好，如果他們交情好，神農國也不會覆滅了。」

小夭沉默了一會，突然問：「相柳，為什麼選擇共工，只因為他是你的義父嗎？」小夭也不知道自己為什麼會有膽子問這個問題，大概因為今夜的相柳不太像相柳吧！

「不僅僅是義父，還有並肩作戰、同生共死的袍澤，一起喝酒、一起打仗、一起收斂戰友的屍骨……」相柳看向案上的靈位，「幾百年來，妳能想到我究竟親手焚化過多少袍澤的屍體嗎？」

小夭無法想像，可她能理解相柳的意思，就像四舅舅，明明能逃生，明明深愛四舅娘和顓頊，卻選擇了和袍澤一塊赴死。這世間，有些情義，縱然捨棄生命，也不能放棄。

相柳微笑著，指了指自己的心口，「我也數不清了，但他們全在這裡。」

小夭把頭埋在膝蓋上，默默不語，只覺心裡堵得慌，卻說不清楚究竟是為相柳，還是為自己。

「在想什麼？」

「身為蚩尤的女兒，天下之大，卻無處可去。」

相柳抬起了小夭的頭，「實在不行，就揚帆出海，天高海闊，何處不可容身呢？」

小夭想起她已擁有海妖一般的身體，無邊無際的大海是別人的噩夢，卻是她的樂園，就算軒轅和高辛都容不下她，她也可以去海上。就像是突然發現了一條任何人都不知道的逃生秘道，小夭竟然有了一絲心安。

她盯著相柳，眼前的男子分明是那個浪蕩子，可當她正迷惑時，一縷白髮從兜帽內落下，提醒著她，他究竟是誰。小夭摸了一下他的白髮，說道：「此處不宜久留，祭奠完舊友就離開吧！」

因為剛哭過，小夭的眸子分外清亮，相柳能清楚地看見她眼眸中的自己。他伸手撫過，把她的眼睛合攏，「我走了！」

小夭只覺額上一點柔軟的清涼，輕輕一觸，又立即消失，小夭猛地捂住額頭，睜眼看去，眼前已空無一人。

錯覺！一定是錯覺！

相柳從屋子內飛出，躍上牆頭，只看街巷上霧氣瀰漫，無路可走。

相柳笑著回身，看到璟一襲青衣，長身玉立。他笑問：「塗山族長，聽壁角可好玩？我剛才沒叫破你偷聽，你現在又何必設迷障來刁難我？」

璟溫和地說：「如果不想和顓頊的暗衛撞見，從北面走，我在那邊留了路。」

「倒是我誤會族長了，多謝！」相柳把兜帽戴好，遮去了面容，向北面飛掠而去。

璟說：「謝謝！」

相柳猛地停住腳步，回身說道：「塗山族長的謝謝倒是要聽仔細，省得錯過什麼好處。」

璟笑著說：「謝謝你勸慰她，好處我當然願意給，但你願意要嗎？」

相柳似笑非笑地說：「我當然願意要，不過——不是問你要！」

璟的臉色變了，相柳大笑起來。笑聲中，他的身影消失在霧氣中。

冰冷黑暗的屋子中，小夭恍恍惚惚地坐著。

一個人從屋外走進來，隨著他的步子，屋簷下的幾盞燈籠、屋內的兩盞油燈全都亮了，當他一步步走近小夭，就好像把燦爛的光明一步步帶到了小夭身邊。

小夭有些意外，叫道：「璟！」

璟把一件狐皮大氅披到她身上，小夭這才覺得身子冰涼，攏了攏大氅，把自己裹住。

璟將香爐內三炷未燃盡的香點燃，對小夭說：「我們一起祭拜一下離戎伯伯吧！」

小夭和璟一起作揖行禮。

行完禮後，璟說：「我們可以決定很多事情，卻無法決定自己的父母，不要因為自己無法決定的事折磨自己。」

小夭正想說話，瀟瀟走了進來，一邊行禮，一邊說道：「王姬，夜已很深，請讓奴婢送您回小月頂，要不然兩位陛下該擔心了。」

小夭看璟，璟溫和地道：「是該休息了，明日我來看妳。」

小夭盡力擠了個笑，「好。」

小夭回到小月頂時，黃帝和顓頊正在燈下對弈。

看到小夭，黃帝似鬆了口氣，面容透出疲憊，扶著近侍的手，回屋休息了。

顓頊走到小夭面前，看她臉頰被寒風吹得通紅，手搭在她肩上，用靈力為她除去寒意，待小夭全身都暖和了，顓頊才幫她脫了帽子和大氅。

苗莆端著一碗熱湯進來，「王姬，用點……」小夭猛地把熱湯打翻了。

小夭向來隨和，別說發火，連句重話都不曾說過，苗莆立即跪下，「奴婢該死！」

小夭疲憊地說：「不是妳該死，是我該死！以後不要再叫我王姬！」

苗莆嚇得不知道該回什麼，只能頻頻磕頭。

顓頊說：「妳下去吧！」苗莆忙躬著身子退了出去。

顓頊拖著小夭往暖榻走去，「王姬，逛了半夜，坐下休息會。」

小夭怒瞪著顓頊，要甩掉顓頊的手，顓頊握著不放，笑嘻嘻地看著小夭。

小夭氣道：「你明知道我不是……你還……你和著所有人一塊欺負我！」

顓頊說：「妳哪裡不是了？我明日就可以昭告天下，封妳為軒轅的王姬，別說王姬，妳就是想做一方之王也可以，凡我所有的土地山川，妳盡可挑選，我封給妳。」

小夭沒好氣地說：「你別給我添亂！我現在煩著呢！」

顓頊問：「妳很在意自己是不是王姬嗎？」

「你明知道我在意的不是王姬的身分，而是……我好累！」小夭只覺得身心皆累，頭搭在顓頊的肩膀上，一動不動，好似睡著了。

顓頊也一動不動，由她靠著。

很久後，小夭低沉的聲音輕輕響起，「你現在還恨舅娘嗎？你已經擁有了一切，再沒有人敢欺負你，是不是不會再像小時候那樣怨恨舅娘了？」

「我依舊會夢到她在我面前自盡，不管我現在擁有多大的權勢，我依舊沒有辦法阻止她把匕首插進自己的心口，依舊只能無助地看著鮮血染紅她的衣裙，依舊只能眼睜睜地看著她跳進父親的墓穴。」

小夭說：「我恨她！」這個她不是顓頊的娘，而是顓頊的姑姑、小夭的娘。

顓頊不知道該如何開解小夭，就如同他也不知道該如何開解自己。那是他們至親的人，這樣的恨讓他們痛苦，他和小夭都不想恨、想原諒，可理由呢？誰能給他們一個理由？

小夭說：「那時候，我雖然小，可每次蚩尤和娘見面的事我都記得，我想……我心裡一直都知道真相，所以我寧願顛沛流離，也不願回五神山。今夜聽到離怨的話，我一面憤怒傷心，一面卻是如釋重負，就好像一個人做了一件壞事，一直在努力隱瞞，可又預感遲早會暴露，他瞞得非常辛苦，當秘密暴露時，是很可怕，可也終於鬆了口氣，因為不用再辛苦地隱瞞了！我很捨不得父王給我的寵愛，可我也真的不想再騙他了！」

顓頊輕撫著小夭的背，「小夭，這不是妳的錯。」

小夭苦笑，「我一直在想什麼人敢把駐顏花封印在我體內，讓我變成一個沒臉的人，現在我明白了，是我娘！她肯定是想藏住我的長相。很荒謬！是不是？從我出生，一切就全是謊言。他們倆個轟轟烈烈地死了，一個讓萬民敬仰，一個讓天下唾罵，留給我的就是謊言！哥哥，你說他們同歸於盡前，可有想到我？可有一點點不捨得？」

「小夭，我沒有辦法代替他們回答妳，但我知道，我不會捨得離開妳。」

小夭輕聲說：「我知道。」

他們相依相靠，和小時候一模一樣。只不過，小時候是小夭給顓頊依靠，讓顓頊明白縱然爹娘都不在了，她依舊會陪著他，現在是顓頊給小夭依靠，讓她明白縱然世人都唾棄仇視她，他依舊在她身邊。

仲春之月望日，俊帝昭告天下，將高辛玖瑤的名字從高辛王族的族譜中除名，天下譁然。

雖然謠言傳得天下皆知，可那畢竟是好幾百年前的事，除了軒轅王姬復生，再沒有人知道事實的真相，俊帝此舉看似懲罰了小夭，卻將恥辱落實在了自己身上。

自小夭出生，她就擁有大荒內最尊貴的氏之一：高辛氏。即使她顛沛流離時，即使她沒有臉時，她也清楚地知道她是高辛玖瑤；可一夕之間，她失去了她的氏，和低賤的奴隸一樣成了沒有氏族的人。

小夭拿出流言剛傳出時父王寫給她的信，過去的幾個月，她枕著它們，就能安心地睡著。小夭苦笑，不過小半年時間，父王就從不信變成了確信，把他賜予她的一切全部剝奪了。不對！她不應該再叫俊帝父王了！他與她再無關係，她應該稱呼他為陛下。

小夭把玉簡遞給璟，「幫我毀了吧！」

璟卻沒有照做，而是將玉簡收入了袖中。

小夭也沒在意，說道：「其實，這樣也好，本來我還想帶你去五神山，現在你不用討好那位陛下，也不用擔憂一堆朝臣反對了。」

廊下的風鈴響了幾聲，珊瑚進來，為璟和小夭奉了兩碗茶，又悄悄退了出去。

小夭喝著茶，輕輕嘆了口氣，璟問：「是在為珊瑚犯愁嗎？」

「我想送她回去，可她服侍了我幾十年，人人都知道她是我的婢女，高辛人視我為高辛的奇恥大辱，她回去後，只怕日子很難熬，所以我又想留下她，這幾日思來想去，都還沒個主意。」

「如果她是孤身一人，願意留下就留下，但她還有一個哥哥、一個妹妹，哥哥在軍中，妹妹已經嫁人，把她留在軒轅，對她和她的親人都不好。」

小夭沒想到璟已經把事情查得這麼清楚，「那你說怎麼辦？」

「塗山氏在高辛有不少生意，像珠寶、香料這類生意都是女主顧多，一直缺女掌事，珊瑚在宮裡多年，見過的寶物不勝其數，眼界見識都非一般人，很適合去掌管珠寶生意，有塗山氏的名頭，一般人不敢找她麻煩，我還和蓐收打了招呼，蓐收說他會吩咐下去，照顧一二。」

「就照你說的這麼辦。」事情不大，難得的是璟考慮周全，讓小夭放下了一樁心事。

小夭把珊瑚叫進來，給珊瑚說了璟的安排。

璟又具體說了是哪裡的店鋪，珊瑚聽到距離父母很近，一下子哭了出來。這段日子，小夭苦，她心裡也苦，小夭身邊還有親人，她卻孤身一人，苦無處可訴，不管離開或留下，都是錯！沒想到她的苦，小夭和璟都看在眼裡，惦記在心。

小夭說：「妳先別哭，我都不知道妳究竟是願意不願意。」

珊瑚對璟和小夭磕頭，一邊抹眼淚，一邊說：「塗山氏的掌事是極好的差事，多少人夢寐以求，還能離爹娘那麼近，我當然樂意！謝謝，王……謝謝小姐，謝謝族長！」

小夭笑道：「謝謝他是真的，我就算了！妳去收拾一下，和苗莆道個別。待會璟離開時，妳就和他一塊下山吧！」

珊瑚又磕了三個頭，才出了屋子，雖然還在抹眼淚，腳步卻輕快許多。

小夭握住璟的手，搖了搖，「你再這麼幫我，我遲早被你慣成個懶蟲！」

璟笑了笑，問道：「妳上次說要幫我製作一些外傷的藥丸，給幽他們用，做好了嗎？」

「哎呀！我忘記了！」雖然這段日子發生了太多事情，可居然忘記了答應璟的事，小夭依舊不好意思。

璟說：「現在有時間做嗎？我幫妳。」

小夭忙道：「我如今被外公和哥哥拘在小月頂，有的是時間。」

她跑出屋子，忙碌地搬運製藥的器具，不知不覺中蹙起的眉展開了，璟這才放心幾分。

顓頊來小月頂時，璟也在，幫小夭在研磨藥材。

顓頊笑打了聲招呼，進屋去找黃帝。不一會，屋內傳來爭執聲。小夭詫異地抬頭看去，小聲對璟說：「第一次！」

小夭側耳傾聽，原來兩人竟然是為了她在爭執。黃帝想賜小夭軒轅氏，讓小夭真正地變成軒轅王姬，有這個天下最尊貴的氏，也算是一種保護。顓頊卻想賜小夭西陵氏，顓頊的理由是，不用軒轅氏，天下也會明白小夭是軒轅王族血脈，那些跟隨黃帝和嫘祖打天下的軒轅老氏族再恨蚩尤，也不敢動黃帝和嫘祖的嫡親血脈，可中原的氏族壓根不會買軒轅氏的帳，西陵氏是四大世家之一，對中原氏族有很大的影響力，只要西陵氏認可小夭，就意味著很多的中原氏族都必須認可小夭。

爺孫倆為了小夭究竟該叫軒轅玖瑤，還是西陵玖瑤吵得不可開交，小夭實在聽不下去了，跑到門口，大叫：「你們問過我的意思嗎？」

黃帝和顓頊都看著小夭，這才想起還需要徵詢小夭的意見。

顓頊說：「爺爺，孫兒說服不了你，那就讓小夭自己選。」

小夭剛要開口，黃帝慈祥地說：「妳不和璟商量一下嗎？」

顓頊立即說：「爺爺，璟和此事有什麼關係？」

黃帝露出狐狸般狡猾的笑，瞅著顓頊說：「妳說和他有沒有關係呢？」

顓頊眼中閃過一抹羞赧，氣惱得竟然如孩子般抱怨，「沒見過你這樣的爺爺，一點都不肯幫自己的親孫子，你還是不是我爺爺？」

眼看著他們又要吵起來，小夭忙說：「我幾時說過我想要一個氏？難道我不能只有名，沒有氏嗎？」

黃帝和顓頊異口同聲地說：「不行！」絕然斷然，十足的帝王口氣。

小夭噗哧笑了出來，對顓頊說：「看，外公還是幫你的！」

小夭低頭思索，沒打算問璟的意思，顓頊和黃帝是她的親人，她得罪了誰都沒關係，可對璟而言，他們是兩位帝王，帝心難測，小夭不想讓璟冒險。

小夭默默思索了一會，說道：「我選西陵氏。」西陵和塗山正好門當戶對，軒轅卻太尊貴了，會有太多束縛。

顓頊得意地笑了起來，黃帝倒也不見失望，只是看著顓頊微微嘆了口氣。

幾日後，西陵氏的族長宣布將小夭寫入族譜，小夭成了西陵家的大小姐。

軒轅國君為了恭賀西陵氏，賞賜了無數奇珍異寶，還將神農山小月頂的章莪殿賞賜給了小夭。章莪殿曾是炎帝女兒瑤姬的宮殿，章莪山以出產美玉聞名，「章莪」二字有蘊藏美玉之意，不僅和玖瑤的名字相合，還暗示了小夭如王姬一般尊貴。

自從黑帝登基，黃帝就從未頒布過政令，可對小夭的賞賜是以黃帝和黑帝兩位陛下的名義賜下，聖諭上的印鑒同時蓋著兩位帝王的印鑒，也算古往今來的一大奇觀。

王母派侍女送來蟠桃酒四十八罈、玉髓四十八瓶，恭賀西陵玖瑤。王母向來冷淡，黑帝大婚時，她也只不過送了九十九罈蟠桃酒，給小夭的厚禮讓眾人都明白，這位徒弟在王母心中的地位非同一般。

當小夭被奪去高辛大王姬的身分時，所有恨小夭的人以為機會來了，可沒想到黃帝和黑帝竟然毫不介意小夭是蚩尤的女兒，大張旗鼓地表明了對小夭的寵愛。

對軒轅的老氏族而言，西陵這個姓氏提醒著他們，就算小夭是蚩尤的女兒，可她更是軒轅開國王后西陵嫘的血脈，為保護他們戰死的軒轅王姬的女兒。以應龍和離怨為首的握有實權的重臣、將軍，都表明他們只認小夭是軒轅王姬的女兒，其他不管。再加上黃帝和黑帝兩位陛下的態度，軒轅的老氏族很清楚，不管他們再恨蚩尤，都不能把仇恨轉嫁到流著軒轅氏和西陵氏血脈的小夭身上，更不能傷害小夭。

中原的氏族面對兩位帝王的聖諭心驚膽寒，沐氏遺孤重傷小夭後，黃帝的冷酷再次浮現心頭，知道內情的中原六大氏也想起了黑帝的狠絕，當年孤立無援的黑帝都能不惜開罪樊氏和鄭氏誅殺了兇手，現在大權在握的黑帝會怎麼對待傷害小夭的人可想而知。

他們無法放下對小夭的仇恨，可究竟是報幾百年前的仇，還是滅族？所有氏族都做了最理智的選擇。

小夭帶著璟遊覽章莪殿，傳聞瑤姬愛花，雖然人已逝去了近千年，宮女們依舊將花草照顧得很好，園內奇花異草、奼紫嫣紅，又遍布湖泊溪流，倒有幾分像承恩宮的猗清園。

小夭走到湖畔掬起一捧水，看著水滴從指間滴落，笑著說：「父王曾對我說他不是一般的父親，唯一能給我的就是一國威儀，可最終他收了回去。錯了，我該叫他陛下，可我總是忘記。」

璟拿過了小夭的手，說道：「掬起的水終會從指間流掉，看似妳的掌中什麼都沒有，可妳不能因為結果就否認了過程，剛才妳手裡確確實實地掬著一捧水。」小夭怔怔不語，璟將她的手擦乾淨，「俊帝陛下曾經是妳的父親，非常寵愛過妳，那些都真實地存在過。」

小夭眼中有濛濛霧氣，「你說的對。」

璟拖著小夭坐到湖畔的草地上，「這場流言來勢洶洶，揭穿了妳的身世秘密，在兩位陛下的安排下，妳從高辛大王姬變成了西陵氏的大小姐，看似一切都結束了。可對妳而言，一切才剛剛開始！縱然有兩位陛下的庇護，可他們不能阻止人們敵視、嘲諷、孤立、刁難妳，妳需要學習如何以西陵大小姐的身分面對很多人的恨意。也許沒有人敢冒著滅族之禍去挑戰兩位陛下的威嚴，可難保不會有人暗中雇傭殺手來刺殺妳，妳也要學習如何作為蚩尤的女兒堅強地活下去。小夭，逃避不會讓一切過去，勇敢地面對它！」

小夭呆呆看了一會璟，居然伸手掐了璟的臉頰一下，「你、我剛相逢時，你的名字叫什麼？誰給你起的？」

璟笑道：「葉十七，妳起的。」

小夭撫著心口吁氣，「你是真的璟！難道是因為你做了族長，怎麼說話的語氣這麼像顓頊？」

「我一直都這樣，只不過……」璟笑看著小夭，欲言又止。

「只不過什麼？」

「只不過因為一個叫玟小六的人被愛意蒙蔽了雙眼。」

小夭又氣又笑，捶打璟，璟左躲右閃，兩人嬉鬧著滾倒在草地上，璟舉起雙手說：「休戰！投降，我投降！」

小夭四肢舒展，仰躺在草地上，望著藍天白雲，「其實，我早知道你是個奸猾的！只憑琴棋書畫，哪能讓赤水豐隆、離戎昶那幫世家的未來族長對你言聽計從？只不過你從未把你精明強勢的那一面展露在我面前，我倒真常常忘記了你其實也可以和他們一樣。」

璟坐在小夭身旁，低頭看著她，「小夭，不管日後碰到猛獸，還是遇到懸崖，我想妳知道，我會陪妳一直走下去。」

小夭唇角含笑，「知道我為什麼選擇西陵氏嗎？」

璟含笑說：「我知道。」

小夭抬起一隻手，璟握住了，兩人默默不語，任由溫暖的陽光將他們縈繞。

第三十六章 昔年桃花下

我體內有太陽之力，所過之處，萬物俱滅，
不能出去，只能在這裡等妳。
我等了四百年，就是想親口告訴妳，娘對不起妳。

季春之月、二八日，防風意映病危，防風族長趕往青丘，探望女兒。

兩日後，塗山長老和防風族長一起宣布防風夫人病逝。

大荒內各大氏族都派了人去弔唁，可真正為防風意映傷心的人沒有幾個，所有人關心的是未來的塗山族長夫人會是誰。中原風俗：妻死，夫為妻齊衰杖期，一年後方可再娶，可一些性急的族長已經托人去詢問塗山長老，打探璟的喜好。

辦完葬禮，璟從青丘返回，依舊常居於軹邑。

有黃帝的允許，璟出入神農山很方便。他每日都來小月頂，卻不是陪小夭，而是在黃帝的要求下，陪黃帝下棋。用神族特製的棋盤，方寸棋盤就是一個世界，天地山川都在其中，可四野征戰、逐鹿天下，下完一局棋常常要幾個月。

小夭窩在他們身畔，看看醫書，打打瞌睡。

一日傍晚，一局棋終於結束。

黃帝凝視著棋局嘆道：「可惜，你志不在此；可慶，你志不在此！」

小夭端著酸梅湯過來，探頭看了看棋局，什麼都沒看明白，問道：「誰贏了？」

璟說：「當然是我輸了。」

小夭甜甜一笑，先將一碗酸梅湯奉給黃帝，再遞給璟一碗。

黃帝突然不滿地說：「中原風俗最討厭，守喪有何意義？若心裡真存了亡者，世人不讓守，也自會惦念一輩子。若心裡無亡者，就算守了一年、三年又如何？還不是人前哀戚，人後作樂？在這些事情上，西北的氐族要比你們看得通透，亡夫去，只要小寡婦樂意，就是墳頭土未乾，都可以再洞房花燭，所以部落裡多的是早上喝喪酒、晚上喝喜酒的事。」

小夭一口酸梅湯笑噴了出來，「外公，你可真是越活越回去了！人說老小孩老小孩，如今我算是信了！」

黃帝看著小夭搖搖頭，「妳啊，我這是在為妳操心！」

小夭有些臉紅，嚷道：「我又沒急著出嫁！」

「妳不著急，有人著急。要不然為什麼明明防風意映還活著，他卻急急地發喪？」

小夭飛快地瞟了一眼璟，嘟囔：「他也是看防風意映太可憐了，才出此計策，防風意映死了，就不用再祭養識神，能看著兒子長大。」

璟卻坦然說道：「幫防風意映只是順便，我的主要目的就是想儘早迎娶小夭。」

小夭想瞪璟，可目光與璟一碰，心突突地跳著，有些羞惱，更多的是甜蜜，她低下了頭，裝作專心致志地喝酸梅湯，雙頰卻盡染霞色。

璟對黃帝說：「陛下，有一事請求。」

黃帝說：「講！」

「我想帶小夭出去走一走。」

黃帝沉吟不語，璟說：「我知道陛下擔心小夭的安全，但小夭不可能永遠躲在神農山。這幾個月來，小夭把丟掉的箭術又撿了起來，也一直在煉製各種毒藥，一點自保之力是有的。」

黃帝嘆道：「我一直知道圈養的是羔羊，雄鷹一定要放養，也一直希望我的子孫都是雄鷹。可也許年紀大了，總是不放心。」

「若陛下不放心，可以派侍衛暗中跟隨我們。」

小夭不滿地嚷道：「外公，你可別忘記了，我獨自一人在外流浪了幾百年，我可是靠自己養大了自己！」

黃帝道：「小夭是該出去散散心，你們去吧！」

璟忙行禮，「謝陛下！」

顓頊聽聞小夭要和璟出去遊玩，不同意，可黃帝已經答應了小夭和璟。小夭又不停地央求顓頊，顓頊無可奈何下，只得放行，條件是小夭必須帶瀟瀟和苗莆隨行。

仲夏之月，璟帶著小夭離開了神農山，隨行的有靜夜、胡珍、胡啞、瀟瀟、苗莆。

一行人一路南行，一直行到了赤水，在赤水乘船，繼續南行，進入了高辛國界。

小夭驚疑不定地問瑲：「你這究竟是要去做生意，還是另有打算？」

瑲笑道：「生意要做，別的打算也有。」

「什麼打算？」

「打算之一就是遊山玩水。」

小夭走到船頭，眺望著熟悉的景致，氣悶地說：「天下的好山好水多的是，何必眼巴巴地帶我來高辛？難道你不知道這方土地上，從國君到百姓都不歡迎我嗎？」

瑲將一小瓶親手釀造的青梅酒塞到小夭手裡，摟住了她的腰，「赤水秋賽那一年，妳離開時，我很想去送妳，人到了碼頭，卻只能坐在馬車裡，讓侍從把一籃子食物送過去。本想遠遠看妳一眼，可只看到顓頊、阿念、豐隆、馨悅四人話別，直到船消失在赤水上，也沒有看到妳。明知道這一去妳就會恢復王姬身分，我和妳不見得能有緣分，心裡很難受，卻不停地安慰自己，將來我會陪著妳一塊再走一次這條路，也會親口告訴妳，那天我去送妳了。」

小夭鼻子有點發酸，倚在瑲懷裡，一邊喝著青梅酒，一邊看著兩岸景致飛掠後退。

一路行去，瑲還真的是遊山玩水，並不著急趕路，時不時讓船靠岸，帶小夭去尋幽探秘。

雖然小夭曾在大荒內流浪百年，可只在中原一帶遊蕩，並未真正在高辛遊玩過。瑲卻不一樣，自小被作為未來的族長嚴格培養，剛懂事就跟著塗山氏的商隊行走於大荒內，不管是毒蟲惡獸聚集的九黎，還是風雲變幻的海上，他都曾經走過。這一次帶著小夭遊玩，就像是舊地重遊，哪裡有好看的景致，哪裡有好吃的食物，他都一清二楚，凡事安排得妥妥貼貼，一點都不需要小夭操心。

自母親離去後，小夭第一次覺得她依舊可以做個孩子，什麼都不用考慮，什麼都不用操心，只需吃喝玩耍。

晚上，兩人露宿在山頂。

小夭笑道：「給你露一手！」她像隻猿猴般，攀上樹去挑地方，打算在樹上歇息。

璟卻拿出一個一尺長的玉筒，擰開蓋子，幾隻蜘蛛爬了出來，揮舞著八隻腳，在樹與樹之間來回忙碌。

小夭辨認了一下，「盤絲蛛？你要紡紗嗎？」大荒內，和鮫綃齊名的盤絲紗就是用盤絲蛛吐出的蛛絲紡成，薄如蟬翼，柔若流雲，水火不傷，刀砍不斷，十分珍貴。

璟飛躍到小夭身旁，攬住她，將帶著寒意的山風擋在了外面，「這是我小時養的盤絲蛛，不過養牠們可不是為了紡紗。」

小夭目不轉睛地看著，八隻蜘蛛一邊吐絲，一邊忙忙碌碌地織網，牠們就如世間最靈巧的織女，不過一盞茶工夫，一張精巧的網就織好了。

八隻蜘蛛向著璟爬來，璟給牠們各餵了一滴玉髓，八隻蜘蛛好像很滿意，搖搖晃晃地爬回了玉筒裡。

小夭打量著蛛網，不知道璟用什麼常年餵養盤絲蛛，牠們吐出的蛛絲是海藍色。這張海藍色的蛛網呈八卦形，八個角與樹椏相連，中間懸空，蛛絲橫豎有序，呈細密的格紋，卻又一圈圈交纏，猶如漣漪，朦朧的星光下，整張蛛網好似一匹精美無比的藍色綢緞。

小夭左看右看，都想不出璟要這麼一張蛛網幹什麼，困惑地問：「你打算帶回去做衣衫？」

璟笑，猛地抱住小夭向下躍去，小夭還未來得及驚呼，就發現自己掉到了蛛網上，非常舒服，就像躺在一張柔軟的睡榻上。

小夭好奇地摸著蛛網，不但柔軟，還帶著一點暖意，她大笑起來，「璟，你小時也真是個淘氣的，竟然想出來這種露宿荒野的方法，不過，也只有你們塗山氏才住得起。」

璟眼中有對過去的緬懷和傷感，微笑道：「母親和大哥一直很縱容我。」

小夭仰躺在盤絲榻上，望著頭頂的廣袤蒼穹，璀璨星辰。

自從流落民間，小夭露宿過無數次，露宿在她眼中，並不是風雅有趣的事，而是無家可歸，意味著各種危險，睡覺時要保持警醒。可今夜，露宿變得和以前完全不一樣。小夭低聲說：「璟，這段日子我覺得我好像變小了，又變成了一個小孩，和你在一起的感覺就像是在娘身邊。」

璟猛地咳嗽了幾聲，無奈地說：「這實在不像是誇我。」

小夭翻了個身，兩人四目相對，她含著笑說：「不是說你像我娘，而是說……就像小時候，什麼都不用想，什麼都不用憂慮，每天都很快樂。」小夭唇畔的笑意漸漸地消失，「一切都像是做夢，我真怕像以前一樣，一下子夢就醒了。」

璟輕輕親了她一下，說：「這不是夢，我們會這樣一直走完一輩子。」

小夭微笑，「嗯。」

山風搖著他們的盤絲榻，兩人相依相偎，看著滿天星斗為他們而璀璨。

一路走走停停、停停走走，一個多月後，季夏之月的月末，璟和小夭的船行到了歸墟海中。再往東南行駛，就要進入五神山的警戒區域，一直聽命行事、從不多言的瀟瀟委婉地對璟說：「族長，如果想去海上遊玩，不如往北行，東海的風光也是極好。如果要談生意，不如讓小姐在這裡等候。」

璟說：「也好。」

璟命大船改變了航道，向北行，去東海。他帶著靜夜和胡啞乘小舟去五神山，等談完生意，他會去東海與小夭會合。

小夭站在船尾，目送璟遠去。一葉小舟，與大船背道而行，沒多久，小夭和璟就再看不到對方的身影。

等小舟駛入五神山的區域，蓐收乘船來迎接，璟帶著靜夜和胡啞上了蓐收的大船。快要到五神山時，璟對蓐收說：「還請大人先去向陛下奏報一聲，就說塗山璟和西陵玖瑤求見。如果陛下願意接見，我們再上去。如果陛下不願意接見，我們立即原路返回。」

蓐收愣住了，一直站在璟身後的靜夜上前兩步，摘下了人面蛛絲織成的面具，微笑著說：「蓐收大人，很久不見，近來可好？」

蓐收沉默了一瞬，說道：「我這就去見陛下。」他再顧不上禮節，召喚出坐騎，閃電一般消失在雲霄中。

小夭站在船頭，看似一臉平靜，心中卻忐忑不安。璟拍了拍小夭的手，示意她不要多想。

約莫小半個時辰後，當船到達山腳時，蓐收恰恰返來。

小夭看似一派泰然，心裡卻全是緊張。蓐收微微而笑，對小夭和璟說：「陛下請兩位上山。」

小夭輕輕地呼出了一口氣，心未及放鬆，又被另一種緊張盤踞，竟然不敢登上雲輦，璟先上去，伸出手，鼓勵地叫道：「小夭。」

小夭的心安定了幾分，握住璟的手，躍上了雲輦，不過盞茶的工夫，雲輦停在了承恩宮的朝暉殿前。

蓐收說：「陛下在裡面。」

璟對小夭說：「在這裡等我。」

小夭點點頭。

璟走進大殿時，留意到俊帝的目光看向他身後，行禮說道：「小夭在殿外。我想先和陛下單獨說幾句話。」

俊帝無喜無怒，平靜地看著璟。

璟道：「前段日子，我盡我所能，蒐集了一些陛下和蚩尤的資料。不管是陛下，還是蚩尤，都多智、多疑，小夭的母親想要瞞過天下，不難！想要瞞過你們，絕不可能！除非有人幫她。我推測，小夭剛出生時，陛下就知道小夭是蚩尤的女兒，正因為有陛下幫助封印駐顏花，幼年的小夭才能酷似陛下。」

俊帝的表情依舊是無喜無怒，淡然地說：「你的推測正確，確實是我和阿珩將駐顏花封印在小夭體內。」

阿珩想來是軒轅王姬的小字，璟說道：「世人皆以為，陛下是不知道真相，才把小夭當成了親生女兒，卻不知道其實陛下是明知道真相，依舊把小夭看作是自己的親生女兒。我能推測出是黑帝陛下讓流言傳遍大荒，多智如陛下自然也能看破；我能猜度到黑帝陛下的用意，多疑如陛下自然也能想到。」

璟跪下，行大禮，「璟，謝過陛下對小夭的關愛保護。」璟是塗山氏的族長，見到黃帝和俊帝只需行天揖禮，無需行跪拜禮，他現在卻向俊帝跪拜。

俊帝無絲毫動容，抬了抬手，示意他坐，「族長專程來見我，就是說這些廢話的嗎？」

璟坐下後，說道：「小夭知道自己是蚩尤的女兒後，一直很悲痛，現如今看似平靜了，其實只是用外表的不在乎掩飾內心的在乎。陛下知道小夭是什麼性子，她並不在乎自己的父親是帝王還是魔頭，她傷心的是不管母親，還是父親，都遺棄了她，留給她的只是謊言。還有一份她不肯承認的傷心，是因為蚩尤。蚩尤是她的父親，可她對蚩尤的瞭解和天下人一樣，只知道他是暴虐嗜殺的魔頭。這世間，知道小夭父母之事的人只有陛下了。陛下，我求您把過去的事告訴小夭。」

俊帝的右手無意識地摸著左手小指上的白骨指環，視線越過璟的頭頂，不知道落在了何處，無喜無怒的表情並沒有變化，可因為眼神的空茫，透出了沉重的悲愴。半晌後，他自言自語地說：「阿珩真的想讓小夭知道一切嗎？我一直以為阿珩想讓小夭無憂無慮地生活。」

「從小夭出生起，就註定她不可能如阿念一般。現在小夭已經長大了，不管真相多麼殘忍，都請告訴小夭，唯有真相才能讓小夭解開心結，獲得平靜。」

俊帝喃喃問：「她長大了？」阿珩生小夭時難產，小夭出生後，阿珩昏迷了一年多，是他帶著小夭吃、帶著小夭睡。阿珩，為什麼我覺得小夭依舊是需要小心保護的女兒？可是，她的確已經長大了！

璟剛要說話，又聽到俊帝說：「阿珩，我們的女兒是長大了！」璟這才意識到俊帝剛才的問句不是在問他。

俊帝對璟說：「你出去吧！」

璟試探地問：「我讓小夭進來見陛下？」

俊帝揮了揮手，「你們下山，船會送你們到赤水。」說完，他站了起來，身影飄忽，不過一瞬，就消失不見。

璟沒想到俊帝竟然不肯見小夭，呆呆愣愣站了一瞬，無可奈何地出了殿門。

小夭看他出來，立即迎上前，「父……陛下和你談什麼生意？竟然說了那麼久？他……我現在就進去嗎？」

璟抱歉地說：「陛下讓我們下山，說船會送我們去赤水。」

小夭心裡十分失望難過，卻做出毫不在乎的樣子，「我早就和你說了，這片土地上從國君到百姓都不歡迎我，算了，不見就不見，我們走吧！」

從雲輦下來，小夭看到一艘刻著高辛青龍部徽印的船停在海中等待，蓐收凝水為橋，請璟和小夭上船。

小夭走得飛快，好似一刻都不想停留。璟邊走邊思索，不明白他究竟哪裡做錯了，以至於讓俊帝改變了心意，竟然將他和小夭趕下山。

待小夭和璟上了船，船立即出發，向著西北行去。

小夭對蓐收說：「我們自己會回去，你送我們出了五神山就行。」

蓐收一板一眼地說：「陛下的旨意是到赤水。」

小夭惱怒，叫道：「璟！」

璟心內一動，拉著小夭走開，低聲問：「妳還有心情去東海玩嗎？」

小夭搖了搖頭。

璟說：「那我們就借他們的船行一程吧，掌舵的是神族，船速很快，一路不停的話，不過三四日而已。」

小夭苦澀地說：「我只是覺得，他們這樣子好像生怕我在高辛境內逗留一樣，非要親自押送到赤水。」

璟沉默了一瞬，指著海面上呼嘯而過的一群海鳥說：「看！」

小夭隨著他手指的方向，看到了水天遼闊，萬物自由，煙霞飄渺中，五神山若隱若現。想到這樣的美景此生只怕是最後一次看了，不禁凝目細望。

四日後，船進入赤水，小夭本以為蓐收會找個碼頭靠岸，讓他們下船，不想蓐收竟然逆流而上，絲毫沒有靠岸的意思。

小夭驚疑不定，但看璟一派淡然，索性不再著急，等著看蓐收究竟想幹什麼。

船向著赤水城的方向行去。當年，蓐收送親時，走的就是這條水路。小夭倚著欄杆，還有閒心打趣，「蓐收，你難道還耿耿於懷我逃婚了？想把我押送到赤水家，讓他們懲治一番？如今的我可是人見人嫌，赤水家不知道多感激我當年逃婚呢！」

蓐收正和璟說話，全當沒聽到她的打趣，反倒璟似笑非笑地瞅了小夭一眼，瞅得小夭不好意思起來，轉頭去看岸上的風景。

因為水氣充沛，土地肥沃，兩岸一直鬱鬱蔥蔥，突然，一片寸草不生的荒漠出現。

小夭記得，她和顓頊第一次來赤水秋賽時，看到過這片荒漠。小夭問璟和蓐收：「你們知道這裡為什麼有一片荒漠嗎？」

璟說：「傳聞裡面住著一個大妖怪。」

小夭的眼睛突然直了，璟順著她的視線，轉頭看去，竟然看到了俊帝。他身著一襲普通的白袍，迎風而立，眺望著荒漠盡頭，沒有帝王的威嚴，反倒有幾分江湖遊俠的落拓不羈。

璟作揖行禮，「陛下。」

俊帝向著小夭走去，抓住了小夭的手，帶著小夭飄起，飛向河岸，璟趕緊跟上。

待三人落在岸上，璟回頭看去，船沒有減速，就好像什麼事都沒有發生過一樣，依舊向著前方行去，船員在甲板上忙忙碌碌，準備著到了碼頭卸貨。

小夭抽了下手，俊帝沒有鬆開，她賭氣地說：「你都已經不承認我是你女兒，幹嘛還緊抓著我不放？」

俊帝拉著小夭向沙漠深處走去，小夭拗不過他，只能跟隨而行。

剛開始，地上還有些駱駝刺之類生長在沙漠中的植物，可隨著他們的行走，漸漸地什麼都看不到了。

小夭將一塊絹帕扔出去，絹帕立即燃燒起來，還沒落到地上，就化成了灰燼。小夭目瞪口呆，這才明白俊帝為什麼握著她的手不放，如果不是有俊帝的靈力保護，只怕她已經被燒傷了。

小夭不禁問道：「父王，你要帶我去哪裡？」話出口，才發現叫錯了，可再改口已經晚了，索性緊緊地閉起嘴巴。

俊帝溫和地看了小夭一眼，沒有回答小夭的話，卻說道：「我是高辛的大王子，我的母親是父王的結髮妻子，聽說他們感情非常好，可惜母后生我時去世了。沒有多久，常曦部的一對姊妹花進了宮，父王有了新歡。自小到大，我在宮內總是出著各種意外，好幾次險死還生。後來，在舅父的幫助下，我離開了五神山，在大荒內四處流浪。我開了個打鐵鋪，以打鐵為生，你大舅舅來找我修補破劍，我們在彼此都不知道對方身分的情況下，成為了至交好友……」

小夭豎起了耳朵，凝神傾聽。

「妳娘是軒轅唯一的王姬，比我小了一千多歲，在妳娘剛出生時，妳大舅舅就半開玩笑地對我說『做我妹夫吧』！幾年後，因為俊后和幾個弟弟，我又一次差點死了，妳大舅舅來看我時，正式提議，我和妳娘訂親。他對我分析，我能藉助軒轅王姬的身分讓自己多幾分生機，他也可以藉助我高辛大王子的身分保住母親和弟弟，我同意了妳大舅舅的提議。與其說是我和妳娘訂親，不如說是處境艱難的我和青陽對外宣布，結成了聯盟。那時，妳娘才剛會走路，話都不會說，說老實話，我完全無法想像娶她，所以一直沒把這親事當真……」

在俊帝的講述中，過去的時光猶如一幅畫卷在小夭眼前徐徐打開，那些早已逝去的悲歡離合、喜怒哀樂在她眼前一一上演：大舅舅青陽、二舅舅雲澤、四舅舅昌意、外祖母嫘祖，還有調皮貪玩的娘……

也不知道過了多久，小夭聞到了焦糊味，側頭看去，只看俊帝的白衣已經發黃，嘴唇好似幾日幾夜沒有喝水，乾枯裂開，她一邊急急叫道：「父王！」一邊回頭去找璟，看到璟臉頰通紅、步履蹣跚，每走一步都好似走在滾燙的炮烙上，有青煙冒出。

小夭再顧不上聽故事，叫道：「父王，快停下！再走下去我們都會死的！」

俊帝回頭看向璟，問道：「你還能堅持嗎？」

璟勉強地笑著，說不出話，只是點了點頭，示意自己可以。識神九尾白狐跑了出來，緊緊地皺著眉頭，趴在璟的肩頭，璟的氣色略微好了幾分。

俊帝繼續前行，小夭驚恐地說：「父王，越往裡走只會越熾熱！」

俊帝卻好像什麼都沒聽到，緊緊地握住小夭的手腕，一邊淡淡地講述著他和阿珩的故事，一邊帶著小夭飛掠向前。

往前看是無邊無垠的漫漫黃沙，往後看依舊是無邊無垠的漫漫黃沙。也許因為太過熾熱，連藍天都變了色，透著橙紅的光，合著漫天發紅的黃沙，整個世界萬物寂滅，沒有一絲生的氣息。

因為有俊帝的靈力保護，小夭感受不到外面的世界究竟是多麼熱，可看到父王和璟的樣子，毫無疑問，那種酷熱可以焚毀一切、令萬物不生。

璟肩膀上的九尾白狐在慢慢縮小，最終消失不見，他猛地吐出一口血，腳下騰起火焰。俊帝一把握住了璟的胳膊，火焰熄滅。

俊帝左手拉著璟，右手拉著小夭，依舊全速向前。小夭清楚地看到他的外袍正在一寸寸變成灰燼，他胳膊上的肌膚猶如乾旱的大地，一點點龜裂開，血慢慢地滲出，染紅了他的衣衫。

小夭哭喊：「父王，你是一國之君，難道你想置高辛百姓不顧，死在這裡嗎？」

俊帝的腳步微微一頓，繼而越發迅疾地向前飛掠。

小夭看到俊帝的兩隻手已經乾枯如老藤，只見黑骨，不見血肉，不禁哭求，「父王、父王，求你停下！求你停下……」

俊帝聽而不聞，小夭邊哭邊罵，

「你根本不是我爹，我和你什麼關係都沒有，你放開我，你憑什麼抓著我，你放開我……」

俊帝腳步踉蹌、靈力難以為繼，卻依舊抓著璟和小夭掙扎著向前。他的神情與往常截然不同，不再是無喜無怒地俯瞰眾生，而是迷茫悲傷，執著急切，就好像一個人失去了最珍貴的寶物，正在焦急地尋找。

到這一步，連退路都尋不到時，小夭反而什麼都叫不出來，只能隨著俊帝，踉踉蹌蹌地向前行，可小夭真的不知道俊帝要尋覓什麼。

也不知道走了多久，俊帝腳下一軟，跌倒在地，帶著璟和小夭都摔倒，幸好璟的靈力已經恢復了一點，他匆匆拉了小夭一把，小夭才沒有受傷，可俊帝的一隻腿被嚴重炙傷，幾乎變成枯骨。

小夭掏出懷裡的玉瓶，想把裡面的藥液傾倒在俊帝的腿上，可藥液剛離開瓶子，都沒有來得及落下，就化為了水汽，消失不見。

小夭悲憤地大叫：「這究竟是什麼鬼地方？」

俊帝想站起，卻難以站起。他眼中滿是悲痛，仰望著橙紅的天，茫然不甘：為什麼？我只是想知道她是否真住在裡面？為什麼連她是生是死都不讓我知道？

璟突然指著左手邊，驚叫道：「陛下，你看！你看！」

順著璟手指的方向，在橙紅的天和橙黃的地之間，有一片桃花林，輕如煙、燦如霞、嬌如脂，明媚芳菲，動人心魄。

小夭不敢相信地揉了揉眼睛，在這萬物俱滅的地方竟然有一片桃花林？

俊帝悲痛絕望的眼眸中霎時透出了璀璨的光華，他扶著璟的胳膊，站了起來，三人不發一言，不約而同地朝著桃花盛開的地方踉踉蹌蹌地跑去。

待進入桃花林，璟和俊帝都撲倒在地，奄奄一息，反倒靈力低微的小夭完好無損地站著，只頭髮和衣裙有些枯焦。

璟覺得周身依舊是焚毀一切的炙熱，只不過在這桃花林內，有了水靈和木靈，他可以召集水靈，布置陣法對抗熾熱，不像在那萬物俱空的荒漠中，只能倚靠自己的靈力去對抗。

璟顧不上休息，急急地設置了一個簡單的陣法，正要把小夭拽進陣法內，卻看到小夭神態自若地漫步在桃花林內，像是在春日郊遊。

璟目瞪口呆，如果不是他肯定小夭靈力低微，幾乎覺得小夭是絕世高手。

璟問道：「小夭，妳沒覺得熱嗎？」

「熱？沒有啊！我覺得一進桃花林就很涼爽了，像神農山的春天。」小夭說著話，桃花簌簌而落，紛紛揚揚、猶如飄雪，將小夭籠罩其間，小夭不禁伸出手，接著落花。

難道是他感覺特異？璟疑惑地看向俊帝。俊帝坐在一個水靈彙聚的八卦陣中，顯然也感受到周身依舊熾熱，可他對小夭的異常，沒有絲毫奇怪，默默地看著小夭，眼神悲喜難辨。

小夭問：「你們打算在這裡療傷嗎？等傷好後我們再繼續往前走？」

璟苦笑，療傷？勉強自保而已。

俊帝微笑道：「小夭，我們不是在療傷，這裡並不比荒漠裡涼快多少。」

「可是我什麼都沒感覺到。」小夭一臉茫然，「這些桃花開得多好！比神農山上的桃花都開得好！」

俊帝凝望著桃花林，默默不語，滿眼哀傷。

璟精通陣法，仔細觀察著桃花林，不禁對設置桃花陣的人佩服得五體投地，這些古怪的桃花生長在絕境中，自成一個小天地，於死地創造了一份生機，封鎖住了妖怪的恐怖妖力，可令他奇怪的是，這陣法又有保護那妖怪的意思。如果他繼續往裡走，桃花林勢必不會再讓他彙聚水靈，甚至他會面對桃花林的絞殺。

璟為了驗證自己的判斷，向著桃林深處走去，果然，水靈在迅疾地流失，像是嚴厲的警告，璟又試探地走了幾步，桃林好似突然發怒，千朵桃花瓣化作了利刃，向他飛來，小夭大驚失色，沒來得及多想，飛撲到璟身上，把他壓倒在地。

漫天緋紅飛罩而下，卻在就要刺穿小夭時，所有利刃又變作了柔軟的花瓣，猶如江南的雨一般溫柔地墜下，落得小夭和璟滿身滿臉。

璟突然想到，好似就是從他們走進來時，桃林才一直有落花飄揚，也許不是因為他們驚動了陣法，而是這些落花只是為了小夭而墜落。

璟明白了為什麼小夭感受不到一絲熱氣，他對俊帝說：「陛下，桃林……在保護小夭。」就如剛才在荒漠中，俊帝用靈力保護小夭一般。

小夭滿眼困惑，「父王，這究竟是哪裡？」

俊帝說：「小夭，我想……妳娘應該還活著。」

小夭盯著俊帝。

俊帝又說了一遍，「妳娘還活著。」

世界安靜得好像停滯了！

小夭的心飛快地沉了下去，沉到世界的盡頭，讓她連喘息都困難。

她聽見桃花瓣墜落在肩頭的聲音，也聽見自己的聲音好像從一個極其遙遠的地方傳來，「你說什麼？」

「妳娘還活著。」

小夭聽見自己的心如擂鼓般地在跳動，是喜悅嗎？可為什麼更多的是悲傷和憤怒？她覺得自己很平靜，甚至在平靜地問自己，為什麼要悲傷，難道不是應該高興嗎？可她也聽見了自己瘋子般地大叫，「我不相信！如果她還活著為什麼不來接我？你騙我！你騙我……」

俊帝悲傷地看著她。

小夭已相信，娘的確還活著！可是這一刻，小夭真的寧願她死了！至少小夭有藉口原諒她。

「如果她還活著，為什麼不去接我？為什麼不要我了？她知不知道我是怎麼長大的？我被人咒罵是孽種，被很多人追殺，我沒有臉，為了一點食物和狼群打架……我被關在籠子裡養了三十年，連畜生都不如！辛苦修煉的靈力，被散去，被逼著生吞活吃各種噁心的東西……她不是我親娘嗎？我被人折磨羞辱時，她在哪裡？難道她生下了我，就是為了讓我去受這些折磨羞辱嗎……」

小夭以為經歷了一切，已經足夠堅強冷酷，可原來，這世間有些痛，就算把心藏在層層的硬殼裡依舊躲不開；她以為再不會為過去的事情掉眼淚，所有的淚在無數個孤單無助的深夜裡已經落盡，可原來，當痛被層層扒開，她依舊會哭泣、會痛苦。

小夭朝著桃花林外奔去，唯一的念頭就是離開，永遠離開！

璟想抓住她，可在這桃花林內，小夭來去自如，他卻步步艱難，根本抓不住小夭。

「小夭，站住！」俊帝攔在小夭面前，喝道。

小夭推開俊帝，依舊向著桃花林外跑去，「我恨她！我恨她！從她拋棄我那一日起，我就沒有娘了！不管她生她死，都和我沒關係！不管她是英雄，還是蕩婦，也不關我的事……」

「啪」一聲，俊帝一巴掌甩到了小夭臉上。

小夭的臉火辣辣地疼著，她不敢相信地看著俊帝。從小到大，俊帝對她連句重話都沒有說過，在荒漠中時，他寧可自己重傷都先用靈力護住她，可現在，他居然為了那個拋棄他們父女倆的女人動手打了她。

小夭倔強地瞪著俊帝，「她幾百年前就休了你！她不要你！」

「妳娘是不要我，可她從沒有想過拋棄妳！如果不是為了妳，她何必要這麼人不人、鬼不鬼地痛苦活著？妳看看這裡的天，再看看這裡的地，妳覺得這是人活的地方嗎？」

小夭呆呆地看著俊帝，俊帝的一隻腿乾枯如柴，兩隻手像枯藤，這是一個靈力高強如俊帝也待不過一天的地方，娘親卻日日夜夜在這裡，已經待了幾百年。

小夭心內的憤怒不甘都煙消雲散，唯有悲哀如烈火一般，燒灼著她的五臟六腑，她猛地轉身，向著桃花林的深處奔去，邊跑邊大叫：「娘！娘！娘……我來了，我來了，妳的小夭來了……」

漫天桃花飛舞，就如江南四月的煙雨，綿綿沒有盡時。

小夭在桃花林內一遍遍呼喚：「娘，娘，娘，我是小夭……」

一襲青色的身影，出現在緋紅的桃花雨中，小夭停住了腳步，呆呆地看著那一天緋紅中的一抹青色。

隔著漫天花雨，她的身影模糊不清，只能看出她走得遲疑小心。

終於，她接近了小夭，卻隔著一長段距離，就停住了。桃花雨越落越急，她的面目籠罩在桃花中，小夭怎麼看都看不清楚。

小夭張了張嘴，喉嚨發澀，什麼都沒有叫出。小夭向前走，桃花雨溫柔卻堅決地把她向後推，她一步都動不了。

俊帝在小夭身後喚道：「阿珩，是妳嗎？」

好一會後，嘶啞的聲音響起，就好似她的嗓子曾被火燒過，「少昊？」

「是我！」俊帝的聲音在發顫。

「你老了。」

俊帝想笑一笑，卻怎麼都笑不出，「妳……可還好？」

「很好。」

非常平靜、非常淡然，就好似他們真相逢在江南煙雨中，縱然年華逝去，可故交重逢，依舊可以欣然道一聲好。

俊帝說：「我帶小夭來見妳。」

青色的身影默默佇立，不知道她是何種表情，只看到她周身的桃花瓣飛來飛去，猶如朝雲散、暮雲合，變幻無端。

小夭撥開越來越多的花瓣，努力掙扎著往前走，青色的身影卻好似被嚇了一大跳，立即向後急退，「別、別過來！」

小夭大叫：「為什麼不讓我過去？我偏要過去，偏要！妳為什麼要躲在桃花裡，讓這些桃花通通散開！」

「小夭，聽話！」

小夭小時常常聽到這句話，「小夭，聽話！」她調皮搗蛋時，娘會這麼說；她只想吃零食不肯吃飯時，娘會這麼說；她不肯叫顓頊哥哥時，娘會這麼說……那時，娘的聲音溫柔動聽，不像現在這樣嘶啞難聽。

小夭的眼淚落了下來，她沒有像小時候一般和娘扭著幹，而是真的聽話，停住了腳步，只是口氣依舊如小時一般倔強彆扭，「為什麼不讓我過去？」

「我體內有太陽之火，能把原本水草豐美的土地變作千里荒漠。距離太近，會傷到妳。」

小夭腦內轟然巨響，「妳、妳是……那隻旱魃大妖怪？」

「世人叫我旱魃嗎？想來是了。」

小夭問：「妳一直住在這裡嗎？」

「嗯。」

「妳沒有去接我，不是不想，而是不能，對嗎？」明顯的事實就擺在眼前，可小夭依舊要親口問出，她等這個答案等了太久。

青影好似知道小夭的痛苦，不自禁地伸出手，往前走了幾步，卻又立即縮回手，痛苦地後退，「我體內有太陽之力，所過之處，萬物俱滅，不能出去，只能在這裡等妳。我等了四百年，就是想親口告訴妳，娘對不起妳。小夭，娘這一生，沒有虧欠國家子民，卻獨獨虧欠了妳和妳爹，娘對不起妳……」

四百多年後，小夭終於等到了她要的解釋，她曾以為這一生都不可能得到。這一刻，一切都釋然，小夭淚流滿面，雙膝發軟，跪在了地上，「娘！」

青色的身影猛地顫了一下，縈繞在她周身的桃花凌亂飛舞，似乎在安慰她，又似乎在和她一塊悲傷。

小夭哭著問：「娘，四百年來，妳就一直一個人在這裡嗎？」

「不是一個人，妳爹陪著我。」

小夭下意識地回頭看俊帝，又立即反應過來，不是這個帝王爹，而是……小夭急切地問：「蚩尤也還活著？」

阿珩能理解小夭的心結，並未對小夭的稱呼動氣，卻也未回答這個問題，而是問道：「妳身後的男子是誰？」

小夭回頭看璟，一陣心慌緊張、一陣羞澀甜蜜，就像是和情郎幽會，被父母當場抓到的小女兒，又羞又怕。

俊帝說：「他叫塗山璟，青丘九尾狐塗山氏的族長。」

璟對阿珩行跪拜大禮，「晚輩見過王姬。」

阿珩抬了下手，「你是一族之長，不必如此。」

俊帝道：「他想要妳最寶貝的東西，自然要如此。」

阿珩看璟隨在小夭身後，長跪不起，自然明白了一切，心情十分複雜，一時間竟然一句話都說不出口。

小夭和璟忐忑不安地跪著，半晌後，小夭終於按捺不住，叫道：「娘？」

阿珩如夢初醒，問道：「他待妳好嗎？」

小夭說：「好，很好。」

阿珩問：「沒有別人待妳好了嗎？為什麼是他？」

小夭說：「只有他，無論發生什麼，都不會捨棄我。」

阿珩似乎笑了一聲，叫道：「璟！」

「晚輩在。」

「請照顧小夭。」

這是表示認可他了？璟愣了一愣，連磕了三個頭，喜悅地說：「晚輩一定做到。」

阿珩問：「顓頊呢？顓頊在哪裡？」

小夭說：「顓頊已經登基為軒轅國君，如今常居神農山。」

阿珩沉默了一瞬，問道：「妳外祖父什麼時候去世的？」

「外祖父還活著。」小夭唇齒伶俐，將黃帝如何禪位給顓頊活靈活現地講了一遍，又講了一些黃帝和顓頊如今的情形。

阿珩問道：「顓頊娶妻了嗎？」

也許因為已經說了一長串話，小夭變得活潑許多，話嘮本色也恢復了，「哎呀」一聲，未說話先笑，「娘，妳絕對做夢都想不到！妳應該問顓頊現在究竟娶了多少個女人，而不是問他娶妻沒有。」小夭說得興起，也不跪了，盤腿坐在地上，掰著手指頭數給娘親聽，「王后神農氏、王妃有中原的曋氏、姬氏、姜氏、樊氏，北邊的方雷氏、離戎氏，西邊的豎沙氏、小月氏，還有……唉！反正多得我都記不清楚了！」

阿珩輕嘆了口氣，有知道顓頊一切安好的欣悅，也有難掩的惆悵，「他和四哥、四嫂都不像。」

小夭看俊帝，娘親的這句話只有熟知幾個舅舅的俊帝能評判，俊帝說：「顓頊的容貌像昌意，性格卻是像青陽，也有一些地方像我，不過比我和青陽都強，兼具了我們的優點。」

剛才小夭講述黃帝禪位給顓頊時，已經告訴過娘親，顓頊在高辛長大，是俊帝的徒弟。阿珩道：「謝謝你照顧、教導顓頊。」

俊帝的聲音十分痛楚，「妳知道……不必，是我欠青陽和昌意，還有妳的。」

小夭說：「娘，我現在醫術很好，一定能找到辦法治好妳，等娘身體好了，就能見到顓頊了。」她又急切地問：「蚩尤呢？娘不是說蚩尤一直陪著妳嗎？他為什麼不出來見我？」

阿珩溫柔地說：「妳一進桃林，妳爹爹就在陪著妳了。」

小夭疑惑地四處看：「哪裡？我怎麼沒看到？」

阿珩看璟還老老實實地跪著，說道：「璟，起來吧！」

璟恭敬地站起，阿珩對俊帝說：「少昊，我想和小夭單獨說會話。」

「好！」

俊帝和璟走開，坐到了不遠處的桃樹下，隔著飛舞的桃花，能模糊看到小夭和阿珩，卻聽不到她們說什麼。

阿珩溫和地說：「小夭，妳想知道我和妳爹爹是如何認識的嗎？」

小夭點點頭，又想起兩人隔著桃花瓣，不見得能看清，忙說道：「想知道。」

「我是軒轅黃帝的小女兒，上面有三個哥哥，可惜二哥雲澤在我出生前就過世了。大哥青陽對我十分嚴厲，母后和四哥昌意卻對我十分縱容。我自小貪玩，常常偷跑下山，母后從來不管。我取母后的氏，化名西陵珩，在大荒內四處遊玩。一個夏日的傍晚，夕陽滿天，在去博父國的路上，我遇到一個紅袍男子……」

在娘親的講述中，小夭隨著少女阿珩，經歷著她和蚩尤的悲歡離合。

那個叫蚩尤的男人，漸漸地和小夭幼時的記憶重疊，變得不再陌生。

當阿珩和蚩尤在九黎的桃花樹下約定，年年歲歲相逢於桃花樹下，小夭既為他們高興，又為他們悲傷。

當阿珩聽聞黃帝要她出嫁，她打傷大哥逃出軒轅山，在桃花樹下等候一夜，蚩尤卻因為炎帝突然駕崩，失約未來，小夭為他們著急。

當阿珩為了母親和哥哥，選擇出嫁，在玄鳥搭建的姻緣橋上，蚩尤來搶婚，卻因為靈力不敵少昊，被少昊打落到河裡，小夭為他們難過。

當阿珩和少昊在新婚中約定，只做盟友，不做夫妻，小夭既為阿珩和蚩尤慶幸，也為那個叫少昊的男子難過，那時的他不知道，他將為這個決定終身遺恨。

…………

小夭的淚水無聲而落，大舅舅的死，四舅舅的死，蚩尤的痛苦，母親的絕望……

到後來，小夭已經哭得雙目紅腫，阿珩的聲音依舊很平靜，「他，身後是神農；我，身後是軒轅。他，不能背棄神農；我，無法背棄軒轅。所以，我們只能在戰場上決一死戰。對不起，小夭，娘騙了妳，在玉山和妳告別時，娘已是存了死志。」

「那……爹呢？」

聽過蚩尤和娘親所經歷的悲歡離合、生死聚散，在小夭自己都沒意識到時，她已經從心裡接受了自己是蚩尤的女兒，一聲「爹」叫得自然而然。

阿珩說：「我沒問過他，不過，應該不是。他那人太狂傲，不是隨意赴死的人。但最後，卻是他死了，我還活著。」

小夭急急地說：「可娘說過四百年來不是妳一個人，爹一直陪著妳。」

「我為了挽救軒轅，喚醒了身體內的太陽之力。太陽之力太龐大，縱然神族也無法承受，我的神智喪失，變成了一個沒有心智的魔，所過之處，一切成灰，妳爹爹為了救我，用自己的心換去了我被太陽之力毀滅的心。我答應過他「藤生樹死纏到死，藤死樹生死也纏」，本想隨他而去，可他要我活下去，他說『我自己無父無母，不想我的女兒再無父無母，自小夭出生，我沒有盡一天父親的責任，這是我唯一能為她做到的事情，就是讓她的母親活著，讓她有機會知道她的父親和母親究竟是什麼樣的，讓她不必終身活在恥辱中』。」

阿珩扶著桃樹，站了起來，對小夭說：「小夭，妳的父親一生無愧天地、無愧有恩於他的炎帝和神農，他臨死前唯一不能放下的就是妳，唯一的遺憾就是一輩子沒聽到妳叫他一聲爹！他叮囑我說『妳幫我親口告訴小夭，我很愛她。告訴她，她的父親和母親沒有做任何苟且的事，讓她不要為我們羞恥』。」

小夭淚如雨下，哀泣不成聲。

阿珩一手捂著心口，一手指著桃林，「妳爹爹的心在我體內，妳爹爹的身體化作了桃林。小夭，他一直陪著我，在等妳來。」

小夭仰頭看著漫天桃花，緋紅的花瓣，紛紛揚揚、飄飄灑灑地墜落，拂著她的臉頰，落在她的肩頭，縈繞著她的身子，那麼溫柔、那麼溫暖，就像是爹爹的懷抱。

小夭淚若泉湧，衝著桃花林大叫：「爹！爹！爹……我是你的女兒小夭，你聽到了沒有？爹！爹……」

撕心裂肺的聲音在桃林內迴蕩，好似有狂風驟起，桃林簌簌而顫，漫天漫地都是桃花在飛舞。

小夭哭著問阿珩：「娘，爹是不是聽到了？」

阿珩捂著心口，感受著胸腔內的心跳，微笑著說：「小夭，娘要走了。」

「走？不，不，娘，妳隨我回去，我能治好妳……」

阿珩向著小夭走來，面容漸漸清晰。

在緋紅的流光中，小夭終於看見了娘，她的頭上沒有一根頭髮，面容乾枯扭曲，醜陋到令人心驚膽寒。

阿珩也終於看清楚了小夭，她微笑著說：「妳的眼睛和妳爹爹一模一樣！妳爹爹沒有說錯，看到妳時，一切的痛苦等待都值得！小夭，娘明白妳捨不得娘走，可娘真的好累，如今妳已長大，有了情郎，還有顓頊照顧妳，娘可以放心離開，和妳爹爹團聚了。」

小夭心如刀割，卻知道對娘而言，死亡才是最好的解脫。娘已經為了她，在這千里荒漠中，痛苦地等待了四百年。

阿珩終於走到了小夭的面前，在漫天飛舞的桃花中，伸手把小夭緊緊地摟在懷裡。

以死亡為結束的擁抱，世間最深沉、最喜悅的嘆息，「蚩尤，小夭！我們一家終於團聚了！」

為了能讓妻子和女兒有這個擁抱，所有桃林灰飛煙滅，消失不見。

阿珩的身體也在慢慢地消散。

小夭用力去握，「娘！娘……」卻如同握住了一把流沙，怎麼握都握不住。

阿珩微笑著輕輕吻了一下小夭額上的桃花胎記，小夭眼睜睜地看著母親的身體化作綠色流光，隨著紅色的桃花瓣飛舞翩躚。

在漫天飄舞的流光中，小夭好似看到了，一襲紅袍的爹和一襲青衣的娘並肩而立，爹爹是她記憶中的魁梧矯健，娘親是沒有毀容前的嫻雅清麗，他們相依相偎，笑看著她。

小夭向著他們跑去，伸出雙手，想拉住他們，「爹、娘！爹、娘，不要離開我……」

爹娘漸漸遠去，桃花瓣融化、流光消失，一切都煙消雲散，沒有了桃花林，沒有了炙熱的荒漠，沒有了橙紅的天。

小夭呆呆地站著，很久後，她茫然地回頭，「我爹和我娘走了。」

俊帝竟然已是滿頭白髮，眼角有淚滑落。

小夭正要細看，轟隆隆地驚雷響起，傾盆大雨突然而至，霎時，每個人都是滿臉的水珠。

第三十七章 世事兩茫茫

古樸的祭台透著歲月的滄桑，
四周懸掛著白色獸骨做的風鈴，發出叮叮噹噹的悅耳聲音。
千年前，娘親和爹爹都曾在這裡聽過……

赤水之上，一艘刻著高辛青龍部徽印的商船平穩地行駛著。

船艙內，一頭白髮的俊帝靠在榻上休息，蓐收和璟站在一旁，小夭坐在榻側，將一碗湯藥奉給俊帝。

俊帝喝完後，對小夭冷淡地說：「我幫妳取出駐顏花後，你們就下船。」

小夭跪下，「父王因我而重傷，我想照顧……」

俊帝不等她說完，就不耐煩地說：「我說了，和妳無關，這是我欠青陽、昌意和軒轅王姬的，與蚩尤無關，與妳更無關！真說起來，蚩尤曾重傷我，我和他還有仇。」

小夭十分難過，難道從出生起的萬千寵愛，難道荒漠裡的拚死保護，都只是因為欠了舅舅和娘嗎？難道一點都不是因為她？

俊帝凝視著小夭額間的桃花胎記，心內百感交集，阿珩含淚封印駐顏花的一幕猶在眼前，卻已與他生死永隔。他伸手從小夭額間撫過，一道紅光閃過，桃花胎記消失，一枝嬌豔的桃花落在小夭手上。

俊帝閉上了眼睛，對蓐收說：「送他們出去。」

蓐收客氣地請小夭和璟離開，小夭只得磕了三個頭後，和璟出了船艙。

三人站在甲板上，蓐收看水天清闊、四下無人，問道：「幾千年前，陛下的靈力已經是大荒公認的第一，千年來，能傷到陛下的人唯有蚩尤，可這一次，陛下卻重傷歸來。我不是想探聽發生了什麼事，只是想知道，需要我做提防嗎？」

小夭說：「傷到陛下的……不是人，而是那片荒漠。」

蓐收知道赤水之北的千里荒漠。年少時，他也曾一時意氣，和夥伴一起闖過荒漠，比賽誰能殺死旱魃，結果，幾人差點死在裡面，那片荒漠的可怕給他留下了深刻的印象。不過，自昨日起，荒漠就下起了大雨，蓐收靈力高強，自然能感受到恐怖的炙熱消失了，想是明年春天到來時，這片荒漠就要有青翠之意，遲早會變得鬱鬱蔥蔥。

蓐收不知道發生了什麼，但知道，身為臣子，不該探聽的就不要探聽，既然俊帝不是被人所傷，他就鬆了口氣，恢復了嘻笑，道：「不是我不想留二位，但……」他故作無奈地攤攤手，「反正我們就此別過了，日後二位大婚時，我再帶上厚禮，登門道賀。」

小夭的幾分離愁別緒全被蓐收給氣跑了，啐了他一聲，「身居高位，卻沒個正經！」

璟的坐騎白鶴收到召喚而來，繞著船徘徊。璟向蓐收道別，攬著小夭的腰躍上了坐騎的背。白鶴幾聲清鳴，扶搖而上，隱入了雲霄。

璟問小夭：「我們是回神農山，還是去東海？」

小夭看著璟背上的包袱，說：「去九黎。」爹和娘生前唯一的願望就是想做一對平常的夫妻，廝守到老，可惜他們能號令千軍，卻無法給自己一個家。

小半日後，白鶴飛到了九黎，傳說中，這裡到處都是瘴氣毒蟲，凶禽惡獸，物產十分貧瘠，出名的東西就兩樣，第一是蚩尤、第二是蠱術，都惡名昭著。

小夭是第一次來，可因為娘親的講述，感覺上很熟悉——蚩尤寨、白祭台、桃花林、綠竹樓，她甚至知道綠竹樓上懸掛的是碧螺簾子。

璟跟著塗山氏的商隊曾來過九黎，幾個大寨子都知道，驅策白鶴向著蚩尤寨飛去。

小夭一眼就看到了白色的祭台，不是說它多麼宏偉，而是因為，整個寨子裡，都是小巧簡樸的竹樓，唯有這個祭台是用白色的大石塊砌成。

小夭躍下坐騎，打量著熟悉又陌生的祭台。古樸的祭台透著歲月的滄桑，四周懸掛著白色獸骨做的風鈴，發出叮叮噹噹的悅耳聲音。千年前，娘親和爹爹都曾在這裡聽過。

幾個巫師走了過來，戒備警惕地看著小夭和璟，一個年紀略大的巫師用生硬的中原話說：「這裡不歡迎外客。」

小夭用生硬的九黎話說：「我的父親是九黎人。」

幾個巫師的表情緩和了許多，可也許被欺辱得太多，依舊很戒備，剛才問話的巫師用九黎話問：「妳阿爹在哪裡？」

「他……死了！」

小夭看向璟，璟把背上的包袱解下，遞給小夭，小夭抱在懷裡，「我帶了他和我娘回來，我想他們願意回到這裡。」

巫師們看著小夭手中的包袱，眼中是深沉的哀傷。因為九黎是賤民，男子生而為奴、女子生而為婢，每隔二三十年，九黎的少年和少女就會被送出山去做奴隸，他們中的大部分都一去再無消息，永遠回不了家。

巫師問：「妳阿爹是哪個寨子的人？我們可以為他吟唱引魂歌，妳把他的骨灰灑在他的寨子周圍，他就能回到家。」

「他就是蚩尤寨的，我想……」小夭四處眺望了一下，指著祭台東南面山坡上的桃林，說道：「他和我娘的家就在那裡。」

幾個巫師悚然變色，剛要驅策蠱蟲攻擊小夭，一位白髮蒼蒼的老者喝道：「住手！」

「巫王。」巫師們恭敬地後退。

巫王走到祭台前，細細打量小夭，「姑娘確定妳爹娘曾住在那裡？」

「我娘說，他們的竹樓距離祭台不遠，在一片桃花林中，這附近只有那個山坡上有桃花林。」

巫王吟唱出了一長串蠱咒，蒼老的聲音抑揚頓挫，就好似吟唱著一首古老的歌謠，小夭背誦過，只是從不知道可以這樣吟唱，她隨著巫王一塊吟唱起來。

巫王停住了，小夭卻依舊往下吟唱，直到把整首蠱咒歌誦完。

巫王眼中淚光浮動，他身後的幾個巫師都驚駭敬畏地看著小夭，這首蠱咒歌是九黎最傑出的巫王所作，能完全吟唱完的只有歷代巫王。

有過蛇莓兒的先例，小夭並不意外，對巫王點了點頭，向著桃林行去。

巫王說：「姑娘，妳可知道那個山坡是九黎族的聖地？供奉著蚩尤，千年間，只有蚩尤和他的妻子西陵巫女在那裡住過。」

小夭的腳步停住，原來，在這裡，母親的身分只是爹爹的妻子。過了一瞬，她繼續向著山坡走去，「現在知道了。」

「姑娘如何稱呼？」

「西陵玖瑤。」

小夭是蚩尤女兒的事在外面鬧得沸沸揚揚，可因為山高路險，九黎族和外面的消息不通，並不知道外面的事，此時，巫王格外激動，看著小夭和璟的身影隱入桃林後，下令道：「傳召所有巫師，準備大祭祀。」

來之前，小夭曾以為，桃花林內的綠竹樓應該已經很破舊，甚至倒塌了，可沒有想到，綠竹樓完好無損。四周的毛竹籬笆修葺得整整齊齊，繞著籬笆，開滿了各色鮮花：薔薇、牽牛、芍藥、玉蘭、紫茉莉……井台旁放著兩只木桶，轆轤半懸，就好似主人隨時會回來，打上一桶水。

小夭輕輕推開門，走了進去。

正廳內有香案蒲團，牆上懸掛著一幅蚩尤的木雕畫像，他一身紅袍，腳踩大鵬，傲嘯九天。

小夭將包袱放在香案上，仰頭看了好一會畫像，微笑著對璟說：「這就是我爹。」

璟跪下磕了三個頭，上了三炷香。

小夭倚靠在窗前，望著桃花林，說道：「剛才推門的一瞬，我竟有一種錯覺，似乎我揚聲一喚，爹娘就會應答。」

璟走到小夭身後，摟住了她，「累嗎？」

小夭半閉上眼睛，「是有些累。我並沒有我表現得那麼堅強，所有的辱罵、鄙視、敵意……我都有感覺。」

璟說：「已經七十多年過去，可有時看到身上的傷痕，我仍舊會覺得痛苦屈辱。有感覺才是正常，能感受到痛苦，才能感受到甜蜜，證明我們的心還活著。」

「話是這麼說，可我希望自己能堅強一點。」

「傷心時的哭泣，痛苦時的逃避，都很正常，一時的軟弱並不意味著不堅強，而是在休養傷口，積蓄力量。」

小夭笑，「好吧！有了你的這番說辭，我可以心安理得地縱容自己軟弱了！」

璟也笑，握住了她的手。

從祭台的方向傳來低沉悠揚的吟唱，小夭說：「有人在唱歌，他們在做什麼？」

「祭祀。我想他們在歡迎妳爹娘回家。九黎人對死亡的看法和中原不同，他們認為生命來自天地，死亡並不是結束，而是一種回歸。」歌聲告慰著死靈、引導著亡魂，有滄桑卻無悲傷。

小夭默默聽了一會，拿起香案上的包袱——裡面裝著泥土，是她離開赤水之北的荒漠時，特意挖的。

「璟，借用一下你的坐騎。」

白鶴翩翩飛來，小夭坐到白鶴背上。

白鶴騰空而起，小夭看到了祭台，二十多個巫師穿著古樸隆重的祭祀衣袍，在祭台前載歌載舞。他們也看到了空中的她，卻沒有在意，依舊又唱又跳。

白鶴繞著九黎的山巒河流緩緩飛旋，小夭打開了包袱，裡面裝著桃花林中的泥土，也許因為浸染了幾百年的落花，泥土是一種緋紅的顏色。

小夭抓起一把，攤開手掌，任由山風把泥土吹散。紅色的泥土隨風飄散，猶如點點落血，落入了山巒河流中。

巫王領著巫師，一邊叩拜，一邊歌唱。

多年後，九黎的山中有紅楓如血，其形矯矯、其色灼灼，常有青藤攀援而生。也不知是哪個巫師說的，紅楓是蚩尤的鮮血化成，九黎人代代相傳，把紅楓視為神樹。

小夭醒來時，已日近晌午。

她不敢相信地看看日頭，「我竟然睡了這麼久？你也不叫我。」

璟一邊擺放碗筷，一邊說：「難得妳睡個好覺，當然由著妳睡夠了。」這一年來，小夭縱使笑，眼內也藏著一縷悲傷，到如今，終於心結盡解，踏踏實實睡了一覺，璟當然不忍心叫醒她。

小夭坐到案前，埋頭用飯。

等小夭吃完，兩人在山間漫步，小夭總覺得每個地方都似曾相識，斷斷續續地給璟講述著爹娘的事。

兩人走到白色的祭台時，看到巫王坐在青杠木下，喝著苦艾茶。

小夭停下腳步，想了一想，對璟說：「你先回竹樓，我有些話想和巫王私下說。」

璟沒有離開，「妳是想問巫王妳和相柳體內的蠱嗎？」

小夭被點破心事，不好意思地說：「我不是想瞞你，只是不想你擔心。」

璟說：「妳什麼都不讓我知道，我才會擔心。讓我陪妳一起去，好嗎？」

小夭點了點頭。

看到璟和小夭，巫王邀請他們一起飲茶。

小夭喝了一口苦艾茶，緩緩說道：「我有個朋友叫蛇莓兒，想和巫王打聽一下，她是哪個寨子的人？」

巫王說：「原來妳就是那位會蠱術、對蛇莓兒有恩的人，她已經死了。蛇莓兒是我娘的大姐，當年本該我娘去外面，可那時我娘已有情郎，剛懷上我，姨母就代替我娘去了外面做奴隸。謝謝妳讓她平安歸來。」

小夭默默地將一杯苦艾茶倒到地上。

巫王說：「聽蛇莓兒說，妳想知道如何解除情人蠱。」

小夭飛快地看了一眼璟，心虛地說：「我下蠱時，不知道有這麼怪的名字。」

璟似笑非笑地說：「只是個名字而已，何必急著解釋？」

小夭趕緊說：「對、對！只是個名字而已。」

巫王咳嗽了一聲，鄭重地說：「情人蠱，顧名思義有一對雌雄蠱蟲，中蠱的男女命脈相連、心意相通，一人痛、另一人也會痛，一人傷、另一人也會傷。」

小夭說：「這些我都知道，還有呢？」

「蠱術在外人眼中，神秘歹毒，其實不過是我們九黎族一代代積累下的醫術和防身術。九黎多毒蟲、毒草、瘴氣，為了活下去，祖祖輩輩都在努力瞭解牠們、駕馭牠們。蠱術以狠毒聞名大荒，可實際上，我們更多地用蠱術救人。情人蠱讓兩人命脈相連，也就是說，縱然一人重傷，只要另一人生機旺盛，就可以讓重傷的人活下來，這本是極好的事，即使難養，也應該有很多人想養，但為什麼一直罕有人養呢？」

小夭問：「為什麼？」

「孤陽不生，獨陰不長，萬物有利一面，則必有害一面，利越大，害就越大。情人蠱亦是如此，它能讓有情人心意相通、命脈相連，可情人蠱的蠱蟲就像相戀的戀人，脾氣多變，非常難駕馭，蠱蟲極易反噬，一旦發作，兩人俱亡，所以情人蠱還有個名字，叫斷腸蠱。」

璟震驚地看向小夭，小夭忙道：「哪有他說的那麼可怕？這都經過七八十年了，我不一直好好的？」

巫王悚然變色，「難道妳的蠱不是種給這位公子？」

「不是。」

巫王面色怪異，問小夭：「能讓我探看一下妳的蠱蟲嗎？」

小夭點了點頭。

也不見巫王有何動作，想來是用自己體內的蠱蟲在探看。巫王眉頭緊皺，喃喃說：「的確是情人蠱！怎麼可能呢？『有情人養情人蠱，斷腸人成斷腸蠱』，情人蠱和其他蠱都不同，必須要一對情人心甘情願，才能種蠱，他若不是妳的情郎，妳怎麼可能給他種下情人蠱？」

小夭道：「你可大大比不上你的先祖，太拘泥於前人的經驗了。猛虎生於山野是百獸之王，但如果長於斗室，不過是大一點的野貓。蠱蟲不是死物，所以蠱術才變化莫測。」

巫王心中百般不解，可小夭的情郎明顯是她身邊的這位公子，有些話不好再說，只得敷衍道：「姑娘教訓的是，姑娘體內的蠱蟲的確不同於一般的蠱蟲，想來姑娘和那人都有特異之處。」

小夭嘆了口氣，「他是很特異！」自從中蠱，只能相柳感受到她，她卻從沒有感受到他。

璟急切地問：「請問如何解蠱？」

巫王的臉皺成了一團，說道：「要麼同心而生，要麼離心而死，情人蠱一旦種下，無法可解。我剛才還想說，這也是為什麼很少有人養牠的原因，只有一些執拗的女子才會養此蠱，即使養成，也很難找到男子願意種蠱。」
璟愣住，半晌後，才緩緩問：「如果種情人蠱的一人死了，另一人會如何？」
巫王嘆了口氣，「我們九黎族的歌謠說『地上梧桐相持老，天上鶼鶼不獨飛，水中鴛鴦會雙死。』」
璟怔怔地看著小夭，猛地抓緊了她的手。
小夭笑著對他做了個鬼臉，「別擔心！巫王的話不能全當真。巫王說，只有情人才能種情人蠱，我和相柳可什麼關係都沒有，我們依舊種了情人蠱。巫王還說，一旦種下，無法解蠱，可你別忘了，我這蠱先種給了顓頊，相柳不是幫顓頊解了蠱嗎？」
璟鬆了口氣，「對！顓頊的蠱就解了！」
小夭笑嘻嘻地搖著璟的手，「別犯愁了，天下沒有絕對的事，前人解不了，我來解。」她做出一副豪氣干雲的樣子，對巫王說：「等我尋找出解蠱的方法，我傳授給你，也算回報你的先祖傳授我蠱術的恩德。」
巫王苦笑，誠懇地說：「九黎族是賤民，能力有限，但為了保護姑娘，可以不惜一切代價，請姑娘以後不要再說什麼回報的話。」
這是第一次因為爹爹而接受到的善意，小夭心中滋味十分複雜，都捨不得拒絕，「謝謝。」
小夭望向桃林，璟問：「要再住一晚嗎？」
小夭搖搖頭，「要辦的事情都辦完了，我們回去吧！只怕這個時候，瀟瀟已經發現船上的小夭是假的了。」

小夭和巫王告別，對巫王說：「現在軒轅的國君是黑帝陛下，他和以前的帝王不同，在他眼中，不以種族分貴賤，不以出身分尊卑。請給他一些時間，他一定會將九黎的賤籍消掉。」

巫王未置可否，彎下腰行禮，說道：「姑娘，保重！」

小夭和璟回到桃林內的竹屋，把屋子清掃乾淨。

小夭說：「可以走了。」

璟倚著白鶴在屋外等，特意留了一段時間，讓小夭能單獨和父母告別。

小夭在蚩尤的畫像前默默站立了一會，輕聲道：「爹、娘，我走了。不要擔心我，我會過得很好。」

她轉身跑了出去，對璟露出一個大大的笑臉，歡快地說：「去東海找瀟瀟和苗莆了。」

回到塗山氏的船上時，瀟瀟果然已經發現船上的小夭是傀儡，可她也摸不準小夭究竟去了哪裡，只能命船在東海等候。

看到璟和小夭從天而降，苗莆簡直喜極而泣，瀟瀟卻一如往常，平靜地給小夭行禮。

小夭嬉皮笑臉地湊到瀟瀟身邊，「妳別擔心，哥哥生氣的話，我會擔著的。」

瀟瀟既沒說謝謝，也沒說不必，只平靜地問：「小姐要返回神農山了嗎？」

小夭眺望著蔚藍的大海，默默不語，一會後才說：「我想在海上住一夜。」

夜裡，海浪拍打在船上，一陣又一陣的海浪聲傳來。

小夭翻來覆去都睡不著，索性下了榻，披上衣服，走出船艙。

微風習習，一輪明亮的圓月懸掛在天上，海面波光粼粼，十分靜謐美麗。

就在這片大海下，她躺在白色的海貝裡，沉睡了三十七年。沒有人知道相柳如何救活了她，也沒有人知道她身體的變化，每次顓頊問時，她都說一直昏睡，什麼都不知道，可她自己心裡一清二楚，她的身體內流著他的血。就如現在，她體內翻湧著對大海的渴望。以前，她也愛水，可那種感覺和現在的感覺完全不同。當年，海是海，她是她，如今，她是海的女兒，能驅策魚群，能聽懂鮫人的歌聲，能像魚怪一樣潛入最深的海底，能比海豚游得更快。

只要一個縱躍，就可以跳進海裡，痛快地暢游。小夭卻就是不願，緊緊地握著拳頭，不停和自己較勁。

鮫人的歌聲從大海盡頭傳來，小夭心內一動，站在船頭，極目遠眺，看到銀色的月光下，有人白衣白髮，踏著粼粼波光而來。

他沒有說話，小夭也沒有開口，兩人一個船上，一個船下，一起聽著鮫人的歌聲。歌聲猶如天籟，在茫茫大海上飄散開，空靈、純淨，觸碰著心靈，像黑暗中的深情呼喚，像銷魂蝕骨時的嘆息，讓靈魂都隨著歌聲沉淪。

歌聲停止，小夭輕聲說：「真好聽！」

相柳淡淡「唔」了一聲。

鮫人的歌聲是天籟之音，可世間能聽到的人卻沒幾個，這一瞬，小夭覺得她和相柳的心無限接近，似乎無話不可說。小夭說：「我爹爹是蚩尤。」

相柳的眼中掠過笑意，「我是蚩尤的女兒」和「我爹爹是蚩尤」看上去表述的意思一模一樣，態度卻截然不同。「我是蚩尤的女兒」只是陳述一個事實，也許無奈、甚至怨恨，「我爹爹是蚩尤」卻有著認可和親暱。相柳說：「剛認識妳時，妳叫玟小六，後來妳叫高辛玖瑤，現在妳叫西陵玖瑤，若再有第四個名字，只怕別人就記不住了。」

小夭哈哈大笑，立即捂住嘴，回頭看了一眼，見沒驚動別人，才伶牙俐齒地回敬道：「才三個而已，就算將來有第四個名字，你有九個腦袋，一個腦袋記半個，都隨隨便便記住了。」

相柳冷冷地盯著小夭。

小夭毫不懼怕地說：「你敢動手，我就敢叫！」

相柳笑了笑，說道：「何必我動手？妳爹是蚩尤，有的是人找妳麻煩。」

小夭笑起來，「我剛去了一趟九黎，巫王對我詳細解說了一遍咱倆體內的蠱，別的我也記不清了，但有一句記得很清楚，這對蠱蟲同生共死，你和我性命緊緊相連。我若遇到了麻煩，你也別想逃掉！」

相柳笑看著小夭，沒有一絲一毫的驚訝。

小夭反應過來，吃驚地說：「你從一開始，就知道這是什麼蠱，對嗎？」

「是又如何？」

「巫王說情人蠱是『天上鶼鶼不獨飛，水中鴛鴦會雙死』，我若死了，你能活嗎？」
「不如反過來問，我若死了，妳能活嗎？」
小夭好聲好氣地說：「不管誰死誰活，我都不知道，所以我才要問你，你告訴我吧！」
相柳臉上的笑容十分邪惡，貌似無奈地說：「我如何能知道呢？妳好歹還學過蠱術，我可是第一次玩蠱。不過，不用著急，等妳和我死了一個時，結果不就知道了嗎？」
小夭簡直氣得要蹦蹦跳，「你能解了顓頊的蠱，一定知道如何解蠱，難道你不想解了蠱嗎？」
相柳笑咪咪地說：「不想！」
小夭無奈地問：「你到底想怎麼樣？」
相柳的身體向海下一寸寸沉去，「除了奇貨可居，妳說我還能做什麼呢？」
「喂！你別走！」
小夭翻過欄杆，想跳進海裡去追相柳，一雙手卻硬生生地把她抓了回去。
「放開我……」小夭掙扎著回頭，見是璟，立即乖乖地由著璟把她拽回了甲板上。
小夭小心翼翼地問：「你幾時起來的？」
璟說：「起來一會了。」其實，他也一直睡不著，小夭從船艙內走出時，他就知道。只不過小夭顯然想一個人靜靜待會，所以他沒去打擾她。
從一開始，相柳就知道他在一旁，設的禁制特意不讓船上其他人聽到小夭和他說話，卻偏偏讓璟能聽到。
看到小夭要去追相柳，璟也說不清為什麼，想都沒想就衝出去，雙手拉住了小夭，似乎生怕她會消失。

小夭說：「相柳剛來過，我問他解蠱的方法，他不肯告訴我。」

璟心內的不安散去。

小夭沮喪地說：「我嘴巴沒他惡毒，靈力沒他高，做的毒藥他當糖豆子吃，每次見他，都被他欺負。」

璟微笑著問：「妳要我幫妳嗎？」

小夭歪著腦袋想了一瞬，搖搖頭，「你們之間是生意，我和他之間是私仇，一事歸一事。」

璟笑著點點頭，讚道：「如果我娘還在，聽到這話，肯定要讚一聲好兒媳。」

小夭笑著捶璟，「誰要做你媳婦？」

璟猛地把小夭拉進懷裡，緊緊摟住，「不許妳做別人的媳婦！」

小夭愣了一愣，安靜地伏在了他懷裡。

璟望著幽靜神秘的大海，輕聲說：「小夭，明日離開。」

「嗯。」

「還想去哪裡？」

「回神農山吧！」

小夭回神農山時，特意挑了個早上。

早上，顓頊要處理政事，顧不上搭理她。

黃帝正在田地裡耕作，看到小夭和璟，放下藥鋤，走了過來。

璟恭敬地行禮，「陛下，我和小夭回來了。」

黃帝道：「你們夏季離開，回來時已經秋天，想來是走了不少地方，做了不少事。」

小夭聽黃帝話裡有話，喜怒難辨，說道：「外公，不關璟的事，我……」

璟說：「小夭，我會告訴陛下。」他明明知道顓頊不想讓小夭再和俊帝有牽扯，也知道如果直接提出去見俊帝，顓頊肯定會激烈反對，小夭很難見到俊帝，所以，他用遊山玩水做藉口，欺騙了兩位陛下，這是大忌，可為了幫小夭解開心結，他會不惜一切代價，即使要和兩位帝王敵對！

小夭並不知道璟為了此行承擔的風險究竟有多大，但知道璟算是欺騙了黃帝，她對璟說：「這是我們的家事！我自己會告訴外公和哥哥！」

黃帝說：「小夭沒有說錯，這是我們的家事。璟，你先回去吧！」

小夭對璟笑笑，示意不會有事，讓他離開。

璟對黃帝行禮，告辭離去。

黃帝洗乾淨手，坐在廊下，端起一碗半涼的茶啜著。

小夭跪坐到他對面，只覺各種各樣複雜的感覺，一時間竟然不知道從何說起，「我……我去了赤水之北的荒漠，見到我娘了。」

黃帝手中的茶碗砰然而碎，一句話都說不出，半晌後，才問道：「她走得可痛苦？」

小夭的眼眶發酸，低聲道：「對娘而言，活著才是痛苦。」

黃帝痛苦地低下了頭，好一會後，問道：「小夭，妳恨我嗎？」

「你其實是想問，我娘恨你嗎？她沒說，但我想，過了這麼多年，她已經看明白，軒轅取代神農是必然，我娘和我爹的命運，在相遇的那一夜就註定了，除非不動心，一動心就是兩人的劫。顓頊說您就像太陽，光輝普照大地、恩澤萬物，可距離太陽太近的人卻會被燒傷。」

「妳恨我嗎？」

小夭嘆了口氣，「我不知道。如果我沒有偷下玉山，如果我一直在宮廷內長大，我想我肯定會恨你，可我曾經賣過炭、拉過縴、販過酒、養過馬、當過帳房、做過醫師……我曾經是沐浴在黃帝光輝中的天下萬民之一，感受過你的溫暖，所以我沒有辦法徹底地恨你。顓頊曾經深恨奪去他父母性命的祝融，最終卻為了中原百姓，饒過了小祝融。大概就如顓頊所說，這世間，有的男子只是為一家而生，有的男子是為一族而生，而你和顓頊都是為天下萬民而生，為了天下千千萬萬的賣炭翁、縴夫、酒販子……你們必須捨私情、全大義。外公，其實你根本毋須問我是否恨你，因為不管我恨不恨，一切都已經發生。」

小夭站了起來，「我去沐浴更衣了。對了，如果顓頊生我氣，你可得站在我這一邊。至於赤水之北的荒漠為什麼突然變了天，你解釋給他聽吧！我娘是他的姑姑，他應該知道真相。」那種撕心裂肺的痛苦，她實不想再經歷一遍，所以才選擇了先見黃帝。

黃帝的聲音從身後傳來，小夭停住了腳步。

「當年，我的確逼了妳娘上戰場，可我只想讓她消耗掉蚩尤軍隊的士氣，待士氣低迷時，我再領奇兵突襲。我真的沒有想到她會用體內的太陽之力，更沒有想到太陽之力那麼恐怖，待發現妳娘魔變時，我再悔不當初，已經晚了。小夭，我這一生是利用了無數人，可我從沒有想過犧牲女兒的性命來成就我的雄心。」

小夭輕輕擦去眼角的淚，說道：「我相信，顓頊肯定也會相信。」

晚上，顓頊來小月頂時，小夭坐在鳳凰樹下的秋千架上，有一搭、沒一搭地晃蕩著。

顓頊臉色不善，狠狠地盯著小夭。

小夭全當沒看見，做了個鬼臉，笑嘻嘻地說：「外公有話和你說！」

顓頊卻沒有離開，上下打量了一番小夭，急步走過來，一手托著小夭的頭，一手去摸小夭的額頭，「妳額間的桃花呢？」

小夭指指髻上一支小小的桃木簪，「在這裡。」

「怎麼會這樣？師父幫妳解開了封印？」

「外公在等你，他會告訴你發生了什麼。」

「等我！」顓頊放開小夭，快步走進屋子。

直到天色黑透，顓頊才走了出來。

小夭仍坐在秋千架上，手裡玩著一個熏球，引得螢火蟲繞著她飛來飛去。

顓頊走過去，坐在草地上。

小夭把熏球拋給顓頊，顓頊又拋回給她，兩人逗著螢火蟲一時飛向小夭，一時飛向顓頊。暗夜中，就好似看到無數流光疾馳。

小夭哈哈大笑起來，顓頊也笑。

顓頊說：「對不起，我真的沒想到姑姑還活著……我應該陪妳去。」姑姑從死到生、又從生到死，小夭承受的痛苦難以想像。每一次他最痛苦時，小夭都在他身邊，可小夭最痛苦時，他都不在她身邊。

小夭把玩著熏球，螢火蟲在她周身縈繞飛舞，「誰都沒有想到，就連外公和俊帝陛下也不敢確定我娘活著。不要擔心我，我真的沒事，以前我總是恨娘拋棄了我，每一次想起她，就會覺得心裡很空；現在我才明白，娘和爹都很疼我，雖然他們已經不在了，但每次想起他們，我心裡很滿。」

顓頊依舊沒有辦法原諒自己，小夭顛沛流離時，他不在她身邊；小夭被九尾狐妖囚禁時，他不在她身邊；小夭去見姑姑時，他又不在她身邊，顓頊真恨不得搧自己兩耳光。

小夭歪著頭打量顓頊，「你不再生我的氣了吧？」

「沒有，我在生自己的氣，以前就不說了……可現在，我應該陪著妳的。」

「你是黑帝陛下，有太多事情要做，不可能陪著我四處遊蕩，我知道你的心意就夠了！」

顓頊默不作聲，心中漸漸瀰漫起悲傷，他擁有天下，卻沒有辦法陪著小夭遊覽這天下！

「顓頊？」小夭把熏球扔向顓頊，螢火蟲飛向他。

點點流光中，他的面容清晰可見，儘是哀傷無奈。顓頊說：「我真的很希望，能像璟一樣陪妳遊山玩水、消解愁悶，陪著妳去見姑姑。」

「顓頊，真的沒有關係！我很好！」

顓頊凝望著頭頂的天空，突然問：「如果我爹和我娘沒有死的話，我們現在在做什麼？我會是什麼樣子？」

小夭愣住了，想要去思索，卻沒有一絲頭緒，「我不知道。也許就像現在一樣，一個坐在秋千架上，一個坐在草地上，一邊說話，一邊逗著螢火蟲玩。你覺得呢？」

顓頊把熏球拋給小夭，說道：「我會像爹爹一樣，一生一世只喜歡一個女子。我會吹笛子給她聽，為她搭秋千，幫她畫眉，給她做胭脂，我還會帶她回若水，在若木下和她成婚，廝守一輩子，不管發生什麼事，都陪著她。」

本應該是很傷感的話題，可小夭憋了半晌，終於忍不住，噗哧一聲笑了出來，忙道歉：「對不起、對不起！我不想笑的，可我實在、實在……想像不出來……你如果這樣了，紫金頂上的那些女人怎麼辦？她們該嫁給誰呢？」

顓頊哈哈大笑起來。

小夭看不清他的表情，只覺得笑聲中隱有悲怒，忙把熏球朝顓頊拋過去，「顓頊？」

顓頊接住了熏球，在螢火蟲的光芒中，他的神情十分正常，滿臉笑意，好似也覺得自己說的話很可笑，小夭放下心來。

顓頊站起身，「我回去了，妳也趕緊休息。」

小夭從秋千架上跳下，小心翼翼地問：「哥哥，你不會生璟的氣吧？他只是為了幫我。」

顓頊一邊拋玩著熏球，一邊說：「是我沒照顧好妳，和他有什麼關係？」

「你會懲罰瀟瀟和苗莆嗎？」

「妳這麼問，顯然是不想我懲罰她們，那我就不懲罰了。」

「我就知道你不會生氣！」小夭甜甜一笑，朝屋內走去，「我睡了，明日見。」

「小夭！」

小夭回身，笑咪咪地看著顓頊。

顓頊凝視了她一瞬，唇角微挑，笑了笑，把熏球拋還給她，「明日見。」

第三十八章

當時明月在

季春之月、上弦日，

軒轅女將軍赤水獻帶兵夜襲高辛，迅雷不及掩耳地將荊渡占領。

面對此劇變，整個大荒都在震顫……

這一年的春天來得遲，孟春之月的下旬時，小月頂上仍能看到不少殘雪。

不過倒是方便了小夭，她喜歡在殘雪裡埋一罈果子酒，吃飯時拿出來，倒在琉璃盞裡，喝起來別有一番風味，比用靈力快速冰鎮的酒滋味要好許多。

雖然小夭有了一座章莪宮，不過大部分時間她依舊住在藥谷，和鄞研習醫術，有時候還和鄞一起去醫館坐診。

小夭和鄞學習醫術走的是截然不同的路，在用藥上常常發生分歧，時不時就會比著手勢吵架。

一日，小夭說服不了鄞，著急起來，竟然讓黃帝評斷。

「我承認鄞的用藥沒有錯，甚至效果更好，可我們現在說的這個病人住在湖邊，我用的藥就長在水邊，運氣好可以採摘到，即使採摘不到，買起來花費也不會多，鄞用的藥卻長在深山中，當地根本不生長，必須去買，藥資肯定不會便宜。」

鄞向黃帝比劃，小夭解說：「為病人治病，當然首要考慮的是藥到病除，小夭的藥見效慢，服用時還會食欲不振。」

黃帝笑道：「你們倆都沒錯，到這一步時，哪個藥方更合適不是取決於你們的醫術，而是取決於病人的家境，如果是富庶之家，就用鄞的藥方，總不能明明可以用更好的藥，卻棄而不用；如果是貧寒之家，當然用小夭的，治病固然重要，可一家人的生計也很重要，總不能病治好了，卻餓死了全家。」

鄞想了會，同意了黃帝的話：陛下說的有道理，我的病人都是貴族，所以我從沒考慮過有很多病人根本吃不起藥。

小夭忙說：「我也過於偏重『就地取材』了。」

黃帝嘆道：「治病救人不應該局限於一個藥方。比如你們剛才說的病例，如果那個病人家在山地，鄞用的藥反而會比小夭的便宜。」

小夭笑道：「對的，所以藥方不僅僅取決於病人的家境，還取決於病人的家在哪裡。當年，我在高辛開醫館時，病人多是漁民，我按照《神農本草經》開的藥方，很有效，可那些藥都來自中原，漁民們不熟悉，也買不起，後來我便嘗試著用當地的藥材，比《神農本草經》裡的藥方受歡迎多了。」

鄞難以置信，比劃著手勢：竟然有人會嫌棄《神農本草經》的藥方！

黃帝默默沉思了一瞬，突然說：「八荒六合內，水土不同、氣候不同，一本《神農本草經》不夠，遠遠不夠！你們想不想蒐集編纂出幾十本《神農本草經》？」

小夭和鄞同時震驚地看著黃帝，鄞比劃手勢：不可能，做不到！幾萬年來只有一本《神農本草經》。

小夭也說：「太難了，不太可能！」

黃帝這一生南征北戰，創造了無數奇蹟，在他的腦海裡，從來沒有「不可能」的字眼，他說：「我只問你們，這件事是不是好事？值不值得做？」

「如果真能收集整理出大荒各地的各種藥草和藥方，不僅僅是好事，而是天大的好事！惠及的是天下萬民，子孫後代，每一個人！」

黃帝咄咄逼問：「既然肯定了這件事的價值，為什麼不願意做呢？一個『難』字就成了不敢做的理由？」

鄞和小夭苦笑，不是每個人都如黃帝，敢想人所不敢想，敢做人所不能做，小夭想了會，咬了咬牙說：「能做多少算多少，即使只多一百個藥方，也會有人從這一百個藥方中受益。」

鄞點頭：即使只多十種藥草，也是好的。

黃帝說：「好！」

當天晚上，黃帝告訴顓頊，打算修撰醫書，希望顓頊全力支持他。

黃帝自禪位後，從沒對顓頊提過要求，這是第一次，顓頊毫不猶豫地答應了。

黃帝先從軒轅國內，選拔了一批醫師，又從所有醫師內，挑選了二十幾位最好的醫師，把他們召集到小月頂。

小夭和酆開始為編撰醫書做準備。

小夭每日忙著和醫師們討論醫術，沒留意到自開春以來紫金頂上就分外忙碌。顓頊居住的乾陽殿即使深夜也燈火通明，重臣大將進進出出，顓頊已經兩個多月沒去過任何一個妃子的寢宮。但不管再忙、再累，顓頊每日風雨無阻地去小月頂，給黃帝請安。

看在朝臣和妃嬪眼裡，最多就是感嘆「黑帝陛下甚為孝順」，可看在王后馨悅眼裡，一切都別有意味，讓她寢食難安，一時覺得只有她看穿了顓頊的秘密，一時又告訴自己全是胡思亂想。

季春之月、上弦日，軒轅的女將軍赤水獻帶兵夜襲高辛在赤水之南的荊渡，以迅雷不及掩耳之勢，將荊渡占領。荊渡像一把匕首探入高辛腹地，保證了縱然軒轅大軍深入高辛，軒轅也可以從水路提供糧草物資的補給。

次日，黑帝命赤水豐隆為大將軍，發兵三十萬攻打高辛。

高辛已經上萬年沒有經歷過戰亂，高辛的軍隊就像一把藏在匣內的刀，即使本來是寶刀，可因為上萬年沒有經過磨礪，已經失去了鋒芒。軒轅的軍隊卻不一樣，自軒轅建國，一直出入沙場，經歷了千年的錘鍊，像虎狼一樣凶猛，像磐石一般堅韌。前鋒將軍禺疆來自高辛羲和部，靈力精純，善於控水，精通水戰，又相當熟悉高辛的地形和氣候，在他的率領下，強將加上強兵，三日間連下高辛兩城。

面對此劇變，整個大荒都在震顫。

小月頂上的小夭卻一無所知，只是覺得醫師們的話少了很多，幹活時常常走神。

璟來探望小夭時，小夭問璟：「該不會是顓頊忘記給醫師們發工錢了吧？我覺得他們最近幹活的熱情不高啊！」

璟還未開口，黃帝咳嗽了一聲。璟沒有說話，卻迎著黃帝的銳利視線，毫不畏縮地看著黃帝。

小夭看看黃帝，看看璟，第一次發現璟的威儀竟然絲毫不弱於黃帝，她突然跳到黃帝面前，擋住了璟，做了個鬼臉，嬉皮笑臉地問：「外公，有什麼古怪？」

「女大外向！」黃帝無奈地搖搖頭，「究竟有什麼古怪妳去問顓頊，我和璟可不想擔上這多嘴的責怪。」

小夭笑笑，推著黃帝坐到廊下，「讓璟陪您好好下盤棋，我為你們煮茶。」她取了茶具煮茶，待茶煮好，又鑽進廚房忙忙碌碌，好似什麼事都沒有發生。

日頭西斜時，小夭對苗莆吩咐：「派人去一趟紫金頂，就說今兒我下廚，陛下若有空，一起來用晚膳。」

半個時辰後，顓頊來了，看食案仍空著，小夭在不緊不慢地搗藥，他笑問道：「不是妳下廚嗎？菜呢？」

小夭慢條斯理地洗乾淨手，「就等你來了。」

說著話，侍者拿出四個小巧的炭火爐子，在四張食案旁各擺了一個，將火鉗放好，又陸陸續續地端出小夭醃製好的肉——白玉盤子裡放著一條條小羊排，碧綠的芭蕉葉子上擺放著薄薄的鹿肉，還有切成兩指寬的獐肉、兔肉。

小夭對顓頊說：「除了肉，還有今天早上剛採摘的山菌、野菜。大菌子留下和肉一起烤著吃，小菌子做了菌子湯，野菜過水去掉苦澀後涼拌了，待會喝點菌子湯、吃點野菜，正好解肉的油膩。」

黃帝、顓頊、璟依次落了座，小夭把剛才搗好的藥材兌在調料裡，端給黃帝、顓頊和璟，荷花形狀的白玉碟子，五個荷花瓣是一個個小碟子，盛放著五種不同味道的調料，中間的圓碟，放著碧綠的芥菜末，十分辛辣。

顓頊聞了聞，禁不住食指大動，忙拿了兩塊鹿肉烤起來，「上一次自己動手烤肉吃還是去年的上元節，野菜倒好像已經幾十年沒有吃過了，每年春天都會想起，可一忙就又忘記了。」

小夭笑道：「不管怎麼做，野菜都帶著一點苦澀，沒吃過的人肯定吃不慣，吃習慣了卻會喜歡上。我自己有些饞了，想著你們都是吃過的，所以做來嘗嘗鮮。」黃帝少時，連肚子都填不飽，野菜自然沒少吃；顓頊混跡於市井間時，常常用野菜下飯；璟是在清水鎮時，每年春天，老木為了省菜錢，都是以野菜為主，自然而然就吃習慣了。

這頓晚飯足足用了一個時辰，吃飽喝足後，黃帝和璟繼續下還未下完的棋。

顓頊躺在藤榻上，仰看著漫天星斗。耳畔是落花簌簌，鼻端有花香陣陣，他覺得人生至美不就是如此嗎？辛勞一天後，與喜歡的人一起吃一頓晚飯。

小夭側身坐到藤榻邊，一手提著酒壺，一手拎著兩個琉璃盞，顓頊接過琉璃盞，小夭打開酒壺，將紫紅的桑椹酒倒入，酒液的溫度極低，不一會琉璃盞外就凝結了點點水珠。

顓頊喝了一口，「封在雪窖裡的？的確比用靈力冰鎮的好。」

小夭笑道：「那是自然。」

顓頊說：「我聽鄞說，妳自從去年遊玩回來，一直在蒐集和蠱術有關的記載。」

「我去了一趟九黎，自然會對蠱術感興趣。」

顓頊盯著小夭，「這些年妳身體可好？」

「在你的命令下，鄞每年都會檢查我的身體，難道他沒有告訴你嗎？」

「他一直都說很好，可妳自己覺得呢？」

「我也覺得很好。」

「妳和相柳的那個蠱到底解了沒有？」

「算是解了吧！」一個璟為她擔心已經夠了，小夭不想再來一個。

「什麼叫算是？」

「那蠱是我養的、我種的，你擔心什麼？難道還擔心我被自己養的蠱害死嗎？我看你是那些亂七八糟的傳聞聽多了。蠱術沒那麼神秘可怕，就算你不相信我，也該相信九黎族。」

顓頊說：「我只是不相信相柳。妳也小心一點，如果相柳來找妳，立即告訴我。」

小夭點頭如搗蒜，「遵命，陛下！」

顓頊一巴掌拍過去，小夭縮了縮脖子，顓頊的手落到她頭上時，已經很輕了，手指從她烏髮間緩緩滑過，帶著幾分難以言說的戀慕和纏綿。

小夭啜著酒，說道：「外公、璟，還有那些醫師都有些古怪，外面發生了什麼大事？」

顓頊遲遲沒有說話，搖晃著琉璃酒盞，欣賞著光影隨著酒液的搖晃而變幻。

小夭說：「只要我下一趟山，自然就什麼都知道了，但我想你告訴我。」

顓頊一口喝盡盞中的酒，一手撐著榻，坐起來了一些。他直視著小夭，說道：「我下令發兵攻打高辛。」

小夭嘴角的微笑凝結，她本來猜測，因為她的身世，顓頊做了什麼事，卻沒想到……她覺得自己聽錯了，「顓頊，你再說一遍。」

顓頊說：「我下令發兵攻打高辛。」

小夭猛地站起，把手中的酒盞砸向顓頊。

酒盞重重砸在顓頊的額頭上，紫紅的酒液濺了他一頭一臉。

小夭轉身就跑，顓頊都顧不上擦臉，急急去追小夭。

黃帝和璟聽到聲音，全望過來，璟要起身，被黃帝一把抓住。黃帝把璟拽進了室內，下令侍者把門窗都關上。

小夭跑進屋內，砰一聲，門在顓頊眼前重重關上。顓頊拍著門叫：「小夭，小夭……」

小夭用背抵著門，就是不讓顓頊進來。

「小夭，妳聽我說。」

「我聽你說什麼？難道是聽你說，當年你被四個舅舅逼得走投無路時，是高辛俊帝收留了你嗎？還是聽你說，他收你為徒，教你彈琴釀酒，教你如何體察民生、處理政務，幫你訓練暗衛嗎？」

「小夭，妳不明白！」

「我不明白什麼？你倒是給我說明白啊！難道我剛才說的都是假話？」

「妳剛才說的話都是真的，但還有更多的事情妳不知道。如果不是他，妳和我根本不會成為孤兒，我又何須他收留？妳也不必顛沛流離三百年。」

小夭愣了一愣，「你說什麼我聽不懂。」

「姑姑在給妳講述過去的事時，和妳爹爹有關的事都講得很詳細，可所有關於俊帝的事都隱去未提，也許是姑姑已原諒了他，也許是姑姑為了保護妳，不想讓妳知道。」

「什麼過去的事？你到底想說什麼？」

「妳可知道大伯為什麼會被妳爹誤殺？」

「娘說大舅舅本打算讓外公退位，所以娘為他配製了一種藥水，可以讓人在一兩個月內無法凝聚靈力，沒料到大舅舅自己誤喝了她配製的藥水，所以抵擋不住爹爹。」

「不是大伯想讓爺爺退位，而是師父遊說大伯，同時親手把姑姑配製的藥水交給了大伯。姑姑配製藥水時，根本不知道大伯要用。那是姑姑為師父配製的藥水，讓師父成功地逼上一世俊帝退位。之後，前俊帝被幽禁，直到神秘地死去。為什麼會有五王之亂？師父又為什麼那麼血腥冷酷地鎮壓五王？現在已經聽不到任何聲音，質疑師父如何獲得帝位。小夭，那時妳就在五神山，如果仔細回憶，肯定能想起來。前俊帝，那個妳曾叫爺爺的人是被師父毒殺！五王就是因為這個原因才造反。」

小夭很想否認，可心頭浮現出的零碎記憶讓她明白，顓頊說的一切應該都是真的，她想起了那個她曾叫過爺爺的俊帝。其實，她親眼目睹了他的死亡，娘還大哭著打了父王一耳光。

顓頊悲傷地說：「如果不是師父，大伯會死嗎？如果大伯沒死，妳娘和妳爹不至於無可挽回！」

小夭貼著門板，無力地說：「不能全怪父王。」

「那我爹呢？姑姑發現祝融的陰謀後，第一時間向師父求救，師父拒絕了姑姑！」

小夭搖頭，喃喃說：「不會！不可能！」那是悉心教導顓頊、疼愛寵溺她的父王啊！他怎麼可能拒絕娘去救舅舅？可那也是親手斬殺了五個弟弟，毒殺了自己父王的俊帝！

顓頊說：「妳小時不是問過姑姑『為什麼娘少了一根手指』嗎？姑姑回答妳說『不小心丟掉了』。師父左手的小手指上一直戴著一枚白骨指環，妳肯定看到過。妳知道那枚白骨指環是用什麼做的嗎？就是姑姑的一根手指啊！是姑姑哭求他救我爹時，自斷一根手指起毒誓求他，但他……拒絕了！」

顓頊聲音嘶啞，一字一頓地說：「小夭，他拒絕了！」

小夭用手緊緊地捂住嘴巴，身子一寸寸地往下滑。她還記得，有一日發現娘的一隻手只剩下了四根指頭，她問娘「為什麼娘少了一根手指」，娘笑嘻嘻地說「不小心丟掉了」，她問娘，「疼嗎？」娘說，「不疼，現在最疼的是妳四舅娘和顓頊哥哥，小夭要乖乖的，多陪著哥哥。」

如果四舅舅沒有死，四舅娘不會自盡，外婆不會病情惡化，娘不用上戰場，也許，一切的一切都會不同……

顓頊說：「還有妳爹！直到現在，世間都在傳聞，蚩尤麾下有兩員猛將，一個是風伯，一個是雨師。妳知道雨師的真實身分是誰？他另有一個名字，叫羲和諾奈。現在無人知道，可在千年前，他卻是聞名高辛的翩翩公子，羲和部的大將軍，也是師父的至交好友。事情太久遠，人已都死光，我查不出雨師究竟做了什麼，但妳覺得師父會無緣無故地派他到妳爹身邊嗎？是！也許如妳所說，這些事不能完全怪師父，但是……小夭，每當我想起，我爹可以不死，我娘不用在我眼前自盡，奶奶可以多活幾年，姑姑不用上戰場，妳不會離開我，我真的……」顓頊的呼吸十分沉重，「我真的沒有辦法只把他當作我的師父！」

小夭無力地閉上了眼睛，覺得自己的喉嚨好似被扼住，喘息都困難。

顓頊說：「以前師父一直對我說，『你無須感激我，這是我欠青陽、阿珩和你爹的。』我從沒當過真，反而覺得師父光風霽月。直到我登基後，查出這些舊事，我才真正明白了，師父一點沒說錯！」

小夭清楚地記得，赤水河上，她叩謝父王的救護之恩時，父王也清楚地說：「這只是我欠青陽、昌意和妳娘的。」

「小夭，我沒有忘記他是我師父，可我也沒有辦法忘記……小夭，還記得那把匕首嗎？」

「舅娘用來自盡的匕首嗎？」那把匕首，讓顓頊夜夜做噩夢，他卻非要日日佩戴。

「嗯。」顓頊譏嘲地笑著，「那把匕首是師父親手鑄造，送給我爹和我娘的新婚禮物，娘卻選擇了用它自盡，娘死時，肯定恨著師父。」

「你是因為恨他才攻打高辛嗎？」

「不是！他於我而言，恩仇兩清，他是高辛俊帝，我是軒轅黑帝，我做的決定只是單純因為我是帝王。」

小夭說：「那裡有和你一起長大的蓐收、句芒，有你看著出生長大的阿念……顓頊，你有沒有想過他們的感受？」

「蓐收、句芒他們是男人，即使和我對立，也會明白我的決定。阿念……大概會恨我。小夭，我沒想過他們的感受，也不在乎他們的感受，但我會承受一切結果。」

「既然你不在乎我們的感受，那你走吧，我不想見你！以後小月頂也不歡迎你來！」小夭跑進內室，撲到榻上，用被子捂住了頭。

「小夭、小夭……」顓頊拍著門，門內再無聲音。明明一掌就可以劈開門，他卻沒有膽量強行闖入。

顓頊的額頭無力地抵著門，輕聲說：「我在意妳的感受！」所以，才將本該三年前發生的戰爭推遲到今日，才寧可讓俊帝猜到他的用意，也要先斬斷俊帝和小夭的父女關係。在這個決定後，是一場更加艱難的戰爭，是無數的人力、物力。

顓頊不敢進去，又捨不得離開，只能靠著門，坐在地上，迷茫地望著夜色深處。

不管面對任何人與事，他總有智謀和對策，可現在腦內一片空白，什麼都思考不出來，反倒想起很久遠前的事——

他和小夭剛見面時，相處得並不好，雖然他是個男孩，打架卻打不過刁蠻的小夭，他還玩了點小心眼，想趕走小夭。可漸漸地，兩人玩到了一起。爹娘離開後，小夭夜夜陪伴他；他做噩夢時，小夭會親吻他的額頭，發誓說「我永遠和你在一起」，他不相信地說『妳會嫁人，遲早會離開我』，小夭著急地說『我不嫁給別人，我嫁給你，不會離開』。

從五神山到軒轅山，從軒轅山到神農山，小夭陪著他一步步走來，無論發生什麼，無論他是什麼樣子，她都堅定地站在他身邊。禺疆刺殺他時，是小夭用身體保護他；密室內戒除藥癮時，是小夭和他一起熬，寧可自己受傷，都拒絕了金萱的提議，絕口不提用繩索捆縛他，她明知道，只要她提，他會答應……

夜深了，小夭以為顓頊已離開，推開了窗戶，默默地凝望著夜色。

顓頊猜不到她在想什麼，是想起了她幼時在五神山的日子嗎？

兩個人，一個縮靠在門前，一個倚靠在窗前，隔著不過丈許的距離，同時凝望著夜色，風露一通宵。

東邊露了一線魚肚白，瀟瀟踏著落葉從霧氣中走來，面朝著屋子跪下。

小夭以為瀟瀟在跪自己，忙抬手要她起來，卻聽瀟瀟說：「陛下，請趕緊回紫金頂，大臣們就要到了。」

小夭愣住，眼角的餘光看到顓頊走出來。

他竟然在門外枯坐了一夜？小夭低著頭，不去看他。

顓頊也未出聲，躍上坐騎，就想離去，瀟瀟勒住坐騎，叫道：「陛下，請先洗把臉。」

小夭抬頭，恰好顓頊回頭，四目交接處，兩人都是愣了一愣。

昨晚小夭潑了顓頊一臉酒，他只用手胡亂抹了幾下，並未擦乾淨。此時臉上紅一道白一道，甚是精彩，他自己卻忘記了，居然這個樣子就想回紫金頂，宮人看到了，非嚇死不可。

小夭拉開門，對瀟瀟說：「浴室裡可以沖洗一下。」

瀟瀟還沒答應，顓頊已經快步走進了浴室，似乎生怕小夭反悔。

箱子裡有顓頊穿過的舊衣，小夭翻出來，拿給瀟瀟，「隔間裡的架子上都是乾淨的帕子。」

顓頊快速地沖了個冷水澡，換好衣衫，束好頭髮，又上了藥，才走出來。

小夭站在院內，聽到他的足音，回頭看了一眼，顓頊的額頭上有一塊紫紅色瘀傷，想來是被琉璃盞砸傷。剛才臉上有酒漬，沒看到，這會人收拾乾淨了，反倒格外顯眼。

小夭昨夜那一砸，盛怒下用了全力，顓頊流了不少血，雖然上了藥，可靈藥只能讓傷口癒合，無法令瘀傷立即消散。

顓頊笑道：「沒有關係，過兩日就散了。」

小夭低下了頭，徑直從顓頊身邊走過，進了門。

顓頊黯然地站了一會，轉身上了坐騎，飛向紫金頂。

顓頊額上的傷，自然讓紫金宮的宮人妃嬪驚慌失措了一番，也讓朝臣心中直犯嘀咕。

顓頊沒有解釋，也沒有一個人敢去問他。眾人只能小心地從侍從那裡打聽，瀟瀟的回答是「陛下打盹時不小心磕的」。

所有人都知道顓頊這段日子的勞累，倒也相信了，唯獨王后馨悅不相信，可如果不相信，她覺得那個猜測太讓她害怕，所以她寧願相信。

黃帝走出寢室，看到璟端坐在竹榻上。榻上的被褥和昨夜一模一樣，案上的棋盤卻已是半滿，顯然他一夜未睡，一直在和自己弈棋。

黃帝低頭看了一會棋盤，溫和地說道：「顓頊是帝王，他能允許小夭用酒盞砸他，願意苦苦求小夭原諒，卻不見得能允許外人看見他的狼狽。顓頊和小夭自小經歷坎坷，很多時候，在他們之間，我也是個外人。」

璟躬身行禮，「我明白。謝謝陛下的回護。」

黃帝說：「你是個聰明孩子，一定要記得過剛易折、過強易損。」

璟說：「記住了。」

黃帝笑道：「去看看小夭吧！一起用早飯。」

小夭洗了個澡，坐在小軒窗下梳頭。挽好髮髻，正對鏡插簪，看到璟從山谷中走來，一隻手背在身後，踏著晨露，行到她的窗前。

小夭看他衣衫依舊是昨日的，顯然沒有離開過小月頂，「你昨夜……歇在哪裡？」

「我在黃帝陛下的房內借宿了一夜。」璟將一束藍色的含笑花遞給小夭，嬌嫩的花瓣上猶含著露珠。

小夭探頭聞了一下，驚喜地笑了，「好香！」

她放下手中的簪子，指指自己的髮髻，轉過身子，微微低下頭。

含笑香氣悠長、浸人心脾，花形卻不大，盛開的花也不過拇指大小，並不適合插戴。璟想了想，選了一枝長度適合的含笑，將枝條繞著髮髻，插了半圈。

「好了。」

小夭舉起鏡子照，只看髮髻右側密密插了含笑花，呈半月形，就像是用藍寶石打造的半月形花簪，可縱然是世間最好的寶石，哪有這沁人心脾的香氣？

小夭放下鏡子，說道：「謝謝你。不僅僅是花，還有……我帶給你的所有為難。」

璟輕彈了小夭的額頭一下，「是誰曾和我說，兩人要相攜走一輩子，自然該彼此看顧？」

小夭低下了頭，沮喪地說：「璟，我該怎麼辦？」

「妳覺得妳有能力讓黑帝陛下撤軍嗎？」

小夭搖頭，她太瞭解顓頊了，他想得到的東西，沒有人能阻止。

「妳想站到高辛一邊，幫高辛打軒轅嗎？」

小夭搖頭，「我不過是懂點醫術和毒術，哪有那個本事？再說，我雖然討厭顓頊這麼做，但絕不會幫別人對付顓頊。」

「小夭，這是兩位帝王之間的事，妳什麼都做不了。」

「可是他們一個是我最親的人，一個對我有養育之恩，難道我真就……冷漠地看著嗎？」

「妳不是冷漠地看著，妳是痛苦地看著。」

「塗山璟！」小夭瞪著璟，「現在你還打趣我？你知不知道昨夜我胡思亂想了一夜？」

璟掐掐小夭的臉頰，「別什麼事都還沒發生，就想最壞的結果，這場仗沒個一二十年打不完。現在的軒轅國不是當年的軒轅國，黑帝不是當年的黃帝，俊帝也不是當年的蚩尤。」

黃帝站在門口，揚聲問：「你們是吃飯呢？還是隔著窗戶繼續說話呢？」

小夭不好意思，大聲說：「吃飯！」

用完早飯，璟下山了。

小夭懨懨地坐在廊下發呆，黃帝也不去理她。

小夭一直坐到中午，突然跳起來，拿起弓箭，衝到山裡，惡狠狠地練了兩個多時辰的箭術。累極時，她爬到榻上，倒頭就睡。

顓頊晚上來時，小夭依舊在睡。顓頊陪黃帝用完飯，叮囑了苗莆幾句後，就離去了。

小夭一直睡到第二日清晨。起身後，告訴苗莆她以後晚上歇在章莪殿，晚飯也單獨一個人在章莪殿吃。

每日，顓頊來，都見不到小夭。他也不見生氣、失望，看上去和以前一樣，陪黃帝說會話，神色如常地離去。

軒轅和高辛的戰事真如璟所說，一時半刻根本分不出勝負。

顓頊在發兵之日，就昭告了天下，不傷百姓。剛開始，一直是軒轅占上風，可隨著軒轅軍隊進入高辛腹地，遭到了高辛百姓的激烈反抗。不管豐隆、禺疆、獻他們麾下的軍隊多麼勇猛，手中的兵器多麼鋒利，都不能傷及高辛百姓，所以一邊倒的情形立即扭轉。

顓頊顯然也做好了打長期戰爭的準備，對豐隆早有交代，所以豐隆並未讓大軍繼續推進，而是好好治理起已經攻下的城池。

盛夏是高辛的汛期，會普降暴雨，免不了洪澇災害。豐隆自小生長在赤水，親眼目睹過決堤時，洪水剎那間毀滅了整個村莊，他曾在爺爺的教導下，認真學習過如何疏通河水、修建堤壩、防洪抗澇。

在高辛的汛期來臨前，豐隆從赤水家抽調了善於治水的子弟，把他們分派到各處駐守城池的軍隊裡，帶領著軒轅的士兵幫各地百姓去疏通河水、維護堤壩。高辛百姓剛開始很排斥，可這幫軒轅士兵不殺人、不放火，幹活賣力，除了說的話聽不懂，別的和一般人沒啥兩樣。眼看著汛期就要來了，為了地裡的莊稼和一家老小的性命，他們無法拒絕人家的幫助。

軒轅軍隊雖然深入高辛腹地，可背靠赤水，又有荊渡，透過船運，糧草物資的補給源源不斷，高辛的軍隊沒有辦法奪回被軒轅占領的城池；但越往南，氣候越悶熱潮濕，雨季也即將到來，雖然豐隆很適應潮濕的氣候，可有很多軒轅士兵不適應，軒轅也無法繼續攻打，兩軍只能僵持對峙。

小夭一直躲著顓頊，卻不可能躲開外面那場正在進行的戰爭，明明清楚自己知不知道都不會改變結果，卻總會忍不住地打聽：「豐隆如今在哪裡？最近可有大戰？」

璟打趣她：「妳仔細被人聽到了，說妳現在悔不當初，心心念念惦記著豐隆。」

小夭被璟弄得哭笑不得，撲上去要打璟，璟一邊躲，一邊故作正經地說：「現在豐隆是大將軍，前程不可限量，遠比我這小族長有權有勢，妳倒是和我說句實話，心裡可有後悔？豐隆還沒有娶妻，妳若真反悔，也不見得沒有機會。」

小夭恨不得在璟嘴上抓幾下，卻壓根抓不到，她咬牙切齒地說：「以前總聽人說青丘公子反應機敏、言辭笑謔，我還傻傻地覺得，他們不是欺負你吧！如今我是後悔了，可不是因為豐隆前程不可限量，而是發現你是個大壞蛋！」

璟湊到小夭身邊，「那怎麼才算是好人？我讓妳打一下。」

小夭扭頭，仰頭望著另一側的天，「不稀罕！」

璟轉到小夭面前，「那打兩下？」

「哼！」小夭扭過頭，看著另一邊的天上。

「三下？」

黃帝的笑聲突然傳來，小夭和璟忙站開了一些，黃帝咳嗽了兩聲，說道：「我來喝口水，你們繼續玩你們的。」

「誰跟他玩了?是他在欺負我!」小夭臉色發紅,跑到廊下倒了杯水,端給黃帝。

黃帝看著小夭,笑道:「我看倒欺負得好,瑲不在時,妳整個人蔫搭搭的,瑲一來,有生氣了許多。」

小夭看了瑲一眼,什麼都沒說。

仲夏來臨,高辛進入雨季,對軒轅和高辛的軍人而言,意味著暫時不用打仗。對瑲而言,他為「亡妻」服喪一年的喪期已滿,按照風俗,可以議親。

一日下午,瑲去小月頂探望小夭時,說道:「我們出去走走吧!」

小夭正在整理前人的醫術筆記,剛好整理得累了,說道:「好啊!」

小夭跟著瑲走出藥谷,瑲召來了他的坐騎白鶴,請小夭上去。

小夭笑道:「我以為就在小月頂走一走呢,你打算帶我去哪裡?」

瑲笑而不語,白鶴載著他們飛掠在山峰間。

沒有多久,小夭看到了草凹嶺,雲霧繚繞,山峰陡峭。

白鶴停在潭水邊,小夭躍下白鶴,看著茅草屋,說道:「有時候覺得冥冥中自有註定。」

璟拉著小夭坐下，「有件事想和妳商量一下。」

小夭彎下身子掬水玩，漫不經心地說：「你說啊！」

「漢水的民謠裡唱『窈窕淑女、君子好逑』，每個少年在聽得懂這句歌詞後，都會忍不住憧憬一下未來的妻子是什麼樣。我年少時也一樣，想著她該有花容月貌，性子溫柔嫻靜，會琴棋書畫，略懂烹飪和女紅，不沉默寡言，也不多嘴饒舌，會治家理事，進退得宜，最好還懂一些如何做生意，這樣也不至於我提起家族裡的事務時，她完全聽不懂……」

小夭心裡一條條和自己比對，臉色難看了起來。

「母親為我選親時，詢問我有什麼想法，我就把我的憧憬告訴了母親。」

小夭期待地問：「你娘有沒有說你癡心妄想？」

璟含著笑說：「母親說『這些都不難，除去姿容是天生，別的那些，不要說世家大族，就是一般的家族，只要想讓女兒嫁得好，都會悉心栽培，難的是她是否會真心待你』。」

小夭靜靜想了一想，璟說的那些要求聽著很高，可的確不難滿足，畢竟璟要求的只是「會和略懂」，沒有要求像他一樣聞名天下、驚才絕豔。

璟說：「可沒想到……我遇見了妳！」

小夭皺鼻子，不屑地說：「遇見了又怎麼樣？反正我沒有花容月貌、不溫柔嫻靜、不會琴棋書畫、女紅一竅不通，倒是很精通如何毒死人，話多呱噪，自言自語都能說一兩個時辰，我不會穿衣打扮，不懂得如何治家，討厭交際應酬，更不會談生意……」

璟點點頭，「妳的確是這樣！」

小夭鼓著腮幫子，手握成拳頭，氣鼓鼓地盯著地面。

「可是，當我遇見了妳時，才明白不管以前想過多少，當碰到喜歡的那個人時，一切的條件都不再是條件。」璟溫柔地看著小夭，「妳不嫻靜，可我已經很靜了，正好需要呱噪好動的妳；妳不溫柔，一言不合就想動手，可妳幫我洗頭、餵我吃藥時，無比細緻耐心；妳不會琴棋書畫，但我都會，恰好方便我賣弄；妳不懂女紅，但我又不是娶織女，一百個玉貝幣就可以買到大荒內最手巧的織女了；妳不會做生意，我會，養妳綽綽有餘；妳不懂做生意，可有了妳的呱噪，再過一千年，我和妳也不怕沒話說，壓根不需要和妳提起家族裡的事務；妳懶於人情往來，我求之不得，因為我巴不得把妳藏在深宅，不要人看到，不要人搶去……」

小夭臉色好轉，歪頭看著璟。

璟微笑著說：「小夭，妳剛才說的很對，妳的確不是花容月貌，妳是……」小夭的鼻子剛剛皺起，璟點了一下她的鼻頭，「縱世間萬紫千紅，都不抵妳這一抹風流。」

小夭霎時臉色通紅，站起身要走，「真不知道你今日發什麼瘋，盡說些莫名其妙的話！」

璟抓住了小夭的手，不知何時，他們四周已是白霧繚繞，在瀰漫的白霧中，桃樹一株株拔起，以肉眼可見的速度結成花骨朵，開出了嬌豔的花。不過一會，千朵萬朵的桃花，繽紛地怒放著，燦如晚霞、絢如胭脂，微風過處，落英繽紛。

小夭明知道這只是璟結出的幻境，仍舊忍不住伸出了手，去感受那繽紛絢爛。

璟說：「這裡是妳爹爹曾經住過的地方。我今日帶妳來這裡，是想當著妳爹娘的面告訴妳，青丘塗山璟想求娶西陵玖瑤。」

小夭的身子僵住。

璟問：「小夭，妳願意嫁給我嗎？」

當年，小夭和豐隆孤男寡女在密室議親，都沒有覺得不好意思，現在卻是又羞又臊，恨不得立即跑掉。她低聲嘟囔，「你想求娶，應該去問外祖父和顓頊。」

「我當然會和他們提，但在徵詢他們的意見前，我想先問妳。小夭，妳願意嫁給我嗎？」

漫天桃花簌簌而落，猶如江南的雨，小夭好似又看到了爹和娘，正含笑看著她。

「我願意！」小夭甩掉璟的手，逃進了茅屋，覺得臉頰滾燙，心怦怦直跳。在鏡子前照了照，如同飲了酒，整張臉都是酡紅色，她雙手捂住臉頰，對鏡子裡的自己說：「真沒出息！」

晚上，顓頊來小月頂時，看到小夭也在，分外驚喜。

他笑對璟點點頭，坐在了黃帝下首，和小夭相對。

璟對黃帝和顓頊恭敬地行禮，說道：「我想求娶小夭，懇請二位陛下恩准。」

顓頊心裡猛跳了一下，看向小夭。上一次豐隆求婚時，小夭滿面驚詫茫然，而現在，她低著頭，眉梢眼角三分喜、三分羞、還有四分是心甘情願。

顓頊覺得自己好像坐在一個人都沒有的荒涼山頂，身還在，心卻飛了出去，穿行在漫長的光陰中，看著一幕幕的過去——

因為小時的經歷，他早慧早熟，偶爾也會享受逢場作戲的魚水之歡，可是一顆冷硬的心從未動過。被人調侃地問究竟想要個什麼樣的女人時，他總會想起小時候，小夭抱著他說「我不嫁給別人，我嫁給你，永遠陪著你」！

陪著小夭，從瑤池歸來的那一夜，他翻來覆去都睡不著，眼前全是小夭，小時的她、現在的她，身著男裝的小夭、穿著女裝的小夭，不管哪個她，都讓他時而歡喜，時而心酸。他不是毛頭小夥子，很清楚發生了什麼。

可是，他能怎麼辦？一個連睡覺的屋子都是別人賜予的人有什麼資格？一個朝不保夕、隨時會被刺殺的人有什麼資格？

他一直都記得，姑姑送小夭去玉山時，他懇求姑姑留下小夭，誠心誠意地應諾「我會照顧小夭，不怕牽累」，姑姑卻微笑著說「可是你現在連保護自己的能力都沒有，更沒有能力保護她，只是不怕可不夠」！

他曾立志，要快快長大，等能照顧好小夭時，就去玉山接她，可幾百年過去了，她再次回到他身邊時，他依舊沒有能力照顧她，只能告訴自己：你連保護她都做不到，你沒有資格！

那時，小夭對璟有心動，卻還沒有情，對豐隆則完全無意，可因為那些男人是塗山氏、是赤水氏，每一個都比他更有資格，所以，他一半是退讓，一半是利用，由著他們接近小夭。

軒轅城中，危機四伏，璟萬里迢迢而來，小夭卻和璟鬧翻了，壓根不肯見璟。

軒轅山上，他抓住小夭的天馬韁繩，請她去見璟。這一輩子，他曾被很多人羞辱過，可從沒有為自己感到過羞恥，但那一次，他覺得羞恥屈辱。

小夭不僅見了璟，還和璟在屋中待了通宵，他凝視著大荒的地圖，枯坐一夜。無數次他想衝進去，把璟趕走，可他知道不行，俥梁府邸前，小夭用身體保護他的一幕就在眼前，他沒有資格！

那一次，他如願得到了豐隆和璟的鼎力支援，做了他這一生最重要的決定，選擇神農山，放棄軒轅山。當他放浪形骸、醉酒吃藥，和俥梁他們一起半瘋半癲、哭哭笑笑時，只有他自己知道他並不是在做戲，他是真的很痛苦，在麻痺和宣洩，因為他清楚地知道，他放棄的不僅僅是軒轅山，還有他的小夭！

來到神農山，璟和小夭的交往越來越頻繁，他一遍遍告訴自己，只做兄長！只要兩個人都活著，只要小夭快樂，別的都不重要！

那一天，小夭從青丘回來，軟倒在他懷裡，一口血吐在他衣襟上時，他覺得自己的心在被一刀刀凌遲。

小夭為璟重病、臥榻不起，他夜夜守著她。無數個深夜，看著她在昏睡中哭泣，他痛恨得到卻不珍惜的塗山璟，可更痛恨自己。

黃帝巡視中原，軒轅上下人心惶惶，王叔和他已經徹底撕破了臉。他站在一個生死關口，上一步乾坤在握、俯瞰天下，下一步則一敗塗地、粉身碎骨，連馨悅都開始和他有意地保持距離，小夭卻在最微妙的時刻，同意嫁給豐隆。

一夕之間，四世家全站在了他這一邊。雖然小夭一直笑著說「豐隆是最適合的人選」，可他心裡很清楚，如果不是為了他，縱然小夭因為璟心灰意冷，也不會同意嫁給豐隆。

豐隆和小夭的婚期定了，他心內有頭躁動的猛獸在咆哮，爺爺語帶勸告地說：「小夭想要平靜安穩的生活，用你的權勢守護她一生安寧，才是真正對小夭好。」

為了小夭嗎？他緊緊地勒住了猛獸，不讓它跑出來。

小夭出嫁那日，他在小月頂的鳳凰林內坐了一夜，鳳凰花隨風搖曳，秋千架完好如新，那個賞花、蕩秋千的人卻走了。

他一遍遍告訴自己「豐隆的確是最適合的人選」，他可以守護她一輩子，只要他在一日，豐隆絕不敢輕慢小夭一分。

可是，當小夭逃婚的消息傳來時，滿天的陰翳剎那全散了，他竟然忍不住歡喜地在鳳凰林內大叫大笑。

顓頊微笑著看向周身，黃帝和璟都在看著他，顯然黃帝已經答應，只等他的答覆了。

小夭抬起了頭，看向他，眼含期冀。

顓頊微笑著對璟說：「你讓族中長老去和西陵族長提親，把親事定下來吧！」

璟懸著的心放下，躬身行禮，真心實意地說：「謝陛下。」

年末，塗山氏、西陵氏一起宣布塗山族長和西陵玖瑤訂親。

大荒內，自然又是沸沸揚揚，但璟和小夭都不會去理會。

親事定下後，就是商議婚期了。

璟想越快越好，看著璟長大的鉞長老笑著打趣，「你自小就從容有度，不管做什麼都不慌不忙，怎麼現在這麼急躁？」

璟說道：「別人看著我著急，可其實，我已經等了幾十年了。」

鉞長老也知道璟對小夭情根深種，不再取笑他，呵呵笑道：「別著急，這事也急不來！族長和西陵小姐的婚禮名義上是續娶，依照禮儀來說不該越過了那個女人，可族長捨得嗎？就算族長捨得，老頭子我也不答應！婚禮倒罷了，以我們塗山氏的能力，一年的準備時間足夠了。可你算算，屋子要不要重建？家俱器物要不要重新置辦？要不要為西陵小姐開個藥園子？反正照我的意思，但凡那個女人住過、用過的都拆了、扔了，一切按照族長和西陵小姐的喜好重新弄過。這可是個大工程，也是個精細活，族長，真急不來！」

璟不吭聲，鉞長老說的話很有道理，明媒正娶，本該如此。

鉞長老說：「就是因為知道族長在意西陵小姐，我這個過來人才提醒你，一輩子一次的事，千萬別因為一時心急，留下一輩子的遺憾。」

璟頷首，「鉞長老說的是。」

鉞長老笑道：「不過，族長放心，以塗山氏的財力，全力準備，不會讓族長久等，到時，保管族長滿意。」

璟不好意思地說：「關鍵是要小夭喜歡。」

鉞長老大笑，「好！我一定把西陵小姐的喜好都打聽清楚。」

黃帝詢問小夭對婚期的想法。

小夭看著窗外忙忙碌碌的醫師，想了一會，說道：「我想等編纂醫書的事情有了眉目後，再確定婚期。」

黃帝說：「這可不是兩三年的事，妳確定嗎？」

小夭點點頭，「《神農本草經》在我手裡已經四百多年，它救過我的命，我卻從沒有為它做過什麼，或者說，我想為那位遍嘗百草、中毒身亡的炎帝做點什麼。他耗費一生心血的東西，無論如何，都不該只成為幾個醫師換取錢財名望的工具。」

黃帝嘆道：「小夭，妳一直說妳不像你娘，其實，妳和妳娘很像！」

小夭皺著眉頭，「我不像她！」

黃帝笑道：「好，不像，不像！」

傍晚，顓頊來小月頂時，聽到小夭對婚期的決定，笑道：「很好。」

也許因為和璟訂親了，小夭開始意識到，她在小月頂的日子有限，和顓頊相聚的時光並不是無限；也許因為軒轅和高辛的戰爭雖然互有傷亡，可並沒有小夭認識的人死亡，如果不去刻意打聽，幾乎感受不到萬里之外的戰爭，小夭不再躲避顓頊。

兩人之間恢復了以前的相處，每日傍晚，顓頊會來，和小夭說說笑笑，消磨一段時光。

寒來暑往，安寧的日子過得分外快，不知不覺中，八年過去了。

不管是巫王，還是小夭，都沒有找到解除情人蠱的方法。

小夭雖然有些失望，可並不在意，這個蠱在她身上已經八十來年了，似乎早已習慣，實在緊張不起來。

璟卻很在意，每次解蠱失敗時，他的失望都難以掩飾。

小夭笑嘻嘻地安慰他：「那個心意相通沒那麼『親密』了，實際只是相柳能感覺到我的一些痛苦，我完全感受不到他，這根本算不得心意相通。」

其實，璟並不是在意小夭和相柳「心意相通」，他不安的是「命脈相連」，可這種不安，他沒有辦法講給小夭聽，只能任由小夭誤會他的「在意」。

一日，小夭從醫館出來，一邊走，一邊和苗莆說話。

天色將黑，大街上都是腳步匆匆的歸家人，分外熱鬧。茫茫人海中，也不知道為什麼，小夭一眼就看到了一個錦衣男子。她一直盯著男子，男子卻沒看她，兩人擦肩而過，男子徑直往前走了，小夭卻漸漸地停住了腳步，回過頭去張望。

苗莆奇怪地問：「小姐看到什麼了？」

小夭怔怔站了會，突然跑去追，可大街上熙來攘往，再找不到那個男子。她不肯甘休，依舊邊跑，邊四處張望。

苗莆不知道發生了什麼，一邊寸步不離地追著小夭，一邊問：「小姐在找什麼？」

「我、我……也不知道。」小夭倒不是騙苗莆，她是真不知道。

無頭蒼蠅般地亂轉一圈，正準備離開，她卻突然看到陰暗的巷子裡，一扇緊閉的門上有離戎族的地下賭場標記。

小夭走到門前，靜靜看了一瞬，也不知道自己是怎麼想的，竟然敲了敲門。

「小姐想賭錢？」苗莆問。

「隨便看看。」

地下賭場只對熟客開放，守門的侍者想趕小夭走，苗莆拿出一個令牌晃了晃，侍者竟然恭敬地行了一禮，將兩個狗頭面具遞給苗莆。

小夭戴上面具，在賭場裡慢慢地逛著。

大概因為天才剛黑，賭場裡的人並不算多，小夭走了一大圈後，要了幾杯烈酒，坐在角落裡，默默地喝著。苗莆看出來她有心事，也不出聲打擾，安靜地陪在一旁。

夜色漸深，賭場裡越來越熱鬧，也不知道坐了多久，小夭又看到了那個錦衣男子，因為戴了面具，他變得狗頭人身，可小夭依舊認出了他。

小夭急急地追了過去，燈光迷離，衣香鬢影，跑過好幾條長廊，好幾層台階，終於追到了錦衣男子。

錦衣男子站在一面半圓形的琉璃牆邊，也不知道離戎族用了什麼法術，琉璃牆外就是星空，漫天星斗璀璨，流星時不時墜落，讓人覺得就站在天空中。

錦衣男子含笑問：「妳追了我這麼久，所為何事？」

小夭遲疑著問：「你不認識我嗎？」

「我應該認識妳嗎？」

小夭摘下了面具。

錦衣男子仔細瞅了幾眼，吹了聲口哨，「如果我認識妳，應該不會忘記！抱歉！」他說完，就要離開。

小夭一把抓住了他，「相柳！我知道是你，你別裝了！」

錦衣男子想甩開小夭，可小夭如章魚一般難纏，就是不放開，錦衣男子似有些不耐煩，「再不放開，休怪我不客氣了！」

「那你不客氣啊！反正我痛了，你也別想好受！」

錦衣男子嘆了口氣，摘下面具，徐徐回過身，漫天星光下，他的臉容漸漸變幻，露出了真實的五官。

小夭盯著他，笑了起來，眼中儘是得意。

相柳無奈地問：「西陵姑娘，妳究竟想幹什麼？」

「我……我……」小夭其實也不知道自己想幹什麼，張口結舌了一會，說道：「幫我解掉蠱，條件你提！」

相柳笑，「半個時辰前，塗山璟剛對我說過這句話。」

「你來這裡，是和璟見面？」

「準確地說是塗山璟約我談點生意。」

小夭明白了，肯定是璟看她解不了蠱，只好去找相柳談判，「你答應璟了嗎？」

「他給的條件很誘人，我非常想答應，但不是我不想解掉蠱，而是我真的解不掉！」

「你騙人！當年你幫顓頊解了蠱，怎麼可能現在解不了？」

相柳嘖嘖嘆氣，搖著頭說：「妳真應該讓塗山璟教教妳如何和人談生意，談生意可不是吵架，尤其有求於人時，更不能隨意指責對方。妳的目的是讓我幫妳，不是激怒我。」

小夭瞪著相柳，「你明明就是騙人！」

「妳覺得我會撒這麼拙劣的謊言嗎？塗山璟可比妳聰明得多，虛心詢問的是『為什麼以前能解，現在卻不能解了』。」

「為什麼？」

「蠱蟲是活物，此一時、彼一時！難道妳能打死剛出生的小老虎，就代表著妳也能打死上千年的虎妖嗎？」

小夭覺得相柳說的有點道理，可又覺得他並沒完全說真話，悻悻地說：「我是不行，可你也不行嗎？」

「妳不相信我，何必問我？」

小夭不吭聲，沉默了一瞬，問：「你來軹邑就是為了見璟嗎？什麼時候離開？」

「如果不是妳拉住我，我已經離開了。」

小夭才反應過來，她一直拽著相柳的胳膊，幾分羞赧，忙鬆開了，「璟呢？他還在賭場嗎？」

相柳似笑非笑地看著幽暗的長廊，「一直在妳身後。」

璟走過來，握住了小夭的手。

小夭想叮囑相柳小心，儘早離去，可又說不出口，只能沉默。

相柳掃了一眼璟和小夭交握的手，對璟微笑著說：「告辭！」說完，立即轉身離去，不一會，人就隱入了黑暗中。

璟對小夭說：「我和相柳談完事，為了避人耳目，各自離開，可我看到妳竟然在，就跟了過來，順便把苗莆引到了別處。」

小夭不想再提起相柳，搖了搖璟的手，笑道：「我可沒介意這個，我知道你是擔心我。走吧，我還沒吃晚飯呢！」

兩人攜著手，並肩而行。小夭笑笑說：「別再擔心蠱的事了，船到橋頭自然直，總會有辦法解決。」

「好！」璟頷首答應了，心裡想著，既然蠱無法可解，唯一慶幸的就是顓頊和小夭感情很好，如果有朝一日，真到了那一步，顓頊應該會為了小夭，手下留情。

第三十九章

難解相思苦

未解相思時，已種相思，
剛懂相思，嘗的就是相思苦，
本以為已經吞下了苦，可沒想到還有更苦的……

軒轅和高辛的戰爭已經持續了十年，在十年的時間裡，雙方各有勝負，軒轅略占優勢，以十分緩慢的速度蠶食著高辛的土地。

在高辛的時間長了，很多軒轅的士兵學會了講高辛話。顓頊下過嚴令，不得擾民，否則殺無赦，士兵對高辛百姓總是分外和善。每年汛期，士兵幫著百姓一塊維護堤壩、疏導河水。農閒時，士兵常帶著樂器和面具走進每個村寨，不要錢地給百姓演方相戲。

只要不打仗，高辛百姓對軒轅士兵實在憎恨不起來。

夏末，軒轅攻打高辛的重要城池白嶺城，戰役持續了四天四夜，豐隆敗於蓐收。

顓頊得知消息後，擔心的並不是一城一池的得失，而是豐隆。豐隆年少氣盛，出身尊貴，天賦又高，被眾人捧著長大，勇猛足夠，韌勁欠缺，蓐收卻被師父千錘百鍊，打磨得老奸巨猾，不怕別的，就怕豐隆因為敗仗而心中有了陰影，影響到士氣。萬事好說，唯士氣難凝，士氣一旦散了，就敗象顯露。

顓頊一番思量後，決定還是要親自去一趟軍中，就算什麼都不做，只陪著豐隆喝上兩罈酒，一塊罵罵薅收，以豐隆的聰明勁，也就慢慢緩過來了。

顓頊去小月頂看黃帝時，小夭和璟恰好都在。

顓頊對小夭說：「我要離開一段日子。」

「去哪裡？」

「對外說是去軒轅山，實際是去一趟軍中，來回大概要一個月。」

小夭反應過來這個軍中是指豐隆的大軍，有些彆扭地問：「有危險嗎？」

「危險總是哪裡都會有，最艱難的日子都走過來了，現在有什麼危險能比那時可怕？」

小夭輕輕點了下頭，「嗯，你放心去吧，我會照顧好外公。」

顓頊說：「妳前段日子說有些藥草生長在高辛，可惜沒有機會看到，只怕記載不夠準確，想不想和我一塊去高辛，正好親眼看一下那些藥草？」

「不想！」小夭回答得很乾脆。

顓頊微微一笑，對璟說：「有一件事想和你商議。軒轅和高辛的物產截然不同，因為兩國聯繫並不緊密，以前雖然有一點互通有無，但只限於貴族喜好的物品，並未惠及普通百姓。物產流通各地，互通有無、互惠互利，對整個大荒的百姓都是好事。塗山氏的生意遍布大荒，若論對大荒各地物產的瞭解，首推塗山氏，我想請你隨我去一趟高辛，看看如今有什麼適合引入中原的物產。如果可能，日後這事還要麻煩塗山氏，畢竟物產流通要靠隨意自願，並不適合大張旗鼓地派幾個官員去做，做了也絕對做不好！」

璟看了小夭一眼，笑道：「這是對天下萬民都好的大好事，塗山氏也能從中獲利。璟願意隨陛下前往高辛。」

顓頊睨著小夭，「妳要不要一塊去？」

小夭羞惱於自己被顓頊拿捏住了，嘴硬地說：「不去，不去，就不去！」

顓頊笑著未再多言，把瀟瀟叫來，吩咐她去準備東西，記得把小夭算上。

小夭自去和黃帝說話，裝什麼都沒聽到。

出行那日，顓頊派瀟瀟來接小夭。小夭早收拾妥當，和苗莆兩人俐落地上了雲輦。

到高辛時，顓頊並不急於去軍中，而是和璟、小夭閒逛起來。

本就是私下出行，並沒有帶大隊的侍衛，顓頊命瀟瀟他們都暗中跟隨。

顓頊、璟和小夭換上了高辛的服飾，顓頊和小夭是一口道地的高辛話，璟也講得像模像樣，走在街上，讓所有小販都以為他們是高辛人。

也許，城池剛被攻下時，有過戰火的痕跡，可經過多年的治理，小夭找不到一絲戰火的痕跡。街道上，人來人往，茶樓酒肆都開著，和小夭以前看到的景象差不多，唯一的差別是——好像更熱鬧了一些，有不少中原口音的女子用高辛話在詢問價格、選買東西。

小夭不解，悄悄問璟：「為什麼會這樣？」

璟笑道：「軒轅的軍隊常駐高辛，士兵免不了思念家人。陛下特意撥了經費，鼓勵士兵的家眷來此安家，只要沒有打仗，每個月士兵可輪換著回家住三日，有孩子的士兵還能多領到錢。陛下此舉既安了兵心，又無形中讓士兵守護巡邏時更小心，因為他們守護的不僅僅是別人的城池，還是他們的家。」

小夭看到不少婦人手中拎著菜籃，背上背著孩子，問道：「他們的孩子就出生在高辛了？」

「是啊！」璟想著，不僅僅是出生在這裡，揣測著顓頊的意思，很有可能他們會在高辛長大，從此落地生根。

牆根下，一群半大的孩子蹲在地上鬥蛐蛐，時不時大叫，一時也分不清到底哪個是高辛人，哪個是軒轅人，小夭看著他們，喃喃說：「這和我想像的戰爭不一樣。」

璟道：「黑帝陛下和黃帝陛下不一樣，俊帝陛下和蚩尤不一樣，最重要的是如今的軒轅國和以前的軒轅國不一樣。」

小夭和璟的對話，顓頊聽得一清二楚，但小夭自進入高辛，就擺出一副不想和他說話的樣子，所以他一直沉默，這會也一言不發，由著小夭自己去看、自己去聽。

夕陽西斜，天色將晚。

顓頊說：「待會城門就要關了，我打算歇在村子裡，你們若不反對，我們就出城。」

璟看小夭，小夭對顓頊硬邦邦地說：「你是陛下，自然是全聽你的。」

他們出了城門，乘著牛車南行。天黑時，到達一處村莊。村口燃著大火把，人頭攢動，十分熱鬧。有人坐在地上，有人坐在石頭上，有孩子攀在樹上，還有人就站在船上。

小夭對駕車的暗衛說：「停！我們去看看！」

因為人多，暗衛只能把牛車停在外面，小夭站在車上，伸著脖子往裡看。原來裡面在演方相戲。方相氏是上古的一位神，據說他非常善於變幻，一天可千面，扮女人像女人，做男人像男人。他死後，化作了一面面具，人們只要戴上它，就可以隨意變幻。沒人見過真正的方相面具，可人們用巧手製作各種面具，戴起不同的面具，扮演不同的人，又唱又跳。漸漸形成了方相戲。

說白了，面具是一種表徵，戴起面具，就如同方相氏一樣擁有了變幻的法力，變作那個人，可以演繹那個人的故事了。

方相戲盛於民間，講的多是大人和小孩都喜歡的英雄美人傳奇。今晚的方相戲已經演了一大半，應是從傳說中劈開了天地的盤古大帝講起，故事裡有聰慧多情的華胥氏、有忠厚勇猛的神農氏、有倜儻風流的高辛氏、有博學多才的西陵氏、有狡黠愛財的九尾狐塗山氏、有身弱智詭的鬼方氏，有善於馭水的赤水氏、有善於鑄造的金天氏……他們和盤古大帝一起剷除妖魔鬼怪，創建了大荒。那時的大荒天下一家，沒有神農王族，沒有高辛王族，更沒有軒轅王族。

看戲的人們時而被狡黠愛財的九尾狐塗山氏逗得哈哈大笑，時而為身弱智詭的鬼方氏抹眼淚，時而為忠厚勇猛的神農氏喝彩，時而為聰慧多情的華胥氏嘆息。看到倜儻風流的高辛氏為了大荒安寧，放棄中原的富庶繁華，去守護遙遠荒涼的湯谷，他們甚至會一起用力鼓掌、大聲喝彩。

小夭也看得入了神，唏噓不已。雖然當一切成為了傳奇故事時，肯定和真相有不少出入，可她相信，故事裡的英勇、友誼、忠誠、犧牲都是真的。

在唏噓感慨故事之外，小夭更感嘆顓頊的心思，這些只是農閒時難登大雅之堂的方相戲，高辛的百姓也都是看著玩，反正不要錢，笑一笑、哭一哭，第二日依舊去幹活。但是，笑過哭過之後，他們卻在不知不覺中接受著顓頊傳遞的一個事實：天下一家，無分高辛和軒轅，不管是中原、高辛的百姓，還是北地、南疆的百姓，都是大荒的百姓。

看完了方相戲，夜已很深，顓頊三人沒有再趕路，當夜就歇在了這個村子裡。

第二日，坐著牛車出發時，村口的大榕樹下，一群孩子在玩遊戲，沒有錢買面具，就用鄉野間隨處可得的草汁染料把臉塗成五顏六色：你、是神農氏；我、我要做塗山氏；信哥兒長的最俊，就做高辛氏；大山最會游水，就做赤水氏；小魚兒老愛生病，鬼主意最多，就做鬼方氏吧……

英雄美人的傳奇，在孩子的遊戲中，古怪有趣的上演。

小夭邊看邊笑，邊笑邊嘆氣。只要顓頊和豐隆別造殺孽，等這群孩子長大時，想來不會討厭赤水氏，也不會討厭顓頊。

牛車緩緩離開了村子，孩童的尖叫聲漸漸消失。

小夭對顓頊拱拱手，表示敬佩，「真不知道你怎麼想出來的？就連我看了昨夜的方相戲，都受到影響，他們肯定也會被影響。」

顓頊說：「方相戲講述的是事實，我只是讓百姓去正視一個事實。」

小夭忍不住譏嘲道：「希望正視這個事實不需要付出生命。」

顓頊眺望著遠處的山水，說道：「我在高辛生活了兩百多年，曾和漁民一起早出晚歸，辛苦捕魚；曾和販夫走卒一起用血汗錢沽來劣酒痛飲；曾和同伴挖完蓮藕後，繞著荷塘月下踏歌；也曾和士兵一起剿殺盜匪。當我被逼離開軒轅，在高辛四處流浪時，是這片土地上的百姓陪著我走過了那段孤獨迷惘的日子，他們雖然早已經死了，可他們的子孫依舊活在這片土地上，依舊會為了養活家人早出晚歸，依舊會用血汗錢去沽酒，依舊會在月下踏歌去追求中意的姑娘，也依舊會為了剿殺盜匪流血犧牲，我知道他們的艱辛，也知道他們的喜悅！」

顓頊回頭看著小夭，目光坦然赤誠，「小夭，論對這片土地的感情，我只會比妳深，絕不會比妳淺！」

小夭無言以對，的確，雖然她曾是高辛王姬，可她並不瞭解高辛，顓頊才是那個踏遍了高辛每一寸土地、每一條河流的人。

顓頊說：「我承認有自己的雄心抱負，可我也只是適逢其會，順應天下大勢而為。統一的大荒對天下萬民都好。戰爭無可避免會有流血，但我已經盡了全力去避免傷及無辜。小夭，我沒有奢望妳贊同我的做法，但至少請妳看見我的努力。」

小夭扭頭看著田野間的風光，半晌後，她低低地說：「我看見了。」聲音幾若無，可顓頊和璟耳聰目明，都聽得一清二楚。

顓頊心滿意足地嘆了口氣，雙手交叉，枕在頭下，靠躺在牛車上，遙望著藍天白雲。他向來喜怒不顯，可這會他想著小夭的話，猶如少年郎一般，咧著嘴高興地笑起來。

洪厚嘹亮的歌聲飛出，顓頊竟是用高辛話唱起了漁歌：

腳踏破船頭
手擺竹梢頭
頭頂猛日頭
全身雨淋頭
寒風刺骨頭

……

不遠處的河上，正搖船捕魚的漁民聽到他的歌聲，扯開了喉嚨，一塊唱起來。顓頊好似要和他比賽一般，也扯著嗓子，興高采烈地大吼：

吃的糠菜頭
穿的打結頭
漁船露釘頭
漁民露骨頭
黃昏打到五更頭
柯到野魚一籃頭

……1

璟心中非常訝異，他知道顓頊流浪民間百年，也知道他身上市井氣重，卻實在想不到他現在依舊會流露出這一面，小夭卻見怪不怪，顯然很習慣於這樣的顓頊。看來顓頊在小夭面前一直都這樣，只不過今日恰好讓他撞到了。

璟想起了黃帝的那句話「在顓頊和小夭之間，我也只是個外人」，璟忽而有幾分不安，可細細想去，又不明白為何不安，他和小夭的婚事已定，顓頊和黃帝都贊同，一直以來，顓頊從沒反對過他和小夭交往。

第二日傍晚，他們到了豐隆的大軍駐紮地。

小夭想到要見豐隆，彆彆扭扭的，低聲對顓頊說：「要不我換套衣衫，扮做你的暗衛吧！」

顓頊說：「這都躲了快二十年，難不成妳打算躲一輩子嗎？不就是逃了一次婚？豐隆和璟都不介意妳這點破事，妳怎麼就放不下呢？」

顓頊說話時嗓門一點沒壓著，走在後面的璟和剛出營帳的豐隆都聽得一清二楚，兩人都有些尷尬，顓頊卻全當什麼都沒看到，把小夭拎到豐隆面前，含笑問道：「豐隆，你倒是和她說說，你現在心裡可還有地方惦記她逃婚的事？」

豐隆對顓頊彎身行禮，起身時說道：「我現在從大清早一睜開眼睛到晚上閉上眼睛都在想蓐

1引用自民歌。

收，夜裡做夢也都是蓐收。」
顓頊又問瑲，「你可介意小夭曾逃過婚？」
瑲凝視著小夭，非常清晰地說：「一點都不介意。」
顓頊說：「聽到沒有？一個早忘記了，一個完全不介意，妳是不是也可以放下了？」
小夭雖然很窘迫，可也明白顓頊是趁機把事情都說開了，畢竟就算她能躲豐隆一輩子，瑲還是豐隆的好友，不能因為她，讓豐隆和瑲疏遠了。小夭向豐隆見禮，「大將軍。」
豐隆客客氣氣地回了一禮，「西陵小姐。」
小夭退到顓頊和瑲身後。
豐隆看著瑲，好奇地問：「你怎麼跟著陛下來了？」剛才的尷尬已經煙消雲散，恢復了平日的隨便。
瑲含笑說：「我以為你這輩子碰不到治你的人了，沒想到蓐收居然讓你連吃了三場敗仗，我自然來看個熱鬧了。」
豐隆做出痛心疾首的樣子，怪叫：「陛下，你聽聽！」
三個男子走進營帳，談起了正事。
小夭悄悄離開，去洗漱換衣。現在她真的相信，豐隆已經放下了一切。這就是男人和女人的不同，男人的世界更寬廣，很多事很快會被沖淡，就像瑲和顓頊當年所說，三個月內，豐隆的確會很介意，可三年後，豐隆就不會有什麼感覺，到今日，做了大將軍的他，統領幾十萬兵馬，更不會在乎小夭的逃婚，更何況小夭已不是高辛王姬，頂著是蚩尤女兒的傳聞，只怕雄心勃勃的豐隆很慶幸沒有娶她。

顓頊派了一個人來見璟，能提供璟需要的所有消息，幫助璟完成顓頊交託的事，居然是金萱。故人重逢，小夭分外高興，特意備下酒菜，和金萱小酌了幾杯。

小夭問：「妳怎麼會在高辛？」

金萱道：「陛下現在最需要高辛的消息，我就來了高辛，幫陛下收集消息。」

小夭笑道：「我以為妳和瀟瀟會成為陛下的妃嬪，可沒想到妳們竟然都繼續做著原來的事情。以妳的功勞，想要封妃很容易，我看妳對陛下……還以為妳會留在紫金頂，看來是我誤會了。」

金萱笑看著小夭，一時沒有說話，慢慢地喝完了一杯酒，才道：「妳沒有誤會，我的確動情了。正因為我對陛下動情，所以我才主動要求離開。」

小夭驚訝地問：「為什麼？」

「如果不動情，一切不過是付出多少、得到多少，陛下向來賞罰分明，只要我恪守本分，定不會薄待我。可動了情，就會控制不住地想要更多，但我清楚地知道，陛下給不了我。與其我被心魔折磨，痛苦難受，甚至鑄下大錯，惹陛下厭棄，不如趁著情分在時，遠避天涯。以我的功勞，反倒能得陛下一生眷顧。」

小夭嘆道：「妳、妳……可真聰明，也夠狠心！很少有女人能在妳這種情形下還能給自己一個海闊天空！」

「也要謝謝陛下肯給我海闊天空！我知道的秘密不少，換成其他人，勢必要把我留在身邊才放心，可我想要離開，陛下就讓我離開了！」金萱搖晃著酒杯，笑了笑，說道：「忘記陛下這樣的男人不容易！不過，我相信，時間會淡化一切，天下之大，只要我還在路上，總有新的希望，我遲早能碰到一個男人，讓我忘記陛下。」

小夭舉起酒杯，給金萱敬酒，「祝妳早日遇見那個人！」

金萱笑著飲了酒，告辭離去，帶璟去收集璟想要的情報。

孟秋之月、十七日，蓐收的大軍發起主動攻擊。

蓐收挾之前三次勝利的士氣，大軍步步緊逼，句芒打敗了獻。

為了不至於陷入孤軍深入的困境，豐隆下令獻撤退，獻率領軍隊撤退到麗水北，和豐隆的大軍會合。

有精通水戰的禺疆守在麗水岸邊，蓐收不敢貿然下令強行渡過麗水追擊，下令大軍在岸邊駐紮，兩軍隔著麗水對峙。

這已是第四次敗給蓐收，豐隆很羞慚，顓頊卻寬慰豐隆，「保存兵力最重要，疆域總會有得有失，人死卻不能復生。如果讓獻孤軍深入作戰，失去了獻和右路軍才是無可挽回的失敗。只要他們活著，我相信他們打下的疆域只會越來越多。」

因為獻是赤水氏子弟，豐隆本來還有點擔心，怕顓頊誤會他是捨不得讓自家子弟冒險，才下令撤退，沒想到顓頊沒有絲毫懷疑，十分理解信任他，豐隆放心之餘也很感動，當年他沒有選擇錯，顓頊的確是值得追隨的明君。

豐隆約了璟去外面走走。

四下無人時，豐隆對璟說：「當年，我雖然覺得顓頊不錯，可看他勢單力薄，一直難下決心支持他爭奪帝位，幸虧你不停地遊說我，促我下了決心，謝謝你！」璟為了促使他下決心，甚至說「正因為顓頊勢單力薄，你才更應該選擇他。不管你選擇倕梁、還是禹號，都是錦上添花，你只是眾多擁戴者中的一個，可如果你選擇顓頊，你就是第一個，也會是顓頊心中的唯一」。

璟笑道：「我只是就事論事地分析，你是憑藉自己的眼光做決定。」

豐隆眺望著遠處的麗水，嘆道：「你總是這樣，什麼都不願居功！你想出了爭奪帝位的計策，放棄軒轅山，選擇神農山。你分析給我聽，陛下根基淺薄，既然無法和蒼林他們在軒轅城爭奪，不如索性示弱，放棄軒轅城，遠走中原，爭取中原氏族的支持。有我和你的幫助，一切很有希望。待中原定，再有四世家的支持，以陛下是黃帝和嫘祖的嫡長孫身分，軒轅的老氏族不可能激烈反對他繼位。你的遊說和你的計策打動了我，讓我決定支持陛下。陛下到現在都以為是我的計策、是我慧眼識英雄，對我一直有一分感念和信任，我才能和陛下亦臣亦友，地位卓然。」

豐隆困惑地問：「璟，為什麼你什麼都不和我爭？」他和璟一樣的出身，一個是赤水氏未來的族長，一個是塗山氏未來的族長，在顓頊成為黑帝的路上，璟比他出的力只會多、不會少，可璟一直躲在幕後，扮演著他的追隨者，凡事都讓他居了功，成就了他的雄心壯志。

璟說：「我怎麼沒和你爭呢？我讓出的都是我不想要的，我真正想要的可真沒捨得讓給你。」

「你是說……」豐隆皺眉思索了一瞬，反應過來，「你是說小夭？」

璟嘆息了一聲，說道：「你一直視我為兄，可我對你並不光明磊落。明明知道你看中了小夭，我卻在你府裡搶了她；明明知道你想娶小夭，我卻讓防風邶幫我去搶婚。我一生未做虧心事，唯獨做的兩件，卻全是對你。」

豐隆想起當年事，依舊有些憤憤，「當年小夭悔婚，讓我難受了好長一段日子，幾乎覺得無顏見人。」

璟說：「我以為我能放手，可我高估了自己，對不起！」

豐隆盯了璟一瞬，忽而笑起來，「我以為你為人從容大度，行事光風霽月，每次看到你都自慚形穢，原來你不過也是個自私小氣陰暗的男人！」

璟道：「小夭和我訂婚時，你已在高辛打仗，你送的那份賀禮應該是赤水氏的長老一邊咒罵著我、一邊準備的，這幾年我們雖有通信，卻從未提過此事，全當什麼事都沒有，但我希望能得到你真心實意的祝福。」

「你很在乎嗎？」

「我很在乎。你知道，此生我不可能得到大哥的祝福了，我不想也沒有你的祝福。」

豐隆心內禁不住樂了，璟把他和篌相提並論，可見是真把他看作兄弟，面上卻故作為難地說：

「我會考慮。」

璟和豐隆朝夕共處三十多年，一眼就看出了豐隆眼內的促狹，他笑起來，「你慢慢考慮，反正我和小夭成婚還有一段日子。」

豐隆也不裝了，笑道：「說老實話，剛知道你和小夭訂婚時，我是有點氣惱，畢竟很難不想起往事，可更多的是欽佩你的勇氣。小夭今非昔比，以前是個寶，人人都想要，如今卻是個大麻煩，誰都不想招惹，至少我是絕沒勇氣去碰，所以氣了幾天也就過去了，但我也不可能開心，就吩咐長老隨便給你準備點賀禮。」豐隆拍拍璟的肩膀，「你放心，等你成婚時，我會親自給你準備賀禮，只要蓐收那死人沒有正和我打仗，我一定會抽空去參加婚禮。」

「謝謝！」

「你謝我做什麼？真要說謝，也該是我謝你。人人都羨慕四世家的一族之長，在我眼內卻是牢籠。以前，只有你肯聽我胡說八道，也只有你不會斥責我膽大妄為，不但不斥責，還一直支持我。現在，我終於打破祖訓，入朝為官，成為大將軍，去追逐我的夢想！璟，你幫我得到了我真正想要的，別說小夭本就不屬於我，就算是我的，你拿去就拿去了，她並不是我想要的，卻是你願意用生命去交換的。」

豐隆勾住璟的肩膀，笑嘆了口氣，「其實，我該慶幸你想要的是小夭，如果你想要的和我想要的一樣，一山不容二虎，我真怕我們做不了兄弟。」

璟沒有像以前一樣因為抗拒身體接觸，不動聲色地甩脫豐隆，經歷過那麼多悲歡離合之後，他知道在權勢名利下，在他們今日的位置上，一份勾肩搭背的親密並不容易，在這一刻，豐隆和他全然信任彼此，所以都給了對方可以一擊致死的距離。

豐隆和璟剛到營地外，禺疆匆匆而來，奏道：「抓到一個潛入軍營的女子，來路不明，但應該是高辛貴族。」

豐隆詫異地說：「你難道沒審問清楚？」

禺疆的臉上有兩道傷痕，神情很是尷尬，「那女子太刁蠻，我、我……還是大將軍去審吧！」

豐隆對璟說：「反正沒事，順道去看一眼吧！」

璟沒有反對，跟著豐隆，向著禺疆的營帳走去。

他們老遠就看到一個女子被捆得結結實實，她卻不肯服軟，依舊左發一支水箭、右扔一把水刃。士兵不敢殺她，又不能放棄職責，只能把她圍困在中間。

豐隆嘆道：「如果說是高辛細作，這都已經被抓住了，還這麼張揚，沒道理啊！可她若不是細作，為什麼不肯好好說話？」

璟已經認出是誰，沒有說話，隨著豐隆快步而去。

待走到近前，看到女子的臉，豐隆愣住了。這個被堵著嘴、手腳都被捆住的女子竟然是高辛王姬。禺疆雖然來自高辛羲和部，可他從沒有見過王姬。

豐隆忙問：「誰堵的嘴？」

一個士兵高聲奏道：「是屬下，她一直在罵陛下和將軍，我就用汗巾把她的嘴塞起來了。」

豐隆趕緊揮手解開妖牛筋，把汗巾拿下，阿念破口大罵，「死顓頊，你個黑了心腸、忘恩負義的混蛋！還有禺疆，忘恩負義的混蛋，你滾出來……」

豐隆愁得眼睛鼻子都皺到了一起，很想把汗巾塞回阿念的嘴裡，卻沒那個膽子。

璟端了一杯乾淨的水，遞給阿念：「先漱漱口。」

阿念愣了一下，顧不上罵人了，立即端過杯子，用力地漱口，想起剛才那竟然是一條臭男人用過的汗巾，她簡直恨不得拿把刷子把自己的嘴從裡到外刷洗一遍。

璟好似很瞭解她的想法，說道：「要罵也先洗漱了再罵，我帶妳去洗漱。」

阿念歪頭打量著璟，眼前的男子眉眼清雅，身材修長，若空谷清泉、山澗修竹，見之令人心靜，「我見過你，你是青丘公子——塗山族長。」

璟笑著頷首，「這裡都是男子，不乾淨，請王姬隨我來。」

阿念乖乖地跟著璟離去。

豐隆暗自慶幸把璟拉了來，他對士兵下令，今日的事不許洩露！然後，他立即趕去見顓頊，這個「高辛細作」他可審不起，要審也得陛下親自去審。

璟帶著阿念來到小夭住的營帳，叫道：「小夭，妳猜猜誰來了。」

璟掀起簾子，請阿念進去，他態度平和、語氣自然，似乎完全沒覺得他們如今立場對立，小夭也只微微愣了一下，看阿念一身狼狽，立即對瀟瀟和苗莆說：「快為王姬準備沐浴用具。」

阿念站在營帳口，不說話，也不動，只是瞪著小夭。顯然，她完全沒想到會在這裡見到小夭。

璟對小夭做了個要漱口的手勢，小夭拿了歸墟青鹽、扶桑花水給阿念，「漱下口吧！」

阿念覺得該拒絕，可那條臭烘烘的汗巾更困擾她，她微微掙扎了一下，就開始忙著漱口洗牙。

璟疑問地看著小夭，小夭笑點了下頭，璟掀開簾子，靜靜離開了。

阿念洗完牙、漱完口，剛想氣勢洶洶地說幾句狠話，小夭平靜地說：「妳身上一股臭汗味，快去洗澡。」

阿念沮喪地聞聞自己，立即跟瀟瀟去洗澡。

等洗完澡，換上乾淨的衣衫，再次回到小夭的屋子時，阿念覺得剛才的那股氣勢已經沒有，真實的情緒湧上心頭。

小夭突然出現在五神山，搶了她的父王，搶了她的顓頊哥哥，她討厭小夭，從不願喊小夭姐姐，但她又時時刻刻關注著小夭。因為王姬的尊貴身分，沒有人敢當面得罪她，卻又在背後議論她。小夭卻不一樣，她從不在背後說她是非，甚至不讓婢女去告狀，可她敢罵她、也敢打她。當她和馨悅有矛盾時，小夭會毫不遲疑地維護她，會教導她怎麼做，她終於漸漸接受了小夭這個姐姐，甚至喜歡上了這個姐姐。

父女三人一起出海遊玩，姊妹兩通宵夜話。離別時，明明約定了冬季再見，她甚至為小夭準備了精美的禮物。

可是，小夭沒有來！

她突然又消失了，就像她突然出現在五神山時，沒有和阿念打一聲招呼。

阿念恨小夭，並不是因為她是蚩尤的女兒，對高辛人而言，雖然都聽聞過蚩尤很可怕，但究竟如何可怕卻和高辛沒有絲毫關係，阿念恨小夭只是因為小夭失約了，一聲招呼都沒打的失約了！

阿念看著平靜從容的小夭，忽然覺得很傷心憤怒。看！小夭過得多麼好！壓根不記得答應過她冬天時要回五神山，要教她游泳！

如果換成小夭，此時肯定會用平靜默然來掩飾傷心憤怒，用不在乎來掩飾在乎，可阿念不同，她氣極了時就要把心裡的不滿發洩出來。

阿念對小夭怒嚷：「蓐收勸我不要怨怪妳，說妳其實很可憐。可妳哪裡可憐了？我才是最可憐的，一個假姐姐，騙著我把她當姐姐，還有顓頊，他竟然……」阿念說不下去，眼中全是淚，「你們兩個都是黑心腸的大騙子！我恨你們！」

小夭說：「我沒有騙著妳把我當姐姐，我是真心想成為妳姐姐，只是……」小夭想說天不從人願，但又覺得雖然做不成父王的女兒很難過，可她是爹爹的女兒也很好，既然她喜歡做爹爹的女兒，那麼說天不從人願顯然不合適。

阿念見小夭說了一半突然又不說了，大聲地質問：「只是什麼？」

「當時我並不知道我的親生父親是蚩尤。」

「妳後來知道了，所以妳就不想做我姐姐了！」

小夭走到窗前，望著遠處的丘陵，不想讓內心的軟弱暴露在阿念面前，「不是我想不想，而是……阿念，俊帝陛下將我從高辛族譜中除名，不允許我再以高辛為氏。」

阿念張了張嘴，不知道該如何去譴責小夭，被除名後，小夭的確再無資格上五神山，想到朝臣對小夭的鄙視和惡毒咒罵，阿念心軟了。

阿念說：「那妳、妳……不能來五神山，至少該和我打聲招呼，我、我……還在等妳。」

「妳在等我？」小夭十分意外，這才意識到阿念對她的態度是生氣而不是鄙夷。

阿念哼了一聲，不耐煩地說：「我可不是來和妳敘舊的！既然妳在這裡，是不是顓頊那個黑心腸的混帳也在，我要見他！」

小夭走到阿念身旁坐下，說道：「我一直不知道自己的身世，突然知道後，心裡非常痛苦，從一出生，一切就是謊言，我什麼都不知道，卻人人都恨我、都想殺我！我真的沒想到妳會等我。我以為妳也會瞧不起我，不願意再見我，畢竟所有人都覺得是我娘對不起妳父王，我爹爹又是蚩尤。就是現在，我面對妳，依舊小心翼翼，生怕一言不合，妳會說出最傷人的話。我怕妳罵我娘，也怕妳罵我爹，還怕妳罵我是孽種。」

阿念盯著小夭，猶疑地說：「我看不出妳痛苦，也看不出妳小心翼翼。」

小夭微笑著說：「小時候無父也無母，不管再痛都不會有人安慰，哭泣反倒會招來欺軟怕硬的惡狗，我已經習慣將一切情緒都藏在心裡。」

阿念沉默一會，表情柔和了，問道：「顓頊是不是和妳一樣？」

「差不多。」

「是不是他在高辛時受了什麼委屈，卻沒有讓我和父王知道，所以他現在才會攻打高辛？」

「顓頊在高辛時，肯定受過委屈。但他攻打高辛，絕不是因為這個原因。」

阿念又急又悲，問道：「那是為什麼？為什麼他要這麼做？我和父王有什麼對不起他的地方嗎？他為什麼要這麼對我們？」

小夭正不知該如何回答，顓頊挑簾而入，說道：「妳沒有對不起我的地方，這是我和妳父王之間的事。」

小夭鬆了口氣，輕手輕腳地走出營帳，讓幾十年沒見過的兩人單獨說會話。

阿念看到顓頊，百般滋味全湧到心頭，自己都沒有意識到，淚珠兒已經一串串墜落，她軟跪在地上，哭著說：「我不明白！父王也說一切和我無關，這是你和他之間的事，可怎麼可能和我無關？你們是在打仗啊！會流血、會死人，怎麼可能和我沒有關係？」

顓頊說：「師父怎麼會讓妳偷偷溜出來？我派人送妳回五神山。」

阿念哭求道：「顓頊哥哥，你不要再攻打高辛了，好不好？父王真的很辛苦，他的頭髮已經全白了，身體也越來越差，連行走都困難！」

阿念抓著顓頊的袍角，仰頭看著顓頊，淚如雨落，「顓頊哥哥，我求求你！我求求你！」以前，每當她撒嬌央求顓頊時，無論再難的事顓頊都會答應她，可現在，顓頊只是面無表情的沉默。

良久的沉默後，顓頊終於開口說道：「對不起，我無法答應。」

阿念既悲傷又憤怒，質問道：「如果小夭還是父王的女兒，如果是她求你，你也不答應嗎？」

顓頊平靜地回答：「十年前，她已經逼求過我。阿念，我是以一國之君的身分做這個決定的，絕不會因為妳或者小夭求我，就更改。」

阿念哇的一聲大哭起來，恨顓頊無情，卻又隱隱的釋然，原來小夭已經求過顓頊，原來顓頊也沒有答應小夭。

顓頊畢竟是看著阿念出生長大，心下不忍，蹲下身，將手帕遞給她，「我知道妳會恨我，也知道我這麼說顯得很虛偽，但我是真這麼想。有些事是軒轅國和高辛國之間的事，有些事是我和妳父王之間的事，但在妳和我之間，妳依舊是阿念，我也依舊是妳的顓頊哥哥，只要不牽涉到兩國，凡妳所求，我一定盡力讓妳滿足。」

阿念用手帕掩住臉，嚎啕大哭，她不知道該怎麼辦，一邊是父王，一邊是顓頊，為什麼父王和顓頊都能那麼平靜地說「和妳無關」？如果和她無關，為什麼自從兩國開戰，蓐收不再為她收集顓頊的消息，顓頊也不再給她寫信？如果和她無關，為什麼她不敢再和父王說，去神農山看顓頊？如果和她無關，為什麼連什麼都不懂的娘都讓她不要再記掛顓頊？

顓頊沒有像以往一樣哄著阿念，逗她破涕為笑，他坐在阿念身旁，沉默地看著阿念。眼睛內有過往的歲月，流露著哀傷。

阿念哭了小半個時辰，哭聲漸漸小了。

顓頊問：「妳說師父的頭髮全白了，是真的嗎？」

阿念嗚咽著說：「父王宣布小夭不再是王姬那年，有一天我去看他，發現他受了重傷，頭髮也全白了，本來一直在慢慢養傷，沒想到你竟然發兵攻打我們，父王的病一直不見好轉……我覺得父王是因為傷心，頭髮和身體才都好不了。」

顓頊說：「既然師父重病，妳為什麼不好好在五神山陪伴師父，卻跑來這裡？」

阿念立即抬起頭，瞪著淚汪汪的眼睛，說道：「我不是來找你！我是看到小夭才知道你來了。」

「我知道。」

阿念說：「我是來刺殺禺疆和豐隆。」

顓頊啞然，暗暗慶幸阿念不是來刺殺獻。豐隆認得阿念，必不會傷到阿念，禺疆性子忠厚，對高辛懷著歉疚，看阿念一個弱女子，也不會下殺手，唯獨那個冰塊獻，一旦出手就會見血。

顓頊沒好氣地說：「高辛有的是大將，還輪不到妳來做刺客！我看我得給蓐收寫封信，讓他加強五神山的守衛。」

阿念又開始流淚，嗚嗚咽咽地說：「你知道的，白虎部和常曦部因為記恨父王沒有從兩部中選妃，卻選了出身微賤、又聾又啞的母親，一直都不服父王，也一直瞧不上我。這些年來，軍隊忙著打仗，父王的身體一直不見好，他們就開始鬧騰，嚷嚷著要父王立儲君，父王就我一個女兒，青龍部和羲和部提議立我為儲君，白虎部和常曦部堅決不同意，說我能力平庸、愚笨頑劣、不堪重用，他們要求從父王的子侄中選一位立為儲君，父王一直沒有表態，他們就日日吵。

我才不稀罕當什麼儲君，可我見不得他們日日去鬧父王。他們說我能力平庸、愚笨頑劣、不堪重用，我就想著非幹一件大事給他們看看不可，所以我就打算來刺殺禺疆或豐隆。禺疆是我們高辛的叛徒，豐隆是領兵的大將軍，不管我殺了誰，他們都得服氣！」

顓頊說：「以後不許再做這種傻事了！妳不必在意白虎部和常曦部，他們和師父的矛盾由來已久，並不是因為王妃和妳。妳不要因為他們說的話，就歉疚不安，覺得是因為王妃和妳才讓師父陷入今日的困境。」

阿念將信將疑，「真的嗎？」

「真的！只不過師父當年的確可以用選妃來緩和矛盾，可師父沒有做。」

阿念癟嘴，眼淚又要落下來，「那還是和我們有關了。」

顓頊說：「師父是因為自己的執念，不肯選妃，並不是為了妳娘，才不肯選妃！和妳們無關，明白嗎？」

阿念想了一想，含著眼淚點點頭。

「阿念，妳要相信師父，有時候看似的困境也許只是像蜘蛛織網。」顓頊指著窗外的蛛網，「蜘蛛織網，看似把自己困在了網中央，可最後被網縛住的是飛來飛去的蝴蝶。」

阿念似懂非懂，琢磨了一會，哇一聲又大哭起來，「你為什麼要攻打高辛？你要不攻打高辛，我就可以早點問你了，你告訴我怎麼做才對，我也不用來刺殺禺疆，還被臭男人的汗巾堵嘴……」

顓頊一邊輕拍著阿念的背，一邊琢磨著：以師父的手段，白虎部和常曦部肯定討不著好，可是立儲君的事既然被提了出來，師父就必須面對。因為這不僅僅是白虎部和常曦部關心的事，還是青龍部、羲和部，所有高辛氏族和朝臣都關心的事。除了阿念，沒有人再名正言順，可師父從未將阿念作為國君培養過……師父這一步如果走不好，高辛會大亂。最穩妥的做法自然是為阿念選一個有能力又可靠的夫婿，立阿念為儲君，再悉心栽培阿念的孩子。師父要選蓐收嗎？難道這就是蓐收最近一直在強硬進攻的原因？

顓頊實在猜度不透師父的想法，雖然他跟在師父身邊兩百多年，可他依舊看不透師父，就如他永遠都無法看透爺爺，也許這就是帝王，永遠難以預測他們的心思。

為了刺殺禺疆和豐隆，阿念連著折騰了幾日，昨兒夜裡壓根沒合眼，這會哭累了，緊綳的那根弦也鬆了，嗚嗚咽咽地睡了過去。

顓頊對侍女招了下手，讓她們服侍阿念歇息。

顓頊走出營帳，順著侍衛指的路，向著山林中行去。

夕陽下，璟和小夭坐在溪水畔的青石上，小夭喋喋不休地說著什麼，璟一直微笑地聽著，小夭突然飛快地在璟唇角親了一下，不等璟反應過來，她又若無其事地坐了回去，笑咪咪地看著別處。

顓頊重重踩了一腳，腳下的枯枝折斷，發出清脆的聲音。

小夭立即回頭，看到他，心虛地臉紅了，「哥哥。」

璟若無其事地站起，問道：「王姬離開了嗎？」

顓頊說：「她睡著了，我看她很是疲累，不想再折騰她，命侍女服侍她在小夭的帳內歇下了。小夭，妳今夜就和苗莆湊合著睡一晚。」

「我和阿念睡一個營帳也可以啊！」

顓頊不想小夭和阿念接觸太多，說道：「不用，我讓瀟瀟照顧她，妳去和苗莆湊合一晚。」

小夭說：「好。」

璟看顓頊好像有心事，主動說道：「我先回去了。」

小夭笑著朝他揮揮手。

顓頊沿著溪水慢步而行，小夭跟在他身側，等他開口，可等了很久，顓頊都只是邊走邊沉思。

小夭不得不主動問道：「你在想什麼？是為阿念犯愁嗎？」

「我在為這片土地上的百姓犯愁。」顓頊嘆了口氣，「我在軒轅出生，在高辛長大，有時候，我分不清我究竟是把自己看作軒轅人，還是高辛人。作為軒轅國君，我應該很高興看到高辛出亂子，對軒轅而言是有機可乘的大好事，可我竟然一點都不高興，反而衷心地希望師父能想出妥當的法子，解決一切，不要讓這片土地被戰火蹂躪。」

小夭眨巴著眼睛，「現在究竟是誰在用戰火蹂躪這片土地？」

顓頊氣惱，拍了小夭一下，「我雖然挑起了戰爭，但我和師父都很克制，迄今為止戰爭並未波及到平民百姓，但如果高辛真出了內亂，那些人可不會有師父和我的克制，他們只會被貪婪驅使，瘋狂地毀滅一切。」

小夭心中驚駭，「究竟會出什麼亂子？」

「告訴妳也沒用，不想說！」

「你……哼！」小夭氣結，轉身想走，「我去找璟了。」

顓頊一把抓住她，「不許！」

顓頊的手如鐵箍，勒得小夭忍不住叫：「疼！」

顓頊忙鬆了手，小夭揉著胳膊，「你怎麼了？太過分了！」

顓頊緊抿著唇，一言不發，越走越快。

小夭看出他心情十分惡劣，忙跑著去追他，「好了，你不想說，我就不問了。慢一點，我追不上你了……」

顓頊猛地停住步子，小夭小心翼翼地看著他。

顓頊望向西北方，低聲說：「還記得在軒轅山的朝雲殿時，妳曾說……」

小夭靜靜等著顓頊的下文，顓頊卻再沒有說話，小夭問：「我怎麼了？」

顓頊微笑著說：「沒什麼。」

顓頊的微笑已經天衣無縫，再看不出他的真實心情，小夭狐疑地看著他。

顓頊拉住小夭的手，拖著她向營帳行去，笑道：「回去休息吧，我沒事，只是被阿念的突然出現擾亂了心思。」

小夭卻沒有隨著顓頊走，她看著他說：「我不喜歡你攻打高辛，時不時會諷刺打擊你，但我並不是完全不理解你。雖然你出生在軒轅，可你在高辛的時間遠遠大於軒轅，這片土地讓你成為了今天的你，從感情上來說，只怕你對高辛的感情多於軒轅。我知道你這次帶我出來，只是想讓我不要那麼緊張擔憂，你想告訴我，你沒有變！你是帝王，可你也依舊是那個和普通人一樣會傷心難過的男孩，自己失去過親人，自己痛過，所以絕不會隨意奪去別人的親人，讓別人也痛。我不知道高辛會發生什麼，但我知道你會阻止最壞的事發生。」

顓頊緩緩回過了頭，笑看著小夭，這一次的笑容，很柔和、很純粹，是真正的開心。

小夭不好意思地笑了笑，搖搖顓頊的手，「我們回去吧！」

清晨，阿念醒來時，發現自己在飛往五神山的雲輦上。

她不甘心，覺得顓頊不能這麼對她，可又隱隱地覺得這是最好的告別方式。能說的都說了，剩下的都是不能說，或者說了也沒用的！

阿念摸著手腕上纏繞的扶桑遊絲，這是她請金天氏為她鑄造的刺殺兵器，昨日，她距離顓頊那麼近，卻壓根沒有動念想用它。

豐隆的大軍進攻緩慢，仗打了十年，所占的高辛國土連十分之一都沒有，可如果有朝一日，軒轅大軍到了五神山前，她會不會想用扶桑遊絲去刺殺顓頊呢？

未解相思時，已種相思，剛懂相思，嘗的就是相思苦，本以為已經吞下了苦，可沒想到還有更苦的。

細細想去，對顓頊的愛戀，從一開始就是九分苦一分甜，到今日已全是苦，卻仍割捨不下。

阿念彎下身，用手捂住臉，眼淚悄無聲息地墜落。原來能嚎啕大哭時，還是因為知道有人聽，盼著他會心疼，獨自一人時，只會選擇無聲地落淚。

第四十章

人情反覆間

撫養教導了你兩百多年，
我很清楚，你的心不在一山一水，而是整個大荒。
當你離開高辛時，我就在等待你回來……

高辛和軒轅兩軍隔著麗水僵持了十日後，蓐收突然率兵大舉進攻，派羲和部的青滯將軍和禺彊交戰。

雖然軒轅和高辛已經打了十年，可因為禺彊的有意迴避和蓐收的暗中安排，禺彊從未在戰場上和以前的朋友交戰。禺彊本以為這一次和他交戰的是句芒，沒想到竟然是他少時一起玩耍練功的青滯，一個事出意外，一個早有準備，一個心懷歉疚，一個滿心怨憤，禺彊縮手縮腳，青滯勇往直前，勝敗立分。

獻率領的右路軍遇見了句芒。句芒也是俊帝的徒弟，和顓頊一般年紀，卻總喜歡幻化成童子，看似一派天真爛漫，實際狡詐如狐，碰上性子沉穩、靈力高超的禺彊，他就如狐遇見虎，諸般花招都難以施展，可碰到獻，諸般花招都可施展，占著地勢之便，句芒竟然重傷了獻。

主將重傷，軍隊潰敗。

句芒趁勢追擊，想殺了獻。就在句芒差點得手時，禺疆不顧一切，闖入了句芒布的陣法中。蓐收的計畫，本就不僅僅是殺獻，而是讓句芒用獻做誘餌，誘殺禺疆，所以那個陣法是專門為禺疆布置。

蓐收這個誘敵計策對一般人不會起作用，可禺疆為了救獻，竟然失去了一切理智，軍紀軍法都不管了，明知道是刀山火海也往下跳，九死一生救出了獻，他卻重傷將死。

蓐收率領的中路軍這才出擊，在禺疆和獻都重傷的情況下，豐隆再勇猛也難以抵擋蓐收，何況顓頊就在軍中，他不敢冒險，只能下令撤退。

這一退，就連丟了三個城池。前兩個城池是吃了敗仗不得不丟，永州則是豐隆下令放棄，永州城牆低矮、無險可守，且城內糧草儲備不足，在兩個主將重傷的情況下，豐隆不認為撤入永州會是個好戰略。

顓頊面對頹勢，淡定地說：「你是大將軍，軍中一切你做主。」豐隆一咬牙，也不管顓頊是否會認為他無能了，下令撤到三面環水的晉陽城，反正留得青山在，不怕沒柴燒。

這次戰役可謂是兩國開戰以來，軒轅最慘的一次敗仗，敗得非常淒慘，差一點獻和禺疆就都死了。軒轅大軍本就推進緩慢，施行的是蠶食政策，一次敗仗就相當於三年的仗白打了。再加上前面三次的敗仗，軒轅相當於五年的仗白打了。

因為這次戰役，蓐收揚名大荒。顓頊後來下令把蓐收刁鑽的用人策略詳細記錄，但凡鎮守一方的將軍都必須揣摩學習。為什麼蓐收之前寧可一直輸，也不允許羲和部的子弟上戰場？為什麼要用句芒對獻？至於為什麼能用獻誘殺沉穩的禺疆，顓頊反倒沒有問。在很多很多年後，當冷面將軍獻嫁給禺疆時，所有人在不敢相信的同時也都明白了，他們不得不驚嘆於蓐收的見微知著，當年就能連這點都看出、利用上。

豐隆氣得大罵，罵禺疆、罵蓐收。可罵也沒用，輸了就是輸了。

這一次是他們幸運，幸虧小夭恰好在軍中，一身醫術已經出神入化，禺疆才僥倖活了下來，獻才沒有殘廢，否則一下子失去兩員年輕有為的大將，不要說豐隆，就是顓頊也承受不起。

面對慘敗，豐隆擔心顓頊會震怒，沒想到顓頊反過來寬慰他，「我早料到禺疆會大敗一次，他是未開鋒的寶刀，只有大敗一次後，才會真正露出鋒芒，只是沒想到蓐收竟然和我的想法一樣，一直不給禺疆這個機會。一旦給了機會時，就是想要他的命。這次險死還生，對禺疆是好事，讓他明白，一旦做了選擇，就不可再猶疑，否則毀掉的不僅僅是自己，還有別人。」

豐隆鬱悶地說：「這個蓐收往日裡看著嬉皮笑臉，沒個正經，沒想到竟然如此難對付。」

顓頊笑道：「他是師父親自教導的人，如果容易應付，俊帝也就不是俊帝了。」

豐隆心裡嘀咕，陛下也是俊帝親自教導的人，只是不知道陛下和蓐收誰更勝一籌。

顓頊似知他所想，說道：「我和蓐收不同，沒有可比性。不管是爺爺，還是師父，都是培養我如何成為一國之君。蓐收從小學習的是如何做人臣子，為官給一方富庶，為將守一方太平。」

豐隆嘿嘿地笑，「陛下既得黃帝教導，又得俊帝教導，自然是陛下遠勝蓐收。」

顓頊笑盯了豐隆一眼，「你別學著朝堂上那幫老傢伙阿諛奉承。」

豐隆理直氣壯、厚顏無恥地說：「我這也是學習如何為人臣子。」

顓頊笑而未語，豐隆和馨悅這對雙生兄妹，看似豐隆粗豪遲鈍、馨悅聰慧細緻，可實際真正精明的是豐隆，他懂得何時能進一步、何時該退，馨悅卻不懂取捨，也不懂退讓。

豐隆問道：「陛下打算什麼時候回神農山？不是我想趕陛下回去，這裡畢竟是戰場，我實在擔心陛下的安危。」

顓頊道：「本來應該回去了，可我總覺得會有事發生，再等等吧！」

半個月後，豐隆接到密信，高辛白虎部和常曦部竟然暗示，他們願意投降。

豐隆大驚，立即把密信拿給顓頊，顓頊看完後，對豐隆說：「你回信，態度擺得倨傲一些，表示不相信。」

豐隆按照顓頊的命令，回了信。

幾日後，密使攜密信到，要求必須見到豐隆，才能呈上密信。

豐隆請示過顓頊後，召見密使。

密使走進豐隆的大帳，作揖行禮。

豐隆端坐在上位，顓頊化身為侍衛，站在豐隆身後。豐隆按照顓頊的吩咐，依舊做出倨傲不信的樣子，言談間很是冷淡，「不是我多疑，而是此事實在蹊蹺，讓人難以相信。如果我們軒轅已經占領了高辛大半國土，勝局註定，白虎和常曦兩部來投降，還算合情合理，可如今，我們剛吃了大敗仗，高辛占上風，白虎和常曦兩部為何如此？凡事不合理則必有陰謀！」

密使摘去面具，竟然是常曦部的大長老泖。豐隆成年後，來高辛尋找金天氏鑄造兵器時，爺爺拜託的就是泖長老幫忙，常曦部和赤水氏有姻親關係，論輩分，豐隆還得叫泖長老一聲爺爺。

豐隆愣了一愣，忙站起，和顓頊眼神一錯而過間，看顓頊讚許，他放下心來，說道：「泖爺爺，您怎麼來了？快快請坐！」

泖長老很滿意豐隆的謙遜有禮，含笑道：「事關重大，你不相信也是正常，有些話實不方便在信裡說，為了讓你放下疑慮，所以我親自跑一趟。」

泖長老說著話，視線從顓頊和另一個侍衛的身上掃過，豐隆只當沒看見，誠懇地說：「在這個帳內說的話絕不會外洩，泖爺爺有話請直講。」

泖長老猶豫了一瞬，說道：「常曦部和赤水氏祖上有親，當年常曦部落難時，你太爺爺還收留過常曦部子弟，我們常曦部的遭遇你應該聽說過，想來知道常曦部和青龍部的恩怨。」

「略聞過一二。」

「前代俊帝的結髮妻，第一位俊后，也就是現如今俊帝的母親來自青龍部，在生俊帝時去世。我的兩個姑姑美貌聰慧，被選進宮，很得前代俊帝喜歡，大姑姑大常曦氏被立為俊后，養育了四位王子，小姑姑小常曦氏養育了兩位王子、兩位王姬，兩位王姬嫁給了白虎部，兩位王子的王子妃也來自白虎部。大概因為兩位姑姑太得寵愛，青龍部總覺得姑姑想殺俊帝，從那個時候起，青龍部和我們兩部就矛盾不斷。

年代久遠，已經沒有人相信，可前代俊帝的確很不喜還是大王子的俊帝，而是偏愛二王子宴龍，大姑姑對我父親說前代俊帝已決定立二王子為儲君。但變故突生，一夕之間，二王子和俊后都被關入龍骨獄，俊帝登基，幾年後，前代俊帝神秘逝世，大姑姑和小姑姑自盡。二王子被削去神籍，不知所終，其他五位王子流放的流放、幽禁的幽禁。五位王子不堪忍受，聯合我們常曦和白虎兩部起兵造反，這就是全天下都知道的五王之亂。」

洌長老眼內流露出深切的悲痛，「後來，五位王子全死了，株連妻妾兒女。」

豐隆說：「這已經是好幾百年前的事，豐隆不明白和洌爺爺今日秘密來此有什麼關係。」

「幾百年來，看似常曦、白虎二部與青龍、羲和二部是地位平等的高辛四部，可實際俊帝只信任青龍和羲和二部，凡事都偏向他們。俊帝只有一位王姬，王姬性子頑劣、才能平庸、實在難當大任，可俊帝在青龍、羲和兩部的鼓動下，竟然想立王姬為儲君。」

豐隆困惑地看著洌長老，表示他依舊什麼都沒聽明白。

洌長老氣憤地說：「青龍部和羲和部打得好主意！他們想讓蓐收成為王姬的夫君，王姬平庸，陛下身子一年不如一年，等陛下逝世後，高辛不就是蓐收說了算嗎？與其等到日後整個高辛落入青龍部手裡，常曦和白虎兩部被逼到末路，不如現在就未雨綢繆、早做打算。」

豐隆說：「我沒有聽聞一點消息，可見俊帝還未做決定，洌爺爺可以聯合諸位朝臣反對啊！」

洌長老說：「我們反對了，本來不少朝臣支持我們！可蓐收打了一次又一次勝仗，名揚天下的同時也俘獲了人心，現在不僅朝中大臣很支持蓐收娶王姬，只怕民間百姓也會高興王姬嫁給蓐收。白虎和常曦孤掌難鳴啊！」

豐隆這才徹底明白了為什麼他們打了大敗仗，白虎和常曦反而向他們示好，想要投降。豐隆說道：「洌爺爺，豐隆實話實說，白虎和常曦兩部雖然實力不如以前，但在高辛依舊舉足輕重，兩部投降，會動搖高辛的根基，洌爺爺想要什麼？」

泖長老遲疑著沒有說話，豐隆說：「泖爺爺請直言，只有這樣豐隆才能清楚明白地奏報黑帝陛下，讓陛下做決斷。」

聽到豐隆表示自己無權做任何決定，只是個傳話人，泖長老反倒放心了，因為他所求，本就不是豐隆能做主的。泖長老咬了咬牙，說道：「我們幫黑帝陛下取得高辛，陛下封常曦和白虎兩部的部長2為王，將青龍、羲和兩部的領地賞賜給我們。」

饒是豐隆已做了心理準備，還是被驚得心顫了一顫，白虎和常曦竟然是要將青龍和羲和，甚至高辛王族驅逐出這片土地。難怪他們願意投降！

豐隆定了定神，回道：「事關重大，我會立即密信稟奏陛下。五日內必有答覆。」

泖長老聽到明確的時間，略微放心，卻看向豐隆身後站著的兩名侍衛，眼含殺意。

豐隆也知道剛才泖長老說的話關係到兩部的生死存亡，必須給泖長老一個滿意的答案，「實不相瞞，這兩位侍衛是陛下指派給我的人，就算我不讓他們知道，陛下也會讓他們知道。」

泖長老知道是黑帝的心腹，不敢再計較，戴上面具，告辭離去，臨別時，殷殷叮囑道：「陛下一有回音，請立即通知我。」

豐隆一一答應，親自把泖長老送到營帳口，泖長老也不想引人注目，「大將軍就送到這裡吧！」

2部長：古代氏族部落的首領。《續資治通鑒・宋哲宗紹聖四年》：「五國部長貢於遼。」

待浻長老走了，豐隆回身看著顓頊，難掩激動。顓頊卻平靜地坐在豐隆剛才坐的位置上，以手支頷，默默地沉思著。

豐隆不敢打擾，恭敬地站立在一旁。

半晌後，顓頊說：「地圖。」

豐隆趕緊手握圖珠，注入靈力，屋內出現一幅水靈凝聚的藍色地圖，山川河流歷歷在目。顓頊凝視著高辛的版圖，問道：「你怎麼看？」

豐隆興奮地說：「划算！要讓璟那傢伙聽到，肯定會說，我們賺了大買賣！如果不靠白虎和常曦兩部，等軒轅千辛萬苦攻下高辛，陛下也要論功行賞，將土地封給某個家族，讓他們去做諸侯王。封給誰都是封，只要常曦和白虎真的歸順軒轅，封給他們也可以啊！這可是於國於民都有利的大好事，唯獨可惜的就是我要少打好多仗了。」

顓頊說：「答應了他們，可就沒有你的份了。」

豐隆嘿嘿地笑，「怎麼會沒有呢？」他點著地圖，「這裡、這裡、還有這裡……我們已經打下的，正好和赤水相連，封給我剛剛好，再多了我也不敢要。」

顓頊含笑瞅了豐隆一眼，「你要的都是好地方。」

豐隆嘟囔，「不好的地方陛下給了我，陛下也沒面子啊！」

顓頊笑而不語，他並不怕臣子和他討東西，他反倒喜歡豐隆這種大大方方的態度，所謂天下，本就是讓天下人共用，好地方交給能幹的人去治理，變成更好的地方，對他也是好事。

豐隆試探地問：「陛下打算答應他們嗎？」

「不急，五日後再說。」

豐隆明白了，即使顓頊打算答應，也要先晾他們五日，待他們坐臥不寧時，再附加一些條件。豐隆十分慶幸自己早早就選擇了站在顓頊這邊。

五日後，豐隆通知洌長老，陛下已有回覆，但必須兩部部長親來商談。

洌長老有點不滿，可豐隆態度誠懇，一再說事關重大，所以才十分慎重。洌長老覺得豐隆說的也有道理，換成是他，只怕也會如此。

在豐隆和洌長老的安排下，兩部的部長秘密趕來。

當他們看到接見他們的人不是豐隆，而是黑帝時，又驚又喜。兩部都沒想到顓頊居然會萬里趕來，親自和他們商談，待他們若上賓，受寵若驚之餘也徹底定了心，決意跟隨顓頊。

經過商議，顓頊同意了他們提出的條件，日後封常曦和白虎兩部的部長為王，子孫世世代代安居於此。常曦和白虎兩部承諾彼此永不通婚，嫡系子孫的正妻必須選自軒轅的大氏。

簽訂了血盟後，兩部部長和長老行大禮跪拜顓頊，表明常曦和白虎兩部從此歸順軒轅，對顓頊效忠。

洌長老主動提議，兩部可以即刻發兵，和豐隆的大軍前後夾擊，將蓐收的大軍全部殲滅。

顓頊婉轉地謝絕了洌長老的提議。

洌長老詢問，他們該如何配合軒轅大軍。

豐隆說：「你們只需昭告天下，常曦和白虎兩部從高辛脫離，從此效忠黑帝，以軒轅為國。」

兩位部長滿面驚訝，「只需要我們做這個？」他們本來以為一旦歸順，黑帝必定會先要他們出兵，一則看他們的忠心，二則他們畢竟不是軒轅的士兵，縱然損傷，黑帝也不會心疼。與其等著黑帝發話，不如他們主動請戰，所以他們才主動提議前後夾擊，殲滅蓐收。

顓頊說：「只需要你們做這個。雖然從現在起，你們已是軒轅人，但士兵將領都祖祖輩輩生於此、長與此，命他們將刀劍對向一同生活在這片土地上的人，只怕心中不會情願。能不動兵就不動兵吧！」

兩位部長和幾位長老既感激，又惶恐，應道：「是！我們這就往回趕，一回去，兩部就聯合昭告天下，從今後，常曦和白虎兩部屬於軒轅國。」

顓頊道：「靜候佳音。」

第二日，常曦和白虎兩部宣布脫離高辛、歸順軒轅。

消息迅速傳遍大荒，整個大荒都震驚了。在高辛氏的先祖還沒有創建高辛國時，常曦和白虎兩部就追隨著高辛氏，至今還有他們動人的故事在流傳，可幾萬年的情誼終於毀於一旦。

天下氏族一邊唏噓感嘆，一邊密切地注意著俊帝的反應。按理來說，俊帝應該討伐常曦和白虎，但黑帝的三十萬大軍還在高辛北邊，他一旦調兵，黑帝必定會揮軍南下。如果他不討伐，等於他默認了常曦和白虎以後不再屬於高辛。

顓頊也在等俊帝的反應，他在軍中的時間已太長，再隱瞞行蹤很不方便，反正神農山有黃帝坐鎮，無需擔心出亂子，顓頊索性藉機大張旗鼓地表露了行蹤，讓軒轅和高辛兩國的大臣都看到：他親自到軍中督戰，一種虎視眈眈、勢在必得的姿態。

兩日後，俊帝宣布討伐常曦和白虎兩部，蓐收的軍隊按兵不動，俊帝將率五神軍御駕親征。

現在，天下氏族又等著看黑帝的反應，雖然俊帝還未出征，可所有人都認定了常曦和白虎必敗。常曦和白虎已宣布自己是軒轅子民，黑帝必須救援，否則讓天下部族寒心誰還敢歸順軒轅？

一場波及整個高辛的驚天大戰難以避免，全大荒都屏著一口氣，在不安地等待。

顓頊的眉頭緊緊地皺著，不允許任何人打擾他，總是望著五神山的方向沉思。

就在劍拔弩張、千鈞一髮時，突然傳出消息，五神軍陣前換帥。原來——就在俊帝全副鎧甲、驅策坐騎起飛時，突然踉蹌摔下，將士們這才發現俊帝一條腿上有傷，行走都困難，他根本無法領兵作戰。

王姬高辛憶穿上了鎧甲，宣布代父出征。

也許因為百姓愛戴的俊帝竟然被常曦和白虎兩部逼得抱病都要出征，也許因為王姬一個纖纖弱質的女子居然要臨危受命代父出征，高辛百姓無比痛恨常曦和白虎兩部，都盼著王姬打敗常曦和白虎。但所有氏族的首領都認為，如果高辛王姬能打敗常曦和白虎兩部，就相當於太陽要從虞淵升起、湯谷墜落了。

大概因為顓頊也是這個認定，所以他按兵不動。

顓頊按兵不動，蓐收自然也按兵不動。

小夭沒心情管誰贏誰輸，她聽聞俊帝竟然病到連坐騎都難以駕馭，立即決定趕往五神山，就算俊帝不想見她，她也要闖進去見他。

顓頊勸道：「妳先別著急，好不好？妳不覺得代父出征這一幕有些似曾相識嗎？阿念是師父一手養大，師父怎麼可能會認為阿念能打仗呢？」

小夭怒嚷，「我不管！我不管你的計謀，也不管他的計策，你們的王圖霸業和我沒有絲毫關係！現在，我只知道他養育過我、疼愛過我、用命保護過我！顓頊，我沒有能力阻止你攻打高辛，你也休想阻止我去看他！」小夭怒瞪著顓頊，一副要和顓頊拚命的樣子。

顓頊嘆氣，「好、好、好，我不管！妳去吧！」

他看向璟，璟說：「陛下放心，我會陪她去。」

顓頊看著小夭上了璟的坐騎，兩人同乘白鶴，飛入雲霄，漸漸遠去。也不知為何，他心裡很難受，竟然一個衝動，也躍上了坐騎，追著他們而去。

待飛到小夭身旁，顓頊才覺得自己太衝動了，可已經如此——衝動就衝動吧！

小夭詫異地看著顓頊，「你是送我們吧？你肯定不是要跟我們一起去五神山吧？」

顓頊板著臉說：「一起！」

「你還是回去吧！」畢竟兩國在交戰，小夭不敢用己心揣度俊帝的心，她擔心顓頊的安危。

「少廢話！」顓頊的語氣雖凶，臉色卻緩和了許多。

「那你變個樣子，承恩宮的人可都認識你。」

「別嘮叨了，我知道怎麼做。」雖然是一時衝動，但顓頊有自信能安全回來，看小夭依舊憂心忡忡，他的心情終於好了。

到五神山時，小夭不能露面，顓頊更不能露面，只能璟出面，求見俊帝。

塗山族長的身分很好用，即使俊帝在重病中，侍者依舊立即去奏報。沒多久，內侍駕馭雲輦來接他們。

到了這一刻，小夭反倒豁出去了，反正她不會讓顓頊有事，顓頊和俊帝見一面不見得是壞事。

在內侍的引領下，三人來到俊帝起居的梓馨殿。小夭心內黯然，俊帝往日處理政事、接見朝臣都是在朝暉殿，看來如今是身體不便，所以在梓馨殿見他們。

走進正殿，俊帝靠躺在玉榻上，滿頭白髮，額頭和眼角的皺紋清晰可見。小夭和璟倒還罷了，畢竟上次在赤水分別時，俊帝就重傷在身。顓頊卻自從隨小夭離開高辛，就再未見過俊帝，雖然小夭說過俊帝受傷，阿念也說過俊帝身體不好，可顓頊的記憶依舊停留在一百年前，那時的俊帝如巍峨大山，令人景仰懼怕，眼前的俊帝卻好似坍塌了的山。

顓頊震驚意外，一時間怔怔難言，都忘記要給俊帝行禮。

小夭正想著如何掩飾，俊帝揮了下手，所有侍者都退了出去，殿內只剩俊帝和小夭他們三人。

俊帝凝視著顓頊，叫道：「顓頊？」

「是我。」顓頊向著俊帝走去，一邊走，一邊回復了真容。

俊帝笑道：「我正打算設法逼你來見我，沒想到你竟然自己主動跑來了。」

顓頊跪在俊帝面前，「師父，為什麼會如此？」在這個殿堂之內，師父重病在身，卻沒有叫侍衛，依舊把他看作顓頊，對他沒有絲毫防備，他也只是師父的徒弟。

俊帝笑道：「你都已經長大了，我自然會老，也遲早有一天會死。」

顓頊鼻頭發酸，眼內驟然有了濕意。他低下頭，待了無痕跡時才抬起頭，微笑道：「小夭現在醫術很好，有她在，師父的身體肯定會好起來。」

小夭跪在顓頊身旁，對俊帝說：「陛下，請允許我為您診治。」

俊帝把手給小夭，小夭看完脈，又查看俊帝的傷腿，待全部看完，她說：「陛下雖然在赤水之北的荒漠中受了重傷，可高辛有很好的醫師，更有無數靈藥，陛下只要放寬心，靜心休養，到今日就算沒有全好，也該好了七八成。但陛下心有憂思，日日勞心，夜夜傷心，不能安睡，現如今傷不但沒有好轉，反而加重。陛下再這樣下去，可就……」小夭語聲哽咽，說不下去。

顓頊驚問道：「日日勞心，夜夜傷心？」小夭說的真是師父嗎？

俊帝無言，他可以瞞過所有人，卻無法瞞過高明的醫者，他能控制表情，以笑當哭，身體卻會忠實地反應出內心的一切。

顓頊說：「師父，日日勞心我懂，可夜夜傷心，我不懂！」

俊帝說：「顓頊，你應該懂。當你坐到那個位置上，會連傷心的資格都失去，並不是我們不會傷心了，只不過一切都被克制掩藏到心底深處。」俊帝自嘲地笑，「很不幸，在我受傷後，我藏了一生的傷心都跑了出來，如脫韁的野馬，我竟再難控制。」

顓頊眼中是了然的悲傷，低聲說：「我知道。」

俊帝好似十分疲憊，闔上了雙目，正當顓頊和小夭都以為他已睡著時，他的聲音突然響起，「我每夜都會做夢，一個又一個零碎的片段。有時候夢到我是個鐵匠，在打鐵，青陽笑嘻嘻地走進來；有時候夢到雲澤和昌意，他們依舊是小孩子，就像你剛來高辛時那麼大，他們一聲聲喚我『少昊哥哥』，一個求我教他劍法，一個求我教他彈琴；有時候夢到我的父王，我出生時，母后就死了，父王怕我不知道母后的長相，常常繪製母后的畫像給我看；有一夜，我還夢到父王抱著我，教我辨認各種各樣的桃花，我從夢中驚醒，再難以入睡，就坐在榻頭，一個人自言自語地背桃花名，碧桃、白桃、美人桃……一百多個名字，我以為早就忘記了，可原來都記得。」

俊帝喃喃說：「這些夢很愉悅，做夢時，我甚至不願醒來，大概心底知道，夢醒後只有滿目瘡痍。不過一個夢裡、一個夢外，卻已是滄海桑田、人事全非。有時候，整宿都是噩夢，我夢見青陽死在我懷裡，他怒瞪著我，罵我沒有守諾；夢見昌意在火海中淒厲地叫，『少昊哥哥、你為什麼不救我？』；夢見滿地血泊，五個弟弟的人頭在地上擺了一圈，我站在圈中央，他們朝著我笑；還夢見父王，他笑吟吟地把我推到王位上，一邊說『你要嗎？都給你』，一邊脫下王冠和王袍給我，他撕開自己的皮膚，鮮血流滿他的全身，他把血肉也一塊塊遞給我，直到變成白骨一具，他依舊伸著白骨的手，笑著問我『你要嗎？都給你！』」

顓頊、小夭、璟三人都聽得心驚膽顫，不敢發出一絲聲音，似乎承恩宮的殿堂裡真會走出一個白骨人，捧著自己的血肉，笑著問「你要嗎？都給你！」。

俊帝用手掩住了眼睛，喃喃說：「所有人都遺憾我沒有兒子，他們不知道我十分慶幸沒有兒子。我害怕我的兒子會像我，如果他像我一樣，我該怎麼辦？難道要我殺了他嗎？還是讓他像我一樣，殺了我的父……」

「陛下！」璟突然出聲，打斷了俊帝的話。

俊帝睜開了眼睛，神情迷惘，像是從夢中剛醒，不知置身何處。

也許因為顓頊和小夭都是局內人，不管再心志堅韌，都不知不覺被帶入舊日往事，心神恍惚。反倒璟這個局外人最淡定，他將一碗茶端給俊帝，溫和地說：「陛下，喝幾口茶吧！」

俊帝飲了幾口茶後，眼神漸漸恢復清明。他無聲地慘笑，有些事一旦做了，他不能對人言，也無人敢聽。

俊帝說：「靜安王妃生完阿念後就無法再懷孕，我又不打算再選妃，很早我就知道此生只有兩個女兒了。」

小夭咬著嘴唇，看著俊帝。

俊帝伸手，「小夭，我還記得妳小時候，每日傍晚都會坐在宮殿前的台階上，眼巴巴地望著路，一旦看到我，就會歡喜地跳起，飛快地奔向我，那是我一天中最開心的時刻。妳對我的喜歡親暱，不是因為我的權勢，也不是因為其他，只是因為妳喜歡我這個父王，我對妳的疼愛呵護，也只是因為妳是我的女兒。即使我沒有答應過妳的母親，從不認識妳的舅舅，我依舊會像當年一樣對妳。不要怨恨我曾冷酷地對妳，我只是不想讓妳在我和顓頊之間左右為難。」

小夭緊緊地抓住了俊帝的手，就好像唯恐再失去，「我知道……我心裡能感覺到……我沒有怨恨你。」

「沒有怨恨嗎？從妳進來，一直陛下長、陛下短，似乎生怕我不記得自己做過什麼。」

「我是有點怨氣，就一點點，絕沒有恨。」

「那妳該叫我……」

小夭毫不遲疑地叫：「父王！」

俊帝笑了，顓頊卻眉頭蹙起。

俊帝瞅了顓頊一眼，說道：「我的子侄不少，卻無一能成大器。三個親手教導的孩子倒都很好，句芒可倚為臂膀，蓐收可委以重任，顓頊……」俊帝盯著顓頊，目光炯炯。

顓頊頓時覺得自己被一覽無餘，下意識地想迴避俊帝的目光，卻終是沒有低頭，和俊帝平靜地對視著。

俊帝說：「撫養教導了你兩百多年，我很清楚，你的心不在一山一水，而是整個大荒。當你離開高辛時，我就在等待你回來。」

顓頊的心劇顫了幾下，「既然師父知道，為什麼允許我回軒轅？」

「璟，幫我個忙。」俊帝對璟指了下案上的圖球。

璟走過去，把手搭在上面，隨著靈氣的灌注，一幅氣勢磅礴的大荒地圖出現在殿內，占據了整個大殿，把他們幾人都籠罩其間，群山起伏、江河奔湧。在這一刻，不要說俊帝和顓頊，就是小夭和璟也被這萬里江山震撼。

俊帝說：「很多年前，在冀州的曠野上，小夭的娘親指著遠處問我『那裡有什麼』，我極目遠眺，說『有山、有水、有土地、有人群』，她一連換了三個方向，分別是高辛、神農、軒轅，我的回答都一模一樣。我想，她在那時就預見到，高辛和軒轅遲早會有一戰，可她不想再有人像她和蚩尤一樣，所以她寄望於我，試圖點化我。」

顓頊凝望著萬里江山，思索著姑姑的話。

俊帝笑對小夭說：「顓頊到高辛後，我看他年紀不大，行事已有青陽的風範。我又驚又喜，盡心盡力地培養他。見識不凡的臣子對我說『虎大傷人』，那時，我就時時想起阿珩的話。我沒有採納臣子的建議，以溫柔繁華令顓頊喪志，反而怕他們私下縱容子弟引誘顓頊走上歪路，所以鼓勵顓頊去民間，像平凡百姓那樣生活，鼓勵顓頊走遍高辛，只有真正瞭解一方土地，才能真正治理好一方土地。」

顓頊困惑地看著俊帝，俊帝說的每一句話他都懂，可連在一起後，他不明白俊帝的用意了。

俊帝溫和地道：「顓頊沒有讓我失望，更沒有讓青陽、阿珩、他的爹娘失望，顓頊像我期待的那樣長大了，不對，應該說比我期待的更好。常曦和白虎兩部認定我沒有為高辛培養儲君。身為一國之君，還是個百姓讚譽的賢明君主，我怎麼可能忘記這麼重要的事？我不但為高辛培養了儲君，還培養了重臣，我教導的三個孩子，句芒可倚為臂膀、蓐收可委以重任、顓頊可託付天下。」

顓頊結結巴巴地說：「我、我不……不明白師父的意思。」

俊帝笑道：「傻孩子，你就是我培養的高辛儲君啊！」

俊帝的話雲淡風輕，甚至帶著幾分打趣，可聽到的三人全被震得一動不能動，就連萬事從容的璟也滿面驚訝。

俊帝笑看著三個晚輩的表情。

半晌後，顓頊說：「師父，你說的是真的嗎？」

「你覺得我會拿這事開玩笑嗎？花費幾百年的心血栽培你，只是一個玩笑？」

「可是……」顓頊強壓住混亂的思緒，想讓自己儘量理智平靜地思索，「可是我不是高辛氏，我是軒轅氏！」

「誰規定了軒轅氏不能成為高辛百姓的君主？你都能讓士兵去田間地頭演方相戲，宣揚天下本一家，怎麼今日又說出這種話？」

「朝臣會反對。」

「難道你攻打高辛，想將高辛納入軒轅版圖，他們就不會反對？」

「不、不一樣！」

小夭實在聽不下去了，「顓頊，父王不給你時，你硬想要，父王願意給你時，你反倒推三阻四，你什麼意思？難道你是覺得東西一定要搶來吃才香，還想接著打仗？」

「我不是那個意思，我只是……」顓頊深吸了一口氣，苦笑起來，「我只是覺得枉做了小人，有些羞愧，一時間不好意思要而已。」

俊帝哈哈大笑，指著顓頊說：「他這點無賴的磊落像足了青陽，我和黃帝都是端著架子、寧死不認錯的。」

小夭只覺滿天烏雲都散開了，笑著問：「父王，你既然早早就想過要傳位給顓頊，為什麼不告訴顓頊呢？還讓他枉做小人，發動了戰爭？」

俊帝說：「我能想通，不管高辛還是軒轅，都是山、水、土地、人群，高辛的百姓也能接受不管誰做君王，只要讓他們安居樂業就是好君王，可顓頊剛才說的很對，朝臣不會答應，這不是我一人之力能改變的，必須顓頊有千萬鐵騎，刀劍逼到他們眼前，當然還要有實實在在的利益，他們才會接受。比如常曦和白虎兩部，不就是因為逼迫和利益，已經接受了顓頊為帝嗎？」

顓頊頭疼地說：「本來以為是我賺了，沒想到是他們賺了。」

俊帝問：「你究竟答應了他們什麼？」

顓頊沮喪地把和白虎、常曦兩部的約定說出。

本以為俊帝就算不發火，也要訓斥他幾句，沒想到俊帝說：「和我想的差不多。你做的很好，不允許他們通婚，待他們成為諸侯國時，就會彼此牽制。」

顓頊深感慚愧，不安地問：「青龍部、羲和部怎麼辦？他們一直忠心追隨師父，不能讓他們心生不滿。」

俊帝說：「在五神山住了一輩子也住膩了，我想問你要一座山。」

「哪座山？」

「我想遷居軒轅山，青龍、羲和兩部隨我過去，請你將軒轅山一帶的土地賜封給他們。」

軒轅山在軒轅國有舉足輕重的地位，迄今為止唯一的主人就是黃帝。在小夭眼內，用五神山換軒轅山算是公平交易，可在顓頊和瑲的眼裡截然不同。俊帝移居軒轅山，一則向天下表明，自己和黃帝的地位一樣尊崇，讓所有氏族明白高辛絕不是亡國投降，二則類似於當年黃帝禪位後，放棄軒轅山、長居神農山，他們都不想讓舊臣心存幻想，以為國能有二君。兩位帝王都用封死自己的退路為代價，讓顓頊的路走得容易一點，減少沒必要的流血和犧牲。

影響更深遠的一點是，俊帝此舉等於將高辛一分為二，一半留在高辛，一半遷往西北，隨著一代代通婚，口音會同化，風俗會彼此影響，高辛會完完全全融入軒轅族群中。顓頊剛開始攻打高辛時，就鼓勵士兵舉家遷徙到高辛，待城池穩固時，又採取各種政策，讓軒轅的百姓遷居，也是和俊帝一樣的心思，讓高辛和軒轅先雜居、後交融。甚至顓頊答應豐隆，將赤水以南的土地賜給赤水氏，最終目的也是希望藉助赤水氏，讓赤水南北無分彼此。

顓頊心中感動，卻實不願師父為了他離開從小長大的故鄉，說道：「師父，實不必如此。五神山和軒轅山的氣候截然不同……」

俊帝抬了下手，打斷了他的話，「神農山和軒轅山的氣候也截然不同，黃帝不住得好好的？我聽聞黃帝的身體養得比在軒轅山時好多了。軒轅山對軒轅國的意義非同一般，肯定會有很多氏族反對，你敢給我，我很欣慰。」

「師父……」

「顓頊，我是真心實意想離開五神山，固然有你想到的那些原因，可我也有私心。五神山到處都是我父王的身影，一叢花、一潭池、甚至隨便一個亭子上的楹聯，都是他的作品，他一生的精力都花在了這些瑣事上，我走到哪裡都能看見。雖然我在這裡出生長大，可這裡沒有什麼快樂的記憶，回想過去，總是一個又一個陰謀，一次又一次謀殺。我累了！軒轅山看似沒有我的記憶，可青陽、雲澤、昌意、阿珩都在那裡出生長大，我對朝雲峰很熟悉，不會覺得寂寞。」

俊帝眼內都是疲憊，「在那裡，我應該不會再做噩夢。」

小夭說：「顓頊，答應父王吧！」

顓頊重重地磕頭，額頭貼著地面，遲遲不肯起來。知道父親死亡的原因後，他一直對師父心存芥蒂，今時今日，芥蒂終於完全消失。

顓頊能輕易地原諒小祝融，卻沒有辦法原諒師父，只因為小祝融和他沒有任何關係，而師父，——危難時的收留、兩百多年的悉心教導，在他心中，早逝父親的面容已經和師父的面容漸漸融合。正因為在心裡他已把師父看作了父親，所以他無法用大道理說服自己去原諒。現在，一切恩怨都淡去，只留下心底最純粹的感情。俊帝在以父親之心待他，為他細細打算了一切；而他也如世間所有的兒女，竟無可回報父恩。

俊帝讓小夭把顓頊扶起來。

璟看俊帝說了好一會話，擔心他累了，端了碗蟠桃汁奉給俊帝，俊帝喝了幾口，微微咳嗽了一聲，說道：「正事說完，我們談點私事。」

顓頊和小夭都看著俊帝，俊帝瞅了一眼璟說：「小夭的事不需要我操心，我只需準備好嫁妝，等著她成婚就好了。可另一個女兒……」俊帝長長地嘆氣，「卻實在讓我發愁。顓頊，你說讓她嫁給誰好？」

小夭噗哧笑了出來，顓頊尷尬地說：「我以為師父想讓蓐收娶阿念。」

「蓐收？他寧可為我出生入死地去打仗，也不會願意娶阿念。就算他願意娶，阿念也不會願意嫁。」

顓頊說：「那就慢慢再找。」

「從你離開高辛，我就在找，已經找了一百年，還是沒找到一個她喜歡的。」俊帝揉了揉眉頭，嘆道：「我應付她竟是比應付白虎、常曦兩部都累！該講的道理全講了，能逼的也逼了，本想藉著你攻打高辛，讓她斷了心思，沒想到她竟是執迷不悔，還是一門心思念著你。顓頊，你說我該拿她怎麼辦？」

顓頊低著頭，如坐針氈，小夭笑得趴在俊帝身邊，只是捶榻。

俊帝說：「小夭，妳說說該怎麼辦？」

小夭笑道：「妹妹想怎麼辦？」

「當然是嫁給那個顓頊了！」

「父王不反對嗎？」

「我反對有用嗎？反對了幾十年，我也累了。如今想通了，罷罷罷！人生一世，看似漫長，也不過轉眼滄海變桑田，不如稱了她心、如了她意。小夭，妳說父王說的對不對？」

小夭想了想，點點頭，讓阿念求而不得，她一生都會痛苦，與其如此，不如遂了她的心願。就算日後有什麼差池，顓頊看在父王的情分上，也不至於薄待阿念。

俊帝問：「小夭，妳說那顓頊可願意娶我女兒？」

小夭看俊帝一本正經，忍不住又捶著榻笑起來。可憐天下父母心，連俊帝也逃不過！阿念是高辛王姬，嫁給顓頊，有利於顓頊統一高辛，可俊帝絕不要女兒的婚事和政治利益扯上一點關係，一定要先談妥了正事，才提出阿念的婚事，還強調是私事。俊帝想直接問顓頊的意思，卻又擔心自己有逼婚的嫌疑，只得讓小夭做個緩衝。

小夭扯顓頊的衣袖，「喂，你願不願意娶我父王的女兒啊？」

顓頊看著小夭的手，覺得萬分荒謬，如果當年他沒有幫助塗山璟接近小夭，如果當年他像塗山璟一樣向小夭表明心意，如果他從沒有放手……是不是今日小夭的問話「你願不願意娶我父王的女兒」指的是她自己，而非阿念？是不是他就會欣喜若狂地說「願意」，而不是又一次在她面前，痛苦無奈地答應另一個女人的婚事？

顓頊一直低著頭，默不作聲。小夭把頭探到顓頊膝上，歪著頭，從下往上看，「顓頊？」

顓頊抬起頭，微笑著，說道：「只要師父不反對，我自然願意。只是……阿念是王姬，而我已經有王后。」

俊帝顯然早考慮過此事，說道：「只聽說過國無二君，沒聽說過國無二后，你能立神農馨悅為王后，當然也可以立阿念為王后。」

小夭忽然想起，當年顓頊娶馨悅為王后時，阿念和黃帝說了一通悄悄話後就平靜地回了高辛，難道黃帝早就有此打算……小夭立即說：「我同意，我同意！我妹妹自然也要做王后！」

顓頊看著小夭，唇畔的笑意越發得深，兩隻眼睛卻黑沉沉的，如兩潭深不見底的古井，透不出一點光亮來，小夭莫名地心驚，為了擺脫心裡古怪的感覺，她大聲問：「怎麼？我說錯什麼了？」

顓頊笑，「沒有，妳說的很有道理，我會以王后之禮迎娶阿念，阿念與馨悅地位平等。」

俊帝說：「我遷居軒轅山後，五神山上所有的宮殿就是你的宮殿，我的想法是不如你將一座宮殿賜給阿念。你看著阿念出生長大，她是什麼性子，相信你一清二楚，我實在不放心讓她和神農家的姑娘住在一起。與其到時讓你左右為難，不如索性讓兩人一個居於神農山、一個居於五神山，永不見面。」

小夭拍掌，「這個主意好！」她也正擔心阿念如何應付紫金頂上的一群女人，沒想到父王早有安排。當高辛歸入軒轅版圖，顓頊必定要年年來一趟，即使每年只到五神山住一個月，那這一個月他也是完全屬於阿念。

顓頊笑說：「好！說老實話，我本來還有點犯愁該怎麼給中原氏族交代，現在這樣安排十分妥當。」

小夭暗中嘆了口氣，雖然父王努力讓女兒的婚事純粹一點，可如果阿念背後沒有一位強大的父親和一個帝國，她怎麼可能獨享一座神宮？父王禪位給顓頊，與阿念無關，只是因為他和顓頊的感情，但在外人眼裡，卻像一次奢侈的嫁娶，俊帝將整個帝國做了阿念的陪嫁，中原氏族再自以為是，也不能說什麼。

俊帝對小夭說：「我餓了，妳去問問有什麼吃的，幫我拿幾樣。」

「好。」小夭往外走。

璟明白這是俊帝想支開小夭，他道：「我陪小夭一塊去，可以多拿一點。」

待小夭和璟都走了，俊帝盯著顓頊上下打量了一番，說道：「你並不高興娶阿念。」

顓頊的微笑淡去，說道：「我不想隱瞞師父，阿念不是我喜歡的女人，就如靜安王妃也不是師父喜歡的女人，但我會如師父對靜安王妃一樣，讓阿念一生安穩。」

俊帝一直知道顓頊對阿念沒有男女之情，並沒有意外，他嘆道：「記住你今日的諾言。」其實，只有他明白，顓頊和阿念相比，幸福快樂的那一個是阿念。

顓頊臉上浮現出悲傷，問道：「師父，娶自己喜歡的女人是什麼感覺？」

俊帝黯然一笑，說：「我不知道。」

「師父不是娶了姑姑嗎？」

「我娶她時，並未喜歡她，待喜歡她時，她已把自己看作蚩尤的妻。」

顓頊嘆道：「原來師父也不知道！」

俊帝輕聲嘆道：「是啊！」

顓頊幽幽地說：「有時候覺得很荒謬，我好像把整座花園都搬進了家裡，可偏偏沒有我想要的那一朵，偏偏沒有！其實，我根本不想要一座花園，我只想要那一朵花！」

俊帝的手放在顓頊的肩上，輕輕地拍了拍，只有他明白，顓頊的平靜下有多少苦澀和無奈。坐在了至高的位置上，看似擁有一切，實際上，連每一次的婚姻都不能隨心所欲。一次又一次的聯姻，不是顓頊多情，而是只有聯姻可以化解矛盾、減少流血、避免戰爭……如果當年他能像顓頊一樣委屈自己，也許就不會到今日，高辛四部不是你死就是我亡。

小夭和璟繞著梓馨殿轉圈子。

小夭面朝著璟，倒退著走，「以前，你和我說『顓頊不是黃帝、俊帝不是蚩尤』，讓我不要事情剛發生就想最壞的結果，我沒把你的話當真，可現在我終於明白了。」

璟說：「其實，最重要的是現在的軒轅國不是以前的軒轅國。」

「怎麼講？」

「一場戰役比的是將帥、漫長的戰爭比的卻是國力，大半個天下都屬於軒轅，炎、黃兩大族群融合後，軒轅人才濟濟、物產富饒、兵強馬壯，以軒轅的國力來說，不論是強攻還是蠶食，遲早會將高辛納入版圖。所幸黑帝陛下並不著急，選擇了蠶食，軒轅對高辛就會像蠶吃桑葉一般，不管桑葉再大，蠶吃完桑葉都不會弄出太大動靜。從顓頊發兵那日起，高辛註定會屬於軒轅，俊帝陛下選擇禪位給顓頊，很英明……」

小夭捂住耳朵，嚷道：「不要聽了！被你一說，很多事都變了味道。」

璟拽住小夭，讓她低頭避開路邊橫生的樹枝，笑道：「大勢雖不可逆，可人力也決定了很多，若沒有黑帝的克制、俊帝的豁達，很難有現在皆大歡喜的結局。」

小夭踮著腳尖往殿內看，「你說他們談什麼呢？談完沒有？」

璟看她等不住了，笑道：「過去看看。」

小夭立即跑到殿外，大叫：「父王！」

顓頊走到門口，向她勾勾手，示意她進去。

小夭蹦過門檻，朝著顓頊跑過去，到了顓頊身邊，才記起自己兩手空空，忙回頭看，發現璟提著食盒，她向顓頊吐吐舌頭，笑起來，「有你愛吃的糕點。」

進了正殿，小夭把裝著糕點的大拼盤放在俊帝手邊，笑咪咪地問：「阿念真去打仗了嗎？」

「真去了。不管我如何安排計畫，常曦和白虎兩部的行為必須懲戒，否則不能以儆效尤、給天下交代。」

「啊？」

「句芒在她身邊。」

「那就是阿念會打個大勝仗了？」

「對。」

「打完了呢？」

俊帝看向顓頊，顓頊滿面笑意，拿起塊糕點丟進嘴裡，「打完仗，師父就宣布阿念會嫁給我。這樣做兩全其美，阿念以高辛王姬的身分懲戒了常曦和白虎兩部的背叛，但她又是軒轅王后了，縱然打了兩部，相當於是我打的，不會逼得我還要去打回來。」

小夭哈哈大笑，說道：「所有人以為等的是一場驚天動地的大戰，沒想到等來的是一場盛大的婚禮。」

仲冬之月、十七日，代父出征的高辛王姬大敗常曦和白虎二部。

同一日，軒轅黑帝派赤水豐隆為使者，去五神山求娶高辛王姬為王后，高辛俊帝同意了婚事。

婚事一定，兩國之間的戰爭自然就停止了，本來還打算哭求黑帝幫他們報仇的常曦和白虎兩部什麼都不敢再說，只希望王姬千萬不要記仇。

宮殿是現成的，只需布置一下；嫁妝早就準備好了，到時候不過是換個地方。經兩國的大宗伯商議，用伏羲龜甲卜算後，婚期定在了第二年的季秋。

別人看著神農山和五神山之間來往密切，以為是在籌備婚事，實際上，俊帝和黑帝是在為禪位做準備。

自顓頊離開高辛時，俊帝就在為今日做準備，很多的人與事早安排好。黃帝讓顓頊放心留在高辛，有他在神農山，軒轅國的一切暫不需要顓頊操心，所有阻撓此事的人都會乖乖地表示支援。

俊帝禪位給顓頊看似是一件絕難完成的事，但在三位聰明卓絕的帝王謀劃下，一步步有條不紊地進行著。

第四十一章

寂寞憑誰訴

小夭為了他，可以不要性命，可以和全天下作對，
可她想要長相廝守的卻是另一個男人……
顓頊輕聲笑起來，聽不出是悲是喜。

雖然顓頊已經迎娶過很多女子，可小夭從沒為他準備過賀禮，每次都是顓頊幫她準備，吩咐苗莆以她的名義送出。很多時候，小夭連送的是什麼都不知道。

這一次，顓頊和阿念大婚，小夭第一次親自準備賀禮，她真的希望顓頊和阿念幸福快樂，雖然她很清楚，顓頊可以得到一切，某些簡單的幸福卻遙不可及，但她希望在顓頊給阿念快樂的同時，阿念也能給顓頊一點點快樂，畢竟阿念和其他女人不同。

婚禮的前一夜，當小夭正在最後檢查準備的禮物時，顓頊走了進來。

小夭張開手，用身體擋住她的禮物，「不許看、不許看，這是要你和阿念一起看的。」

顓頊壓根沒興趣，連掃都沒掃一眼，拽著小夭就往外走，「陪我去漪清園走走。」

小夭沮喪了，「你根本不在乎我的禮物。」

「對！我不在乎，我根本不想要！」

顓頊大步流星，小夭得小跑著才能跟上。直到進了漪清園，顓頊的步子才慢了下來，小夭側著頭看顓頊，「你喝酒了？你沒有喝醉吧？」

「沒有！」顓頊冷笑，譏嘲地說：「明日不是一般的婚禮，可是軒轅黑帝迎娶高辛王姬的婚禮，高辛國內和邊境上的軍隊加起來有上百萬，事關重大，我哪有資格喝醉？」

小夭困惑地看著顓頊，「我以為你娶阿念會有一點點開心，難道在你心中，阿念和紫金頂上的女人一模一樣嗎？」

「阿念和她們不一樣！但那種不一樣不是我想娶她的不一樣！」顓頊猛地朝著水面揮出了一拳，漫天水花飛起，又劈劈啪啪地落下。

以前，顓頊成婚時也會不開心，可他控制得很好，這一次卻好像要失控了。小夭問：「既然你如此不願意，為什麼要答應？」

顓頊猛地轉身，盯著小夭，怒氣沖沖地說：「為什麼我要答應？你們不都覺得我理所當然應該答應嗎？妳有真正關心過我想什麼嗎？妳關心的只是阿念想嫁給我！在妳心裡，反正我已經有那麼多女人了，多一個阿念根本不算什麼！」

小夭也火了，「難道不是嗎？紫金頂上有那麼多女人，再多一個能怎麼樣？你當年都能興高采烈地娶馨悅，阿念和她相比，哪裡差了？阿念給你的難道比馨悅少了？她給你的是一整個高辛的太平安穩！」

顓頊臉色鐵青，胸膛被氣得一起一伏，一步步逼向小夭，「我幾時興高采烈地娶馨悅了？妳倒是說說我怎麼興高采烈了？」

小夭一步步後退，當年她在婚禮前就跑回了高辛，壓根沒親眼見到顓頊成婚，小夭心虛，卻嘴硬地說：「高辛的酒樓茶肆裡都在說你的婚禮，又盛大又熱鬧，全天下都知道你興高采烈了！」

小夭退到了亭子的欄杆邊，再無可退的地方，顓頊卻依舊逼了過來，她縮坐到長凳上，背緊緊靠著欄杆，「顓頊，你別借酒裝瘋！有本事你明日當著全大荒來賓、兩國重臣的面前鬧去！」

顓頊雙手撐在欄杆上，把小夭圈在了中間，他彎下身子，臉湊在小夭臉前，一字一頓地說：「我告訴妳，每一次成婚時，我都很難受，娶馨悅那次，難受到我都恨自己！也恨妳！」

小夭身子往後仰，作勢想用腳踹顓頊，「我告訴你，你再發酒瘋，我就動手了！」

顓頊凝視著小夭，頭慢慢俯下，小夭的眼睛瞪得滴溜溜圓，「我真踹了！」

就在顓頊的唇要碰到小夭時，顓頊忽然頭一側，伏在了小夭的肩頭。小夭耳畔是他沉重紊亂的喘息。

小夭沒敢動，柔聲問：「顓頊，你究竟怎麼了？」

顓頊抬起頭，雙手用力在小夭頭上胡亂揉了一通，坐在了小夭身旁，「妳說的對，我沒本事！明日，我依舊會像妳說的那樣，讓全天下看到我興高采烈！」如果他真有本事，當年何需為了塗山氏和赤水氏的支持，將小夭拱手相讓？

小夭正在抓頭髮，聽到顓頊的話，扭頭看顓頊，可顓頊臉朝著亭子外面，她完全看不到顓頊的表情。她用手指頭戳了戳顓頊的肩膀，「你究竟是為什麼生氣？以前你的心思我能感受到，可現在我真的不明白。好吧！我承認我只考慮了阿念，沒有考慮你，但我真的以為……對你而言，多一個少一個沒什麼差別！」

「小夭！」顓頊的聲音又帶著怒氣了。

小夭忙道：「你不要這樣！如果你真的不願意娶阿念，我們想辦法取消婚禮。」

顓頊沉默了一瞬，語氣緩和了：「怎麼取消？明天就是婚禮，全天下都已知道，上百萬大軍在嚴陣以待，一個不小心，就會天下大亂，阿念會恨死妳我！」

「我不知道！我不在乎阿念恨不恨我，也不管什麼百萬軍隊、天下安穩，反正只要你真不願意，我就支持你！我們一起想辦法，總有辦法的。」

小夭為了他，可以不要性命，可以和全天下作對，可她想要長相廝守的卻是另一個男人，顓頊輕聲笑起來，聽不出是悲是喜。

小夭猛地站起，「我去找父王！」

顓頊拉住了她，笑著說：「反正紫金頂上已經有那麼多女人了，多一個少一個的確沒有什麼關係，只不過我今天喝多了！但……已經好了！」

小夭盯著顓頊，顓頊拍拍身邊，示意她坐。小夭坐下，顓頊說：「老規矩，不要給我準備賀禮，不要說恭喜，明日也不要出現！」

「那我怎麼對父王和阿念解釋？」

「妳是被俊帝除名的王姬，妳出現本就很尷尬。」

雖然小夭很在乎俊帝和阿念，可和顓頊相比，他們都沒有顓頊來得重要，便說：「好，我明天躲起來。」

顓頊懶散地靠著欄杆而坐，搭在膝上的手無意地彈著，每彈一下，一道靈力飛出，在湖面上濺起一朵水花。

小夭抱膝而坐，看著水花發呆，良久後，突然沒頭沒腦地說：「你一次都沒有高興過嗎？」

顓頊回答得很快，「沒有。」

「我想你總會高興一次的，遲早你會碰到一個喜歡的女子。」

「我也很想知道娶自己喜歡的女子是什麼感覺，我想感受一次真心的歡喜，我想在別人恭喜我時，開心地接受。」

小夭忽而十分心酸，很用力地說：「肯定會知道的。」

顓頊笑，低沉的聲音在夜色中散開，「我也是這麼覺得，只要我有足夠的耐心，肯定會等到那一日。」

「嗯，肯定會等到。不過，真等到那一日，你可不許因為她就對阿念不好。」

顓頊溫柔地看著小夭，只是笑，小夭用手指戳他，「你笑什麼？」

顓頊笑著說：「只要我娶了她，這事我全聽她的。」

「什麼？」小夭用手指狠命地戳顓頊，「你、你有點骨氣好不好？什麼叫全聽她的？你可是一國之君啊！」

顓頊慢悠悠地說：「這可和骨氣沒關係，反正我若娶了她，一定凡事都順著她，但凡惹她不高興的事，我一定不會做。」

小夭連狠命戳他都覺得不解氣，改掐了，「那如果她看我不順眼，萬一她說我的壞話，你也聽她的？」

顓頊樂不可支，笑得肩膀都輕顫，小夭有點急了，掐著他說：「你回答我啊！」

顓頊一臉笑意地看著小夭，就是不回答。

小夭雙手舉在頭兩側，大拇指一翹一翹，做出像螃蟹一般「掐、掐、掐」的威脅姿勢，半開玩笑、半認真地說：「你說清楚，到那一日，你聽她的，還是聽我的？」

「兩個人都聽行不行？」

「不行！」

「也許妳們倆說的話都一樣。」

「不一樣的時候呢？」

「也許沒有不一樣的時候。」

小夭著急了，「顓頊，你給我說清楚！我也好早做準備，省得到了那一日，我招你們嫌棄！」

「我自然是聽——」顓頊拖長了聲音，「妳的！」

「哼！這還差不多！」小夭舒了口氣，又覺得自己幼稚，竟然被顓頊給逗得著急了，可看顓頊眉眼都含著笑，神情十分愉悅，又覺得沒有白被顓頊逗。

小夭問：「心情好一些了嗎？」

顓頊點頭。

小夭說：「明天不開心時，就想想你得到的。即使你不開心，但讓阿念開心吧！」

顓頊盯著小夭，眼睛瞇了起來。小夭立即說：「不是說我在意阿念多過在意你，而是為了你好……反正你明白的。」

「好，我聽妳的。」

明明可以說「我答應妳」，顓頊卻偏偏說「我聽妳的」，顯然還惦記著剛才他和小夭的玩笑，小夭笑著捶顓頊。

顓頊一手握住了小夭的拳頭，一手搭在小夭身後的欄杆上，笑吟吟地看著小夭，「五神山上妳最喜歡的就是這個漪清園，日後，我在神農山的小月頂照著漪清園修個一模一樣的園子給妳。」

小夭明白顓頊的意思，雖然娘已離開很久，可父王依舊將娘常去的地方維持得和娘離開前一樣，但以後這座園子不再屬於父王。阿念勢必會按照自己的心意重新修葺，所有屬於小夭的記憶都會消失。

小夭凝望著不遠處的竹林，默不作聲，半晌後，微笑著搖了搖頭，不是不心動，只不過小月頂也不會是她長居之地，何必白費工夫？倒是可以考慮讓璟幫她在青丘山上建一個漪清園。

顓頊扭過了頭，唇畔的笑意猶在，眼神卻驟然轉冷。

兩人各懷心事，在亭內默坐了許久，小夭說：「回去歇息吧，你明日還要早起。」

兩人走出亭子，才發覺繁星滿天，不禁都慢了腳步。

小時，夏日的晚上，洗過澡後，小夭和顓頊常在廊下的桑木榻上戲耍，玩累了時，頭挨著頭躺下，就能看到滿天的繁星。

顓頊輕聲說：「有時候會很懷念在朝雲峰的日子。只是當年的朝雲峰不屬於我，我沒有能力留住妳。」他一直清清楚楚地記著姑姑要送走小夭時，他求姑姑留下小夭，慷慨地應諾「我會照顧小夭，不怕牽累」，姑姑卻微笑著說「可是你現在連保護自己的能力都沒有，更沒有能力保護她，只是不怕可不夠」。

小夭默默不語，眼中有淡淡的悵惘，直到走到自己的寢殿時，她才說道：「一切都已過去！現在，軒轅山、神農山、五神山都屬於你了。」

顓頊微笑，自嘲地說：「是啊！都屬於我了！」

小夭覺得顓頊的笑容中沒有一絲歡欣，她擔心地說：「明日的婚禮……」

顓頊揮揮手，示意她進屋，「難道我還能出什麼差錯？安心去休息，明日讓苗莆和瀟瀟陪妳出海去好好玩一天。」

小夭想了想，是啊！從小到大，顓頊從不會出差錯！她放下心來，點點頭，轉身進了屋子。

顓頊負著手，在漫天星辰下，慢慢地走著。

他當然不會出差錯！因為只有他不出差錯，小夭才能想什麼時候出差錯就什麼時候出差錯，才能縱然是蚩尤的女兒，依舊自由自在、無拘無束。

顓頊在心裡說：姑姑，現在我是不是既有能力保護自己，又有能力保護小夭了？

季秋之月、望日，軒轅黑帝顓頊迎娶高辛王姬高辛憶為王后。

婚禮第二日，俊帝召集群臣，宣布了他的決定：因為他的身體實在難以再負荷繁重的朝事，為了不愧對列祖列宗、不辜負黎民百姓，他決定禪位給顓頊。

滿朝譁然，可是常曦、白虎兩部已經歸順顓頊，青龍、羲和兩部堅定地支持俊帝的決定，俊帝的五神軍自然也支持顓頊，等於高辛所有的軍隊都支持顓頊為帝，而赤水豐隆率領的三十萬大軍在高辛西北，離怨率領的三十萬大軍壓逼到高辛東北，軒轅國內還有大軍隨時待發，反對的聲音再激烈也沒有用。

在上百萬鐵騎的擁護下，顓頊以強硬的姿態，成為了高辛的帝王。

軒轅和高辛的戰爭徹底結束，兩國合併，共尊黑帝為君。

自此，整個大荒幾乎都在黑帝的統治下。

但，成為高辛的帝王並不是一個勝利的結束，而只是一個艱難的開始。以前只中原氏族和軒轅老氏族就矛盾不斷，如今再加上高辛氏族，三方勢力相爭，更是大小衝突頻起；大臣不僅彼此針鋒相對，還會和顓頊針鋒相對，政令的實施遭遇困難。

不過，顓頊的帝王路一直都風雨不斷，從小到大，所有的磨難錘鍊出了他今日的性格——平和寬容、堅韌智慧。他以博大的胸襟去容納所有的反對質疑，以堅韌智慧去化解一個又一個危機。對於打敗過軒轅大軍的蓐收，顓頊不但沒有絲毫刁難，反而厚待尊重，私底下兩人過從甚密；對於曾經反對他繼位的臣子，顓頊也沒有打壓迫害，在處理政事時，顓頊依舊會聆聽和採納他們的建議；對於少數心懷惡意、四處煽風點火、企圖以亂謀利的臣子，顓頊則是毫不留情地鎮壓。

在俊帝和黃帝的幫助下，顓頊扛過了繼位後最艱難的日子，讓臣子和百姓都意識到，他們的帝王真的是黑帝了。

顓頊的婚禮後，小夭在五神山又住了一段日子，主要是確定俊帝的身體無礙。

也許因為這一年來的忙碌讓俊帝無暇去做噩夢，身體已有所好轉，但要想全好，則必須靜心休養。眼前顯然不可能，只能等顓頊的帝位穩固，他將一切事都真正放下，遷到軒轅山後，才有可能靜心療傷。

看俊帝身體已無大礙，小夭沒有等顓頊，決定隨璟先回中原。

回到神農山，神農山依舊是老樣子，五神山的歡喜並沒有傳到這裡。

小夭悄悄問黃帝，「馨悅沒有反對嗎？」

黃帝漫不經心地說：「肯定很不高興，但她是個聰明人，知道無力阻止，也知道這事於她並無影響，總比顓頊把阿念娶回神農山好。」

小夭想想也是，阿念居於遙遠的五神山，也就這幾年顓頊要多花些時間在高辛，待一切穩定，絕大部分時間顓頊都在神農山，可以說阿念只擁有五神山和王后的名分，不行使任何王后的權力，不會搶走馨悅已經擁有的一切。

小夭道：「父王真的很睿智，他知道放棄才能讓阿念真正安穩一生。」

黃帝面容一肅，「能看清天下大勢的人不多，看清了又能甘心捨棄、順應的人寥寥無幾，我以前小瞧了他的胸襟和氣魄，可惜妳娘先遇見了……」黃帝悠悠一嘆，未再多言。

小夭拿出一個玉蠶絲袋，遞給黃帝，「這是顓頊讓我帶給你的。他說他沒時間琢磨這東西，讓爺爺看著辦。」

黃帝打開袋子，裡面是半枚像鴨蛋的玉卵，黃帝拿出自己的半枚，合在一起，變成了一枚完整的玉卵。

黃帝悠悠一嘆，幾百年後，河圖洛書終於完整。傳聞說得到它就能得到天下，可其實是得到了天下，才能得到它。難怪蚩尤、顓頊都不稀罕！

小夭好奇地問：「這裡面究竟藏著什麼秘密？」

黃帝說：「我研究了幾百年，已經有些頭緒，很快就能知道。」

黃帝閉起雙目，將靈力探入玉卵，半晌後，他睜開了眼睛，笑著嘆了口氣。

小夭問：「外公，看到了嗎？」

黃帝說：「裡面有大荒的地圖，記載了很多陣法，可以變幻出各種氣候地勢，還有一段盤古大帝的筆記。」

「看來這東西真是盤古大帝的遺物，他說什麼？」

「只是一些稼穡筆記，記錄著什麼氣候適宜種植什麼，有點像炎帝留下的醫術筆記，是盤古大帝還未完成的東西。那些陣法，並不是用來行兵打仗，而是用來模擬各地氣候，研究如何種植作物。」

小夭想了想，明白了，「炎帝想去除天下萬民的病痛，盤古大帝想讓天下萬民再無饑餓。」

黃帝點了點頭，嘆道：「如何得到天下從來不是秘密，讓天下萬民免於饑餓，免於痛苦，自然就能得到天下！」

黃帝看向窗外山坡上的一塊塊田地，若有所思。

小夭偷笑，外公又有事要忙了。外公不但想完成炎帝的遺願，還想完成盤古的遺願，授民稼穡，豐衣足食。

黃帝回過神來，收起了玉卵，「妳笑什麼？」

小夭彎下身子行了一禮，說道：「黃帝陛下，您把天下人的疾苦都裝在了心上，天下人也會把您真正放進心裡，千秋萬代後，您會像炎帝一樣，被萬民祭祀敬仰。」

黃帝笑搖搖頭，「我現在倒不在乎這些，只想盡力做些惠及黎民的事。」

一年多後，俊帝移居軒轅山，入住朝雲峰的朝雲殿，廢俊帝之稱，改稱白帝。白帝這麼做的原因連顓頊也猜不透，也許只是因為他想徹底擺脫過去的噩夢，也許是因為他想告訴天下從此再無高辛國君。[3]

3關於五帝，有多種版本的說法，本故事為神話，所以採用的是：黃帝軒轅、青帝伏羲、炎帝神農、白帝少昊、黑帝顓頊。《淮南子・天文篇》記曰：「其佐后土，執繩而制四方；東方，木也，其帝太皞（伏羲），其佐句芒，執規而治春；南方，火也，其帝炎帝，其佐朱明（祝融），執衡而治夏；西方，金也，其帝少昊，其佐蓐收，執矩而治秋；北方，水也，其帝顓頊，其佐玄冥（禺疆），執權而治冬。」

青龍、羲和兩部隨白帝遷往軒轅山。顓頊將軒轅山附近，原本屬於軒轅王族的肥沃土地封賜給了青龍、羲和兩部。除了土地，還有無數其他賞賜，十分豐厚，讓原本因為背井離鄉而心情低落的兩部看到賞賜，都目瞪口呆、忘記了低落。

全部落遷居新地，必須要有大的祭祀活動。在用伏羲龜甲卜算時，青龍部的祭司卜出不吉，青龍部得白帝准許後，請黑帝為他們改名。顓頊賜名青陽部。

本來，眾人也沒多想，後來才得知這是黑帝大伯的名字，青陽曾是軒轅黃帝最鍾愛的兒子，也是軒轅王族都敬愛的一位大英雄。聽聞鎮守軒轅城的大將軍應龍就十分尊崇青陽，黑帝在賜名前不僅詢問了白帝和黃帝的意思，還問過應龍。兩部都明白了，「青陽」這個部落名代表了軒轅王族對他們的尊重，也代表了大將軍應龍的認可。有了應龍的照應，不管在這片陌生的土地上碰到什麼麻煩，想來都不會成為真正的麻煩。

最嘲諷的是，黑帝雖然將原屬於青陽、羲和兩部的大部分土地賜給了常曦、白虎兩部，卻讓蓐收成為了大將軍，率兵鎮守常曦和白虎的封地，蓐收可是天下皆知的青陽部子弟。

雖然黑帝此舉的確狠辣，但所有人也不得不佩服黑帝的胸襟氣魄，他竟然就如此放心地把五十萬大軍交給了蓐收，沒有猜忌、沒有打壓，連監軍都沒有派一個。

黑帝又任命句芒為大將軍，統領原屬於俊帝的五神軍，鎮守五神山。句芒和蓐收都是白帝的徒弟，彼此交情很好，顯然，黑帝對蓐收和句芒完全信任，不怕他們「私下勾結、意圖不軌」。

青陽、羲和兩部真正感受到了黑帝對他們的與眾不同。

不管這種看重是因為想補償他們遠離故土，還是因為黑帝對白帝的感情，反正黑帝對他們比對早早歸順的白虎、常曦兩部要好很多，青陽、羲和兩部本來的幾分不甘和抑鬱也就漸漸地消失了。

整個大荒幾乎都在黑帝的統治下，不再有以前的諸國紛爭和壁壘。各國珍藏的醫書都能收集到一起翻看閱覽，印證對錯，增補各自不足。

以前，各國的優秀醫師害怕醫術外傳，互不交流，如今在黃帝的傳召下，匯聚到小月頂，一起討論醫術。

剛開始，他們還是說五分、留五分，當小夭毫不藏私地將整理好的《神農本草經》分給他們時，他們捧著天下至寶，震驚到難以置信。

小夭說：「各位都是大荒內最好的醫師，翻閱一遍自然知道這本書是真是假。我不想多解釋為何失傳的《神農本草經》會再次出現。我只想給各位講一段我的小故事。」

在所有醫師專注的目光中，小夭娓娓道來，「我剛開始接觸醫術不是為了救人，而是為了殺人，我殺的人遠比我救的人多。那時候，我從不覺得醫者值得尊敬，也從不覺得《神農本草經》有多麼珍貴。直到有一日，我遭遇了痛苦，對所有事都心灰意懶，我的外祖父、黃帝陛下領著我走進醫祖炎帝曾住過的屋子。在那個屋子裡，有半箱炎帝的手劄。你們肯定都聽說過炎帝以身試藥、嘗百草中毒身亡，那些手劄記錄的就是，炎帝從毒發到逝世前的所有用藥和身體反應。」

小夭的表情很凝重，所有醫師的表情也都很凝重。

「說的是百草，可單一本《神農本草經》就何止百草？你們是醫師，應該能想像萬毒齊發的痛苦，但就在那麼巨大的痛苦中，炎帝不僅要處理國事，還堅持著記錄下他所用的每一種藥物。我從沒見過炎帝，但在閱讀炎帝的手劄時，我邊看邊哭，看了一夜也哭了一夜。在炎帝承受的痛苦前，我不能說自己的痛苦就變輕了，畢竟炎帝是炎帝、我是我，可因為感受到了一位偉大帝王的胸襟和情懷，我看待事情的眼界發生了變化。

我為自己曾經輕視《神農本草經》而羞愧，更為自己身懷寶物卻未惠及他人而羞愧。從那一刻起，我才立志要學習醫術，我一邊學醫一邊行醫，醫館沒什麼名氣，來看病的都是普通人，但正因為接觸了他們，我才開始理解一個醫者帶給別人的是什麼，不僅僅是解除身體的痛苦，他給予的還是一個人、甚至一個家庭的喜樂安寧。因為我治好了一個小姑娘的父親，小姑娘不用再被賣掉，她每日都和弟弟把採摘的野果放在我的門口。從那時起，我才真正開始用醫者的心去學習醫術。諸位都是名聞天下的醫師，你們可還記得自己最初想學習醫術的原因？」

小夭的目光清如水，從他們面上──掃過。

「為了學習醫術，我請求黑帝陛下派了個老師給我，就是陛下御用的醫師鄞，我們經常一起交流學習醫術。我是有小小私心的，我只是一個人，不管醫術再好，都能力有限，所以希望鄞的醫術更好，能更好的照顧陛下的身體。我的外祖父黃帝陛下看到我和鄞時不時為了一個藥草、一個藥方爭執，當外祖父聽我說《神農本草經》中記載的藥草多生長於中原，很多海裡的藥物就沒有記載。

外祖父突然生了一個念頭，想集天下醫師之力共同整理編纂出一套醫書，補《神農本草經》之不足，讓更多的藥草和藥方能惠及世人。」

所有醫師震驚地看著小夭，瘋狂，太瘋狂了！竟然有人想比《神農本草經》做得更多？

小夭平靜地說：「當時，我也覺得不可能！這個念頭很瘋狂，全天下恐怕也只有黃帝陛下敢想、敢做。我沒有外祖父的氣魄，根本不相信能編纂出一套記錄全大荒藥方和醫術的醫書，只是覺得能收集一點是一點，我雖比不上炎帝以身試藥的情操，但只要盡了全力，至少問心無愧。可沒想到，竟然真有這一日，全大荒的優秀醫師匯聚在小月頂，大荒各地還有外祖父派出去深入民間、蒐集整理藥方的小醫師們，我想，外祖父的心願有希望完成了！」

小夭誠懇地說：「我們每個人學習醫術的原因各不相同，在座諸位都是大醫師，醫術給諸位帶來了名和利，但名和利終不過身死就散。這世間無數人來了又走，不過飛鴻飄絮、爪影不留，有幾人能為後世留下點什麼？又有幾人能為千秋萬代留下點什麼？外祖父給諸位的不僅僅是彼此交流和提高醫術的一個機會，還是讓各位能影響千秋萬代的機會。很久很久後，恢宏雄偉的城池坍塌了，一代又一代的帝王死了，無數的英雄傳奇湮滅了，可我堅信，你們所編撰的醫書依舊會在世間流傳，依舊會讓無數的父親康復、無數的女兒歡笑。」

小夭站起，對所有的醫師行大禮，「我懇求各位，將一生所學分享給世人，讓大荒、讓千秋萬代的人，因為你們，而重獲健康和幸福！」

不知何時，黃帝站在一旁聆聽，此刻，他徐徐說道：「你們能學有所成，都是有智慧的人，請明白，在分享你們所學的同時，不是失去，而是得到。」

所有醫師看看手中的《神農本草經》，再看看黃帝，最後望向了小夭，有人震驚、有人深思、還有人滿目熱切，到後來都漸漸地變成了堅定，開始三三兩兩地向小夭回禮，最後全都在給小夭行禮，「我們願效仿醫祖炎帝，盡一生所學，編纂醫書。」

黃帝看著伏地對拜的小夭和醫師，微微而笑。

四海之內無戰事，春去春回，寒來暑往，忙碌的日子過得分外快，不知不覺中，十五年就這樣過去了。

傍晚，顓頊到小月頂時，看到小夭和幾個醫師在忙忙碌碌地整理書籍，門外站著二三十個醫師。他們神情疲憊，臉上卻帶著滿足的笑，期待地盯著屋內，就連黃帝也好像有些焦灼，看似和璟品茶聊天，卻時不時看向醫師圍聚的方向。

顓頊停住了步子，好奇地看著。

一會後，聽到有人說：「完成了！完成了！最後一冊也完成了！」

所有醫師都擠到門口，黃帝也站了起來。

小夭捧著兩疊厚厚的帛書向黃帝走去，所有醫師尾隨在她身後。

小夭跪倒在黃帝面前，朗聲說道：「不負陛下重托，醫書歷時四十二年完成。前後共有六十八位大醫師編纂，三千七百七十三名小醫師蒐集整理，為了蒐集藥物，小醫師們足跡遍布大荒，三十八人墜下懸崖身亡，五十二人在山洪和暴風雪中失蹤，六十一人死於怪獸毒物瘴氣，還有七位大醫師病歿於書案前，死時仍握著筆，在記錄藥方。」

幾十年的努力，無數人的心血，甚至是生命，隨著小夭的話，所有醫師都默默地掉下了眼淚，小夭眼中也淚光閃爍，她將手裡的書高高舉起，「醫書共有五十五卷，分為兩大部，三十七卷記錄了大荒內的藥草、藥方和醫術，論述生死之途，十八卷是未有病而防病，論述養陰養陽之道，請陛下賜名！」

創建一國、征戰四方、統一中原、刺殺、禪位……所有大荒內驚心動魄的大事黃帝都經歷過，他從來喜怒不顯，沒有動容，可是這一次，他的手在微微發顫。

黃帝輕輕地撫著書，說道：「這套醫書雖然是我召集所有醫師完成，但沒有黑帝，我不可能做到。因為黑帝，才有可能召集到天下各族醫師，踏遍大荒，一起完成一套醫書。所以，顓頊，你來賜名吧！」

顓頊本來在一旁津津有味地看著，突然聽到黃帝叫他的名字，有些意外，卻沒有推辭。他走到黃帝身旁，拿起侍者準備的筆，微微沉吟了一瞬，在十八卷醫書上揮毫寫下：《黃帝內經》，又在三十七卷醫書上揮毫寫下：《黃帝外經》4。

4十八卷的《黃帝內經》，雖有散佚，仍流傳了下來。可三十七卷的《黃帝外經》，已經失傳。

八個蒼勁有力的大字宣告著曠古醫書《黃帝內經》和《黃帝外經》的誕生，眾人齊聲歡呼。

黃帝愣了一下，歡暢地大笑起來。醫書成，令天下蒼生去病痛，讓萬民得歡樂，是帝王喜！有孫如顓頊，是他的喜！

編纂醫書的心願完成，持續了幾十年忙忙碌碌的生活突然結束，小夭十分興奮，覺得終於可以什麼事都不做地休息了，她和璟去了一趟軒轅山，看望白帝。

大概因為不再有案牘勞神、政事操心，白帝的傷恢復得很好，只是耽擱的時間有些長了，所以走路時略有些不便，小夭很遺憾。

白帝瞅了璟一眼，笑道：「我已是糟老頭子，又沒有姑娘看我，走得難看一些有什麼關係？倒是璟的腿，如果能治還是治了。」

璟淡淡一笑，什麼都沒說，白帝也就沒再提起。

黃帝住在神農山時，連小月頂都不下，除了組織醫師編纂醫書，就是研究稼穡。曾經行兵打仗的陣法被黃帝用來變幻出大荒內各地的氣候，種植各種各樣的作物，有的是藥草，有的是糧食，有的是瓜果，還有的連小夭都不知道是什麼。反正黃帝待在小月頂上天天種地，只關心他田地裡的作物，對外面的事情全不在意。

白帝卻是相反的，他在軒轅山上根本待不住，總是在山外面，連帶著小夭和璟也住在了山下。

白帝在軒轅城的一個偏僻巷子裡開了個打鐵鋪子，從農具到廚具什麼都打，就是不打兵器。鋪子很偏僻，但手藝真的沒話說，十幾年下來，已經很有名氣，每日來打東西的人絡繹不絕。白帝迎來送往、親切和藹、耐心周到，各家大嬸大伯都喜歡這個俊俏的老頭。

不打鐵時，白帝會從一個號稱千年老字號的小酒鋪子裡沽一斤劣酒，一邊喝酒，一邊和一個留著山羊鬍的三弦老琴師下一盤圍棋。

白帝總是輸得多，山羊鬍老頭贏得高興了，就會拍著白帝的肩膀說：「不怪你天賦差，而是這玩意兒可不是一般人能玩的，知道是誰發明的嗎？是黃帝！我是因為祖上很有來歷，身世不凡，才學了點。」

白帝笑呵呵地聽著，山羊鬍老頭高傲地翹著他的山羊鬍。

鐵匠鋪子前，有一株大槐樹，槐樹下堆了不少木柴。

璟幫白帝劈柴，小夭坐在一塊略微平整的大木頭上，雙手托著下巴，呆滯地看著完全陌生的白帝。這是那個在五神山上幾乎不笑，一個眼神就能讓臣子心驚膽顫的白帝嗎？

璟劈完了柴，走到小夭身邊坐下。

小夭喃喃說：「怎麼就變成了截然不同的一個人呢？如果讓蓐收和句芒看到，非嚇死不可！」

璟說道：「也許他只是做回了自己，妳大舅青陽認識的白帝大概就是這樣吧！」

「也許吧！明明軒轅山上有的是美酒，他卻偏偏要去打這種劣酒喝，總不可能喝的是酒的味道吧！應該是酒裡有他想留住的記憶，難道那家破酒鋪子真的是千年老字號，他和大舅以前喝過？」

小夭嘆了口氣，「本來擔心他在軒轅山會不適應，顯然，我的擔心多餘了。我們在這裡反倒打擾了他，明日，我們就離開吧！」

回到神農山，小夭突然發現無事可幹，她有些不能適應，和璟商量，「你說我要不要去澤州城開個醫館？」

璟道：「不如去青丘城開醫館。」

「可澤州近，青丘城遠，每日來回不方便啊！」

「如果妳住在青丘，肯定是青丘城更方便。」

「嗯？我住在青丘？」小夭一時還是沒反應過來。

璟含笑道：「青丘的塗山府早已經收拾布置好，隨時可以舉行婚禮。」

小夭的臉上漸漸染了一層霞色。璟握住她的手，低聲道：「小夭，我們成婚吧！從訂婚那日起，我就一直在盼著娶妳。」

小夭心裡溢出甜蜜，輕輕點了下頭。

有了小夭的同意，當天晚上，璟就和黃帝、黑帝商量婚期。

璟說不清原因，可他一直有種直覺，黃帝對小夭嫁給他樂見其成，黑帝卻似乎並不高興小夭嫁給他。

按理說，不應該，因為當年瑲和小夭不方便聯繫時，都是靠著黑帝幫忙，他才能給小夭寫信，到了神農山後，也是靠著黑帝的幫忙，他才能和小夭頻頻在草凹嶺見面，應該說，沒有黑帝的支持，他和小夭根本不可能走到一起。

瑲也曾靜下心分析此事，顓頊態度的變化好像是從那次意映懷孕、小夭傷心重病後，大概因為當年他傷小夭太重，而且在顓頊眼裡，和身家清白、年少有為的豐隆相比，他根本配不上小夭。不過，顓頊依舊答應了他和小夭訂婚，瑲只能寄望於日久見人心，讓顓頊明白他會珍惜小夭，絕不會再犯錯。

果然，當瑲提出他想近期完婚時，黃帝和黑帝都在笑，可瑲就是覺得黑帝並不高興。

黃帝說：「你們訂婚這麼多年，是該成婚了。我這邊嫁妝已經置辦好，只要塗山氏準備妥當，隨時可以舉行婚禮。」

瑲立即說：「全準備好了，就算明日舉行婚禮也絕對可以。」

黃帝和黑帝都笑，小夭也紅著臉笑，瑲忙道：「明日、明日肯定不行，我的意思是……已經全部準備好了。」

黃帝問黑帝：「你的意思呢？」

黑帝微笑著說：「先讓大宗伯把一年內適合婚嫁的吉時報給我們吧！」

瀟瀟領命而去，半個時辰後，瀟瀟就帶著大宗伯寫好的吉時返來。黑帝看了一眼後，拿給黃帝看，黃帝看完又遞給瑲，小夭忍了忍，沒有忍住，湊到瑲身旁，和瑲一起看。

黃帝問璟，「你看哪個日子合適？」

真到做決定時，璟反倒平靜了，想了想道：「一個月後的日子有些趕了，不如選在三個月後的仲夏之月、望日。」

黃帝道：「很好的日子！」

璟和小夭都看向顓頊，等他裁奪。

顓頊的眼神越過璟和小夭，不知落在何處，他微笑著喃喃說了一遍：「仲夏之月、望日？」

璟道：「是。」

顓頊遲遲未語，好像在凝神思索什麼，正當璟的心慢慢提起來時，顓頊的聲音響起，十分清晰有力，「是很好的日子，就這樣定吧！」

璟如釋重負地笑了，朝黃帝和黑帝行禮，「謝二位陛下。」

黃帝看了一眼顓頊，打趣道：「要謝也該謝小夭，我們可捨不得把她嫁給你，只不過小夭眼裡、心裡都是你，我們真心疼她，自然要遂了她的心願，讓她嫁給你。」

璟笑起來，竟然真給小夭行禮，「謝謝小姐肯下嫁於我！」

小夭又羞又惱，「你們怎麼都沒個正經？」匆匆離席，出了屋子。

小夭覺得臉熱心跳，有些躁動，不想回屋，沿著溪水旁的小徑，向著種滿鳳凰樹的山坡走去。走進鳳凰林內，芳草鮮美，落英繽紛，一個大秋千架上滿是落花。小夭用袖子拂去落花，坐在秋千架上，盪了幾下，心漸漸地寧靜了。

顓頊穿過鳳凰林，向她走來，小夭笑問：「璟呢？」

「在和爺爺商量婚禮的細節。」

秋千架很大，足以坐兩個人，小夭拍了拍身旁，讓顓頊坐。

兩人並肩坐在秋千架上，看著漫天亂紅，簌簌而落，隨著風勢，紅雨淅淅瀝瀝，時有時無。

小夭心內有現世安穩的喜悅幸福，還有幾縷難以言說的惆悵悲傷。

從朝雲峰的鳳凰花，到小月頂的鳳凰花，一路行來，她和顓頊一直相依相伴，不管發生什麼，都知道另一人就在身邊。三個月後，她就要出嫁了，雖然青丘距離神農山不遠，可不管再近，她和顓頊只怕也要幾個月才能見一面了。她有璟，可是顓頊呢？到時候，傷心時誰陪著他？喝醉後胡話說給誰聽？

小夭問：「你找到想娶的女子了嗎？」

顓頊伸手接住一朵鳳凰花，凝視著指間的鳳凰花，微微笑著，沉默而憂傷。

小夭安慰道：「遲早會碰到的！」可自己都覺得很無力，顓頊經歷了無數困境磨難、無數陰謀鮮血、各種貪婪欲望、各式各樣的女人，小夭實在想像不出來究竟什麼樣的女子才能讓顓頊那顆冷心動情。

顓頊將鳳凰花插到小夭鬢邊，問道：「如果我找到了她，是不是應該牢牢抓住、再不放開？」

「當然！」小夭肯定地說：「一旦遇見，一定要牢牢抓住。」

顓頊凝視著小夭，笑起來。

小夭和璟的婚期定下，塗山和西陵兩族開始緊鑼密鼓地籌備婚禮。

季春之月、月末，顓頊要去一趟大荒的東南，處理一點公事，自然還會順便去五神山住一小段日子，來回大概一個月。

臨走前，顓頊對小夭說：「我把瀟瀟留給妳。」

「不，你自己帶著。」

「小夭，我身邊有的是侍衛，比她機警厲害的多的是！」

小夭十分固執，「不，你自己帶著，她是女人，有時候方便幫你打個掩護，最最重要的是她對你忠心。」

顓頊只得作罷，「那我另派兩個機靈的暗衛給妳。」

小夭笑道：「別瞎操心了，這都多少年過去了？何況有外公在，沒有人吃了熊心豹子膽敢動我！」小夭不好意思說還有璟，她如今是西陵氏的大小姐，又即將是塗山氏的族長夫人，小夭真不覺得還會有人，像沐斐那樣毫不畏死地來殺她。畢竟爹爹做事狠絕，一旦動手從不手軟，留下的遺孤很少，沒有滅族之恨的人縱然憎惡她，也犯不著得罪兩位陛下和西陵、塗山兩大氏。

小夭說：「倒是你，一路之上小心一點。雖說兩國合併已久，這些年沒有前幾年鬧得厲害，可畢竟還是有危險。」

「危險總是哪裡都會有，就算我待在紫金頂也會有人來刺殺。放心吧，我最精通的就是怎麼應付危險，一定在妳婚禮前平平安安回來。」

「嗯。」小夭輕輕點了下頭。

顓頊走後，小月頂冷清了不少，幸好璟打著商議婚禮的名號，日日都來小月頂。

璟和黃帝坐在廊下，一邊品茶，一邊下棋。

苗莆給小夭算日子，「過了今日，還有四十九日小姐就要出嫁了。趕緊想想還缺什麼，再過幾日，就算想起來，也來不及置辦了。」

小夭捂住苗莆的嘴，做了個噓的手勢，「妳別再鬧騰了，塗山氏負責婚禮的那兩個長老都被妳折騰得去掉半條命了。」

苗莆嗚嗚幾聲，見反抗無用，只能閉嘴。

內侍走來，給黃帝行禮，奏道：「王后神農氏求見，說是特地前來恭賀小姐喜事將近，為小姐添嫁妝。」

黃帝問小夭，「妳想見她嗎？」

小夭想起她和顓頊初到神農山時，馨悅是她的第一個閨中女友，兩人曾同睡一榻、挽臂出遊，可當馨悅真成了她嫂子時，兩人反倒生疏了，她逃婚後，更是徹底反目。這些年，從未相聚過。

小夭說：「她是王后，既然主動示好，我豈能還端著架子？何況畢竟當年是我先對不住豐隆和赤水氏。」

黃帝對內侍吩咐：「讓她進來吧！」

馨悅進來，跪下叩拜黃帝。

黃帝溫和地說：「起來吧，一家人沒必要那麼見外。我正在和璟下棋，妳也不用陪我，讓小夭陪妳去隨便走走，這裡什麼都沒有，就花還開得不錯，值得一看。」

馨悅看到棋盤上的落子，知道自己的確打擾了黃帝的興致，不安地說：「爺爺繼續下棋吧，我和妹妹說會話就走。」

小夭陪著馨悅往外行去，馨悅看璟，人雖坐在黃帝面前，目光卻一直尾隨著小夭，她心中滋味十分複雜，有點羨慕，又有點釋然。

待看不到黃帝和璟時，馨悅說：「恭喜妳。」

小夭笑道：「光口頭說說可沒意思，要有禮物我才接受。」

馨悅笑起來，「禮物有的是！已經派人送到章莪宮，想來這會妳的侍女正清點記帳呢，妳要不要去看一眼？」

「不用了，王后送的東西肯定都是好東西。」

雖然兩人都刻意地表達了善意，可已經破裂的關係，想回到當初不再可能。說了這幾句話後，竟然就無話可說。

小夭搜腸刮肚都想不出來說什麼好，馨悅卻好像神遊天外。兩人順著山徑，沉默地走著，一直到了山頂，馨悅才驚覺她們竟然沉默了小半個時辰。

沉默的時間長了，小夭也無所謂了，大剌剌地坐在石頭上，怡然自得地享受著山風拂面。

馨悅突然說：「我真的非常開心妳能嫁給璟。」

小夭仰著頭，笑得很燦爛，毫不扭捏地說：「我也非常開心。」

馨悅看到她的笑容，不禁笑起來，這一次，小夭真的要嫁給一個男人，真的要徹底離開神農山，離開——顓頊了！

站在山頂，能遠遠地看見隱在雲霄中的紫金頂，馨悅望著紫金宮，大聲說：「我祝福妳和璟恩恩愛愛、美美滿滿。」

小夭抱抱拳，表示謝謝。她歪頭看著馨悅，問道：「做王后快樂嗎？」

馨悅笑著說：「我得到了我想要的一切，快不快樂我說不清楚，但很滿意。」

小夭笑著說：「我也該恭喜妳。」

馨悅盯著小夭，很認真地說：「因為得到了，所以最害怕的就是失去。誰要是和我搶，我一定不會饒了她。」

小夭暗嘆了口氣，幸好父王讓阿念永居五神山，不摻和到紫金頂上的爭鬥中，不過，搶的與被搶的都是顓頊的女人，要嘆氣也該顓頊嘆氣，和她無關。

小夭站起，迎著山風，張開雙臂，忍不住大喊了一聲「喂」！

喂——喂——喂——

在一波波的回音中，璟快步走了過來，先把站在峭壁邊的小夭拉到自己身邊，才向馨悅行禮。

馨悅對小夭說：「看看！這才不過大半個時辰，他就不放心地尋了過來。小夭，妳是個有福的，一定要好好惜福！」

小夭總覺得馨悅話裡有話，可仔細想去，又沒有一點惡意，她微笑著說：「我會的。」

馨悅說：「我先走一步，去和爺爺拜別，你們慢慢下山吧！」說完，不等璟和小夭回答，她就施展靈力，飛掠下山。

第四十二章

月夜話淒涼

如果不痛苦的代價是遺忘你，我寧願一直痛苦，
我會讓你永遠活在我心裡，
直到我生命的盡頭……

孟夏之月，距離璟和小夭成婚只剩一個月，按照習俗，兩人不能再見面。璟不得不回青丘，試穿禮服，檢查婚禮的每個細節，確保一切順利，然後就是——等著迎娶小夭了。

整個塗山氏的宅邸都翻修了一遍，他和小夭日後常住的園子完全按照小夭的心意設計建造：小夭喜歡吃零食，園內有小廚房；小夭喜歡喝青梅酒，山坡上種了兩株青梅；小夭喜水，引溫泉水開了池塘……

雖然鉞長老已經考慮得十分周到細緻，可當璟把園子看成了他和小夭的家時，對一切的要求都不同了，他親自動手，將家俱和器物都重新布置過。鉞長老看璟樂在其中，也就隨璟去。

孟夏之月、二十日，胡聾傳來消息，塗山瑱病危，已經水米不進，清醒時，只知道哭喊著要見爹爹。

胡聾和胡啞是親兄弟，也是璟的心腹，自塗山瑱出生，他就一直負責保護塗山瑱，雖然他深恨意映和篌，卻無法恨怨塗山瑱，對瑱一直很好。

璟不忍意映被識神吸乾靈力精血而亡，巧施計策，讓意映病故，暗中卻安排意映離開了青丘。意映以前很愛熱鬧，各種宴請聚會都會參加，和各個氏族都有交情，整個大荒從西北到東南，很多人都見過她。如今意映卻十分害怕見人，璟想來想去，也只有清水鎮可以讓意映安心住著，所以把意映送到了清水鎮。

雖然意映不必再用靈力精血供奉識神，可畢竟以身祭養過識神，已經元氣大傷。縱然仔細調養，頂多熬到瑱兒長大。璟為了不讓意映消沉求死，也為了讓瑱兒能多和母親聚聚，每年春夏，都會派胡聾送瑱兒去清水鎮住三四個月。今年因為他要成婚，特意囑咐胡聾秋末再回來。可沒想到瑱兒竟突然重病。

胡聾是穩重可靠的人，消息絕不會有假，還有二十多天才是大婚日，來回一趟並不耽擱，可璟心中隱隱不安，似乎不應該去，但瑱兒縱然不是他的兒子，也是他的侄子，何況在瑱兒心中，他就是父親，如果瑱兒真有什麼事情，璟無法原諒自己。

璟思量了一會，決定帶著胡珍趕往清水鎮，同時命令幽帶上所有暗衛。

這是璟第一次要求最嚴密的護衛，幽愣了一愣，說道：「下個月就要大婚，如果族長有什麼預感，最好不要外出。」

璟問道：「如果瑱兒出了什麼事，我和小夭還能如期舉行婚禮嗎？」

幽躬身說道：「明白了！請族長放心，我們一定讓族長順利回來舉行婚禮，這就是我們存在的意義。」

臨行前，璟給小夭寫了一封信，告訴小夭他必須去一趟清水鎮，將事情的前因後果解釋清楚，讓小夭不要擔心，有暗衛跟隨，他會儘快趕回青丘。

璟趕到清水鎮時，已是第二日拂曉時分。

意映坐在榻旁，身穿黑衣，臉上戴著黑紗，整個人遮得嚴嚴實實，只一雙剪秋水為瞳的雙目留在外面。

璟問道：「瑱兒如何了？」

意映神思恍惚，指指榻上沒有說話。胡珍上前診脈，璟俯下身子，柔聲說：「瑱兒，爹爹來了。」

瑱兒迷迷糊糊中看到璟，哇一聲就哭了出來，伸手要璟抱，聲音嘶啞地說：「爹，我好難受，我是不是要死了？」

璟把瑱兒抱在懷裡，「不哭，不哭！你可要堅強，爹帶來了最好的醫師，待你病好了，爹帶你去看大海。」

瑱兒有氣無力地說：「我要看大海。」

璟和瑱兒都期待地看著胡珍，胡珍皺皺眉，放下瑱兒的手腕，查看瑱兒的舌頭和眼睛。璟看胡珍臉色難看，微笑著對瑱兒說：「睡一會，好不好？」

瑱兒本就很疲倦困倦，「嗯，我睡覺，爹爹陪我。」

「好，爹爹陪你。」璟的手貼在他額頭，瑱兒沉睡了過去。

璟這才問胡珍：「是什麼病？」

胡珍說：「不是病，是毒。」

璟顧不上探究原因，急問道：「能解嗎？」

胡珍慚愧地說：「這是狐套毒，下得刁鑽，我解不了，但西陵小姐能解，只是時間有點緊……」

一直沉默的意映突然道：「胡珍，你這些年倒有些長進，居然能辨認出狐套毒。其實，何必往遠處尋什麼西陵東陵，直接找下毒的人要解藥不就行了！」

璟說：「這倒也是個辦法，可下毒的人是誰？妳有線索嗎？」

意映指著自己，「近在你眼前。」

胡珍失聲驚呼，下意識地擋在了璟面前，怒問道：「虎毒不食子，妳竟然給自己的兒子下毒？」

璟驚訝地盯著意映，眼中也全是難以置信。

意映笑道：「你安排的這些人一個比一個像狐狸，如果不是用這刁鑽的毒，讓他們相信瑱兒快死了，如何能把你請來？」

璟冷冷說：「我現在來了，妳可以給瑱兒解毒了。」

意映愣了一下，笑問：「你就不問問為什麼要把你誘騙來？」

璟猛地抓住意映的胳膊，把她拖到榻前，「解毒！」因為憤怒，他的聲音變得十分陰沉，清俊的五官也有些猙獰。

意映無力地趴在榻上，仰頭看著他，眼內忽然有了一層淚光，「你是真的很在意瑱兒。」

璟冷冷地說：「解毒！」他掌下用力，意映痛得身子發顫。

意映掙扎著說：「解藥在讓我下毒的人手裡。」

璟把意映甩到地上，大叫道：「塗山篌！」

篌走進屋內，笑睨著璟，輕佻地說：「中毒的是我兒子，我還沒著急，我的好弟弟，你倒是著的什麼急？」

璟問道：「你究竟想要什麼？」

「你留在清水鎮的人已經全部被……」篌做了個割喉的動作，「你的暗衛也被拖住了，現在這個屋子外都是我的人，只要我一聲令下，你會立即被萬箭攢心。」

胡珍不相信，立即大聲叫：「胡聾，聾子，聾子！胡靈、小冬瓜……幽！幽……」竟然真的沒有人回應他，胡珍氣怒交加地說：「篌，你不要忘記在列祖列宗面前發的血誓！如果你敢傷害族長，你也會不得好死！」

篌好似聽到了最好笑的笑話，哈哈大笑起來，「我不得好死？你以為我會怕死嗎？」

璟問篌：「既然想殺我，為什麼還不下令？」

篌瞇著眼笑起來，「從小到大，所有人都說你比我強，不管我做什麼，你都比我強。這一次，我要求一次公平的決鬥，用生死決定究竟誰比誰強。」
璟說：「我有個條件，放過胡珍。」
篌笑道：「他是你那個侍女的情郎吧？好，為了不讓她掉眼淚，我放過胡珍。」
胡珍叫道：「不行，不行！族長，你不能答應……」
篌一掌揮過，胡珍立刻昏倒在地。篌攤攤手掌，笑咪咪地說：「終於可以和我的好弟弟安靜地說話了。」
璟問：「公平的決鬥？」
篌說：「對，直到其中一個死去，活下的那個自然是更好的，誰都不能再質疑最後的結果！即使母親看到，也必須承認，對嗎？」
璟盯著篌，黑色的眼眸裡透出濃重的哀傷。
篌笑嘻嘻地說：「從小到大，母親一直在幫你作弊，不管我幹什麼，總是不如你。塗山璟，你欠我一次公平的比試。」
璟眼眸裡的哀傷如濃墨一般，他說：「既然這是一次公平決鬥，你已選擇了決鬥的方式，我來選擇決鬥的地點。」
篌不屑地笑笑，「可以！」
「好！我答應你！」
「這是解藥！」篌把一顆丸藥扔給意映，轉身向外行去。
璟默默跟在篌身後。從小到大，他曾無數次跟在篌的身後，跟著哥哥溜出去玩、跟著哥哥去學堂、跟著哥哥去打獵、跟著哥哥去給奶奶請安……當年的他們，無論如何都不會想到，有一日，他們會生死決鬥。

兩人乘坐騎飛出清水鎮，璟選了一塊清水岸邊的荒地，「就在這裡吧！」

篌說：「有山有水，做你的長眠地不錯！」

璟看著篌，篌做了個請的姿勢。

霧氣從璟身邊騰起，漸漸地瀰漫了整個荒野，篌不屑地冷哼，「狐就是狐，永遠都不敢正面對敵，連子子孫孫都改不了這臭毛病！」

篌手結法印，水靈匯聚，凝成一頭藍色的猛虎，在白霧裡奔走咆哮。老虎猛然跳起撲食，一隻隱藏在白霧裡的白色九尾狐打了個滾躲開。

篌大笑起來，「璟，我知道你答應決鬥是想拖延時間，希望幽他們能趕來，下個月可是你的大日子，你很想活著回去做新郎，可我告訴你，絕不可能！」

篌驅策猛虎去撲殺九尾狐，因為篌自小就更擅長殺戮，猛虎明顯比九尾狐厲害，好幾次都差點咬上九尾狐的脖子，九尾狐藉助瀰漫的霧氣才堪堪閃避開。

篌笑了笑，「不止你是狐的子孫。」靈力湧動，藍色的猛虎變作了白色，白虎的身影也隱入霧氣中。

白霧裡，忽然出現了很多隻九尾狐，一隻又一隻從白虎身旁縱躍過，白虎急得左撲一下、右撲一下，卻始終一隻都沒撲到，累得氣喘吁吁，老虎的身形在縮小。

篌知道這是璟的迷術，那些九尾狐應該全是假的，如果再這樣下去，他的靈力會被耗費到枯竭。篌猛然閉上眼睛，白色的老虎也閉上眼睛。

看不見，一切迷惑皆成空。雖然九尾狐就在老虎身邊跑過，老虎卻不為所動，藏身於迷霧中，只是警惕地豎著耳朵。

篌暗自慶幸，幸虧璟的喉嚨和手都被他毀了，再唱不出、也奏不出迷之音。世人只道青丘公子琴技歌聲絕世，成風流雅事，卻不知道那是璟自小修煉的迷術。如果璟現在能用迷之音，他得連耳朵都塞上，一隻又瞎又聾的老虎還真不知道該如何殺九尾狐了。

老虎的耳朵動了動，猛地和身向上一躍，從半空撲下，看似是攻擊左邊的九尾狐，鐵鍊般的尾巴卻狠狠地剪向了右邊的九尾狐，九尾狐向外躍去，身子躲開了，毛茸茸的大尾巴卻沒躲開，被老虎尾剪了個結結實實，一下子就斷了兩條。

璟喉頭一陣腥甜，嘴角沁出血來，白色的霧氣淡了許多，老虎長大了一圈。

九尾狐失去了兩條尾巴，再不像之前那麼靈活，因為白霧淡了，牠也不容易躲藏，老虎開始凶猛地撲殺牠。不一會，九尾狐又被老虎咬斷了兩條尾巴。

篌說：「璟，你如果認輸，承認你就是不如我，我讓你死個痛快。」

璟面色煞白，緊抿著唇，一言不發，篌說：「那我只能一條條撕斷你的尾巴，讓你以最痛苦的方式死去！」

瞬間，老虎又咬斷了九尾狐的一條尾巴，璟一面對抗著體內好似被撕裂開的痛苦，一面還要繼續和篌鬥。

老虎一爪拍下，九尾狐又斷了一條尾巴，篌怒吼著問：「璟，你寧願五臟俱碎，都不願意說一句你不如我嗎？」

璟的身體簌簌輕顫，聲音卻清冷平靜，「如果是以前的大哥問我這個問題，我會立即承認，我的確很多地方不如他。可現在你問我，我可以清楚地告訴你，我瞧不起你！你不過是一個被仇恨掌控了心靈的弱者！」

篌氣得面容扭曲，怒吼一聲。

一聲虎嘯，好像半天裡起了個霹靂，震得整個山林都在顫抖。老虎幾躥幾躍，把九尾狐壓在了爪下。

璟跌倒在地，滿身血跡。

篌咆哮著說：「現在誰是弱者？你還敢瞧不起我？說！誰是弱者？」

璟一言不發，看都不看篌。

猛虎一爪用力一撕，九尾狐的一隻尾巴被扯下，璟的身子痛得痙攣。篌怒吼著問：「究竟誰比誰強？你回答啊！究竟誰不如誰？你回答我……」

白虎的後爪按著九尾狐，前軀高高抬起，兩隻前爪就要重重撲到九尾狐的身體上，將九尾狐撕成粉碎。

突然，篌的身體僵住，怒吼聲消失，白虎的身體在慢慢地虛化。

篌不敢置信地低頭，看到心口有一支刻著交頸鴛鴦的箭，他摸著箭簇上的鴛鴦，喃喃低語：「意映！」

篌抬眼看向天空。

一匹白色的天馬降落，一身黑裙的意映趴在天馬上，手中握著一把鑄造精美的弓。

因為身體虛弱，大概怕自己射箭時隨時會掉下，意映用繩子把自己捆縛在了天馬上。現在，意映解開了繩子，身子立即從天馬上滑落，她好似站都再站不穩，卻用弓做杖，一步步，蹒跚地走了過來。

篌盯著意映，心口的鮮血一滴滴滑落，唇畔是嘲諷地笑，「這是我為妳設計鑄造的弓箭。」

「這也是你給我的！」意映一把扯落了面紗。

她的臉猶如乾屍，幾乎沒有血肉，一層乾枯的皮皺巴巴地黏在骨頭上，偏偏一雙眼睛依舊如二八少女，顧盼間，令人毛骨悚然。

篌喉嚨裡發出咕隆咕隆的聲音，不知道他究竟是想笑還是想哭，「妳救他？妳竟然來救他？如果沒有他，妳、我何至於此？」

「也許你該說，如果沒有你，一切會截然不同！」意映看向地上的璟，眼中有極其複雜的情感，她曾一再傷害他，可他卻寬恕了她。她曾經鄙夷地把那種善良看成軟弱，可直到自己也經歷了傷心徹骨的痛苦，她才明白，仇恨很簡單，寬恕才需要一顆堅強寬廣的心。

意映朝著篌搖搖晃晃地走去，「可是偏偏我先遇見的是你！那年的五月節，我和女伴在高辛遊玩，看高辛百姓放燈。沒想到出了意外，不小心掉進了水裡，我不會游水，偏偏又被水草妖纏住，是你救了我。你撐著一葉扁舟，一邊帶著我觀賞花燈，一邊幫我尋找同伴，我看你不是第一次來看高辛，問你來高辛做什麼，你說『特意來看一個女子，聽說她來看花燈了』，我明知道自己已經訂婚，心裡竟然微微有些失落。後來，尋到了我的同伴，你聽到她們叫我『意映』，突然問道『妳是防風小姐』？我說『是』，你盯著我看了一瞬，笑著說『原來是妳』！說完，你就撐著扁舟，滑向了燈海。我聽到遠處有人叫『塗山公子』，你應了一聲，女伴們都看著我哄笑起來，我們都以為你就是和我訂親的塗山公子，特意來看我。我眺望著你離去的方向，又驚又喜，心裡居然也迴蕩著一句話『原來是你』！

我準備好嫁衣，歡喜地等著出嫁，卻傳來你病重的消息，婚禮被取消。父親打聽出你不是生病而是失蹤，捨不得把我這枚精心培育的棋子浪費在個死人身上，想要退婚，我卻眼前總是你的身影，花燈如海，你撐著小舟，笑吟吟地說『原來是妳』！我不顧父親的反對，穿上嫁衣，千里迢迢趕到青丘，唯一的念頭就是，我一定要找出害你的兇手，誰殺了你，我就為你殺了他！雖然你沒有娶我，可我以你的妻子自居，盡心盡力地侍奉奶奶。當我確信是塗山篌害了你時，我決心要為你復仇。等篌回來後，就設法殺了他。那日是上元燈節，你剛做完一筆大生意，從軒轅城歸來，我攙扶著奶奶去迎接你，滿府都是花燈，你提著一盞水晶燈，徐徐行來，我呆呆地看著你，耳畔轟鳴的是『原來是你』！」

意映竭盡全力才射出了那一箭，此時，顧著說話，再走不穩，被荒草一絆，跌倒在地上。她顧不上擦拭臉上的泥汙，仰頭看著篌，「那一刻，我的恨化作了滿腔歡喜，我不管你究竟是誰，你又做過什麼，只要你還活著，我就很開心。」

意映柔聲問：「篌，我只想知道你可對我有一分真心？」

篌冷笑，譏諷地說：「人都要死了，有真心如何，沒真心又如何？」

意映往前爬了幾步，顫顫巍巍地站起，她回頭對璟說：「我答應篌設置這個陷阱，不是為了誘殺你，而是為了誘殺篌。我以前就和你說過，我和你不一樣，辜負了我的人，我必要他償還！瑱兒的毒已經解了，我留了一封信給他，讓他知道他的父母做錯了事，希望他長大後，能幫我償還欠你的。璟，對不起！不是你不好，而是你太好！老天知道我配不上你，所以，讓我先遇見了他！」

意映走到篌身前，抱住了篌，在篌耳畔說：「不管你是真心、還是假意，反正你答應過我做交頸鴛鴦、同生共死。」她一手緊抱著篌的腰，一手握住篌背上的箭，用盡全部力量往前一送，箭穿過篌的心臟，插入了她的心臟。

篌雖然受了致命的一箭，可體內的靈氣還未盡散，完全可以推開意映，可不知道篌是沒反應過來，還是對意映有一分真心，竟然任由意映緊緊地抱住了他。篌好像一清二楚意映想做什麼，在意映剛握住箭時，他竟然伸出雙手，緊緊摟住了意映，一邊把意映用力地按向懷裡，一邊對璟笑說：「這一次，依舊不公平，又有人幫你作弊！還是我的妻子！」

當箭刺入意映的心口時，篌用盡所有殘餘力量，向前衝去，狠狠一腳踹在了璟的心口，「一起死吧！」

璟的身子飛起，落入了清水。

那一腳大概用盡了篌的全部靈力，他怒睜著雙目，氣息已斷，身子卻去勢未絕，像一頭山野猛虎般向前撲去，帶著意映落入了清水。

意映緊緊地抱著他，倚靠在他懷裡，眼角的淚珠簌簌而落。

被一隻交頸鴛鴦箭連在一起的兩人，一起消失在滾滾波濤中。

當小夭趕到清水鎮，正是夕陽西下時。

一片血跡斑斑的荒地；一隻未繫的天馬，悠閒地啃吃著草葉；一把染血的鴛鴦弓，靜靜躺在草叢裡，弓身上反射著點點金色的夕陽。

人，卻一個都不見。

小夭很清楚璟根本不擅長與人打鬥，他和篌之間的差距就如山林中狐和虎的差距，山林裡老虎不見得能捉住狐，可狐如果和老虎正面決鬥，肯定是死路一條。篌口口聲聲地說著公平決鬥，實際卻是用己之長去和璟之短比試，讓璟不管答應不答應都是死。

可是小夭不相信，她一遍遍告訴自己，璟一定活著！一定活著！因為再過二十四天他就要迎娶她，他怎麼可能不活著呢？

小夭沿著河岸，不停地叫著：「璟、璟……」沒有人回應她。

小夭不肯罷休，嗓子已經嘶啞，依舊不停地叫，靜夜跪在她面前，哭著說：「我們都搜尋過了，沒有族長。」

胡啞和幽在荒草地裡走來走去，幽停留在岸邊一堆被壓倒的草上，胡啞對小夭說：「這是族長的血，應該是因為靈力凝聚的九尾狐被一條條砍去了尾巴，族長的五臟受到重創，再難支撐，倒在了這裡。」

胡啞在四周走了一圈，抬頭看幽，幽搖搖頭，胡啞說：「這是族長最後一處停留的地方，他受了重傷，動作會很遲緩，不管朝哪裡移動都會留下蹤跡，除非……」幽點點頭，胡啞指著清水說：「除非族長從這裡躍入了河中。」

靜夜欣喜地說：「那就是說族長逃掉了，他一定還活著。」

胡啞看了一眼幽，陰沉著臉說：「幽說不一定。如果族長是逃掉的，那麼篌應該還活著，可是她聞到了篌的死氣。」胡啞指著地上一長串的血，從遠處一直蔓延到岸邊，「這些血全是從篌的心口流出，到岸邊時，血裡已經沒有一絲生氣，說明他生機已斷。」

小夭急切又害怕地問幽，「妳能聞到篌的死氣，那……那別人的呢？」

胡啞說：「族長是狐族的王，幽沒有能力判斷他的生死。」胡啞看小夭面色煞白，目中都是焦灼，好似隨時會大哭出來，不忍心地補充道：「目前，只有篌，聞不到防風意映的死氣。」

小夭說：「反正你們肯定璟掉進了河裡。」

胡啞說：「族長總不可能憑空消失，這是唯一的可能。」

「我去找他！」小夭撲通一聲跳進了河裡，身影瞬間就被浪花捲走。

胡啞叫：「已經派了船隻在順河尋找。」

靜夜流著淚說：「讓她去吧，如果什麼都不讓她做，她只怕會崩潰。」

這一夜，清水河上燈火通明，有的船順流而下，有的船逆流而上，來來回回地在河裡搜尋，還有幾十個精通水性的水妖在河底尋找。

到後半夜，更多的船、更多精通水性的水妖陸續趕到了清水鎮，加入搜尋的隊伍，清水河上熱鬧得就像過節。

天色將明，一天中最黑暗的時刻，也是一天中最冷的時刻，顓頊趕到。

他一身戎裝，風塵僕僕，顯然是在軍中聽聞消息後，連衣服都來不及換，就驅策最快的坐騎飛奔而來。

小夭仍在河裡尋找璟，從昨天傍晚到現在，她就沒有出過水。她在水下，一寸寸地尋找，竟然從清水鎮一直搜到了入海口。

船把小夭帶回清水鎮，小夭不肯甘休，竟然想從清水鎮逆流而上，所有人都看出小夭已經精疲力竭，可沒有人能阻止她。小夭跳進河裡時，雙腿抽搐，根本無法游動，她卻緊緊地抓著船舷，就是不肯上來，好似只要她待在水裡，就能靠近璟一點，就能讓璟多一分生機。

直到顓頊趕到，他強行把小夭從水裡拎了出來。

小夭面色青白，嘴唇紫黑，目光呆滯，頭髮濕淋淋地貼在臉頰上，整個人冷如冰塊，顓頊叫她，讓她喝點酒，她沒有任何反應。顓頊掐著她的臉頰，強迫她張開嘴，將一小壺烈酒硬給她灌進去，小夭俯下身子劇烈地咳嗽，整個人才像是活了過來。

瀟瀟用帕子把小夭的頭髮擦乾，又用靈力把她的衣衫弄乾。顓頊用毯子裹住小夭，想抱她離開，小夭的眼睛驚恐地瞪著，一邊往後縮，一邊用力地搖頭，顓頊無奈，只能由著小夭坐在岸邊。

小夭呆呆地看著河上的船隻來來往往，不管顓頊說什麼，她都好像聽不到，只是過一會，就問一句：「找到了嗎？」

一直到正午，清水被翻了個底朝天，不但沒有找到璟，也沒有找到篌和意映，唯一的收穫就是一只玉鐲。青碧的軟玉，不見任何雕飾，只是玉本身好，色澤晶瑩、質地細膩，因為還未做好，形狀還沒全出來。

靜夜看到，哭著說：「族長說小姐不喜歡戴首飾，鐲子戴著倒不累贅，所以自己動手做了這鐲子。」

小夭猛地站起，顓頊拉住她，問道：「在哪裡發現的？」

一個人分開眾人，上前奏道：「在河下游，已經靠近入海處。」

小夭急切地說：「璟、璟在那裡！」

「因為發現了這個玉鐲，所以小人們把上上下下又搜尋了一遍，連大點的石頭底下都沒放過，可一無所獲。想來是順著水流，飄入大海了。」

「那去大海裡找。」小夭的聲音好似繃緊的琴弦，尖銳得刺耳。

眾人不敢多言，低聲道：「入海口附近已經都找過了。」

不管塗山氏的人，還是顓頊派來的人都盡了全力，把附近的海域都找了，可那是無邊無際的茫茫大海，別說一個人，就是把一座山沉進去，也不容易找到。何況海裡有各種各樣凶猛的魚怪，神族的身體含著靈氣，是牠們的最愛。

顓頊下令：「繼續去找！」

「是！」眾人上船的上船、下水的下水，不過一會，全部走空了。

明亮的陽光下，河水泛著一朵朵浪花，迅疾地往前奔湧，沒有遲滯，更沒有一絲悲傷，絲毫沒有意識到它吞噬的是兩個人的幸福。

小夭搖搖晃晃地說：「我要去找他！」

顓頊說：「就算去找璟也要吃點東西，妳沒有力氣怎麼去找他？乖，我們先吃點東西。」

小夭想掙脫顓頊的手，固執地說：「我要去找他！」

顓頊看了瀟瀟一眼，瀟瀟立即快跑著離開，不一會，她搖著一艘小船過來，顓頊攬著小夭飛躍到船上。

船向著下游行去，小夭手裡握著那只沒有做完的鐲子，呆呆地盯著水面，像是要看清楚，無情帶走了璟的河究竟長什麼模樣。

瀟瀟靈力高強，船行得飛快，太陽西斜時，船接近了入海口，從河上到海上有不少船隻，依舊在四處搜索。

瀟瀟撤去了靈力，讓船慢慢地順著水流往前飄。

小夭摸著鐲子喃喃說：「就在這裡找到鐲子的嗎？」她掙扎著站起，想要往水裡跳。

顓頊拉住她，「妳連站都站不穩，下去能幹什麼？」

船晃了一下，小夭軟倒在顓頊懷裡，卻仍堅持要下水，眼睛直勾勾地盯著水面，「我、我……去找他！」

顓頊掐住她的下巴，用力抬起她的頭，強迫她看四周，幾乎怒吼著說：「妳看看，有多少人在找他？他們比妳身強體壯，比妳熟悉這裡的水域，比妳懂得如何在水下尋人，妳下去，我還要讓他們緊跟著妳、保護妳，妳是在找人，還是在給他們添麻煩？」

小夭的嘴唇顫抖著，身體也在顫。

顓頊擁住她，放柔了聲音，「小夭，如果璟還在，他們肯定能找到。」

小夭緊緊地盯著在水下搜尋的人，他們兩人一組，互相配合，真的是連一寸地方都不放過。

瀟瀟掌著船，慢慢地跟在搜尋璟的人身後。

從太陽西斜一直搜尋到半夜，小船已經進入深海。

這是一個沒有星星、也沒有風的夜晚，天上的月兒分外明亮，月光下的大海分外靜謐。上千人依舊在搜尋璟，因為每個人都戴著塗山氏緊急調來的夜明珠，上千顆明珠散落在大海裡，就好像上千顆星辰，在海水裡搖曳閃爍。

從落水到現在，已經兩日兩夜，所有搜救的人都知道已經沒有任何希望，可沒有顓頊的命令，沒有人敢放棄，甚至不敢有一絲懈怠。

小夭盯著黑色的大海，喃喃說：「我不明白。以前每一次出錯，我都知道哪裡錯了，有的是因為他仁而不決，有的是因為我不相信他，沒有抓緊他，可這一次我們究竟哪裡錯了？他趕去看一個病危的孩子沒有錯，他小心地帶了所有暗衛沒有錯，他在出發前給我寫了信沒有錯，他在立即被亂箭射死和能拖延時間的決鬥中，選擇了決鬥沒有錯，我一接到他的信就立即趕來，我也沒有錯，那究竟是哪裡錯了？」

顓頊說：「你們誰都沒有錯。」

「如果我們誰都沒有錯，那為什麼會出錯？」

顓頊回答不出來。

「以前出錯了，我們改了，一切就會好，可這一次怎麼辦？哥哥，你告訴我，我們究竟哪裡做錯了？我改，我一定改，不管我做錯了什麼，我都改……」小夭的身子痛苦地向前傾，喉嚨裡發出乾嘔聲，兩日兩夜沒有進食，根本吐不出東西，她卻一直在痛苦地乾嘔，就好似要把五臟六腑都吐出來。

「小夭、小夭……」顓頊輕撫著小夭的背，靈力能減輕身體的痛苦，卻無法減輕小夭的痛苦，她的痛苦是因心而生。

月兒靜靜地從西邊落下，太陽悄悄地從東方探出，半天火紅的朝霞將天與海都染得泛著紅光。

一個統領模樣的軍士來奏報，「已經接連搜尋了兩夜一天，不少士兵靈力枯竭暈厥了。陛下看是稍作休息後繼續尋找，還是再調集人來？」

顓頊說：「稍作休息後繼續尋找。再傳旨，調一千水族士兵過來。」

軍士欲言又止，一瞬後，彎身應諾：「是！」

精疲力竭的士兵爬上船休息，連水都沒力氣喝，橫七豎八地躺在甲板上。

不少人陸續暈厥，時不時聽到大叫聲：「醫師、醫師！」

還有人連爬上船的力氣都沒有，爬到一半，噗通又掉進海裡，連帶著後面的士兵全摔了下去。

也許因為顓頊在，沒有人敢發出一點聲音，縱然摔了下去，他們不過蒼白著臉、緊咬著牙，再次往上爬。

小夭呆呆地看了他們一會，目光投向了無邊無際的大海。

大海是如此廣袤無垠，就算傾大荒舉國之兵，也不過滄海一粟。

她找不到璟了！

小夭低聲說：「讓他們別找了。」

顓頊說：「也許，璟會被哪條漁船救了；也許，他會碰到鮫人，被鮫人送回陸地。」

小夭的淚如斷了線的珍珠簌簌而落，「還有二十二天，才是我們的大婚日，他抓緊點時間，依舊趕得回來。」

話剛說完，小夭突然直直地向前倒去，顓頊趕緊伸手抓住她。兩日兩夜沒有進食休息，又悲痛攻心，小夭終於再撐不住，昏死過去。

顓頊小心地用毯子裹住小夭，把她攬在懷裡，細細看著。

小夭面色發青，嘴唇泛白，兩夜間就好似整個人脫了形，顓頊覺得胸口發悶，脹得疼痛，他望向天際絢爛的朝霞，深吸了一口氣，又緩緩吐出，「小夭，一切都會過去，遲早妳會忘記他！」

小夭昏迷了四日，鄞說她身體一切正常，可卻好像得了重病，昏迷不醒。即使在昏迷中，她都會痛苦地顫抖，卻就是醒不來。

顓頊急得不行，卻一點辦法都沒有，只能守在小夭身邊。

四日四夜後，小夭終於醒來，整個人乾瘦，猶如大病初癒。

顓頊也累得瘦了一大圈。他想帶小夭回去，小夭堅持不肯，顓頊只得又陪著小夭在東海邊待了十幾日。

夜夜小夭都在等候，日日她都會下海，顓頊拿她一點辦法都沒有，只能派瀟瀟日日跟隨著她。

直到十一日，還有四天，就是望日——璟和小夭的婚期，小夭對顓頊說：「我要回神農山。」

顓頊帶著小夭回到神農山，小夭看到黃帝時，問道：「外公，我的嫁衣修改好了嗎？」

黃帝說：「好了。」

「嫁妝都裝好了？」

「裝好了。」

小夭好像放下心來，回了自己的屋子。

黃帝面色陰沉，望著不遠處的青山。早上剛下過一場雷雨，青山蒼翠，山下的田裡積了不少水，一群白鷺一低頭、一抬頭地在覓食。

黃帝沉默地佇立了很久，才開口問道：「瑲死了？」

顓頊說：「死了。」

黃帝閉目靜站了一瞬，好似突然之間很疲憊，蒼老盡顯，他彎著腰，向屋內走去，「這段日子，你荒於政事了。」

顓頊說：「我並未荒於政事，即使在東海邊，依舊每日不敢懈怠，白日都是讓瀟瀟看著小夭，我只能晚上陪她。」

黃帝疲憊地說：「你知道自己在幹什麼就最好。塗山氏的生意遍布大荒，族長突然出事，不僅僅會影響到大荒的各大氏族，你若處理不好，甚至會影響整個大荒，危及現在的安寧。」

顓頊在庭院內站了一會，躍上坐騎，趕回紫金頂，不能休息，而是立即傳召幾個重臣和心腹。

十四日夜，天上的月兒看上去已經圓了，依舊沒有瑲的消息。

章莪殿冷冷清清，沒有絲毫送親的樣子，可那些早早就布置好的喜慶裝飾卻依舊在，沒有人敢用，也沒有人敢取下。人人都在努力地裝作明日沒有什麼特別，普通得不能再普通。

半夜裡，小夭從夢裡驚醒，好似聽到有人叩窗，她光著腳就跳到了地上，幾步躍到窗旁，打開窗戶，「瑲、瑲，是你回來了嗎？」

苗莆一手拿著明珠燈，一手拿著衣服，「小姐，只是風吹樹枝的聲音。」

小夭覺得頭有些暈，站不穩，她倚在窗上，喃喃說：「真的不是他嗎？」

明亮的月光下，窗外一覽無餘，只有花木，不見人影。小夭失望傷心，幽幽問：「苗莆，妳說為什麼我一次都沒有夢見璟呢？」

苗莆把衣服披到小夭身上，又拿了繡鞋給小夭，不知道該如何回答小夭的問題，只能含糊地說：「奴婢不知道。」

小夭仰頭看著月亮，說道：「我很想他。就算真的見不到了，夢裡見見也是好的。」

苗莆鼻子發酸，她跟在小夭身邊，看著小夭和璟一路走來的不容易，本以為一切要圓滿了，卻變故突生。

小夭說：「大概因為我沒有親眼看見，一切都不像真的，總覺得他隨時會出現。為什麼一個人可以說消失就消失？為什麼他都沒有和我道別？我寧可他死在我懷裡，好歹兩人能把最後想說的話都說了，可這樣算什麼呢？頭一日我還收到他親手寫的信，叮囑我要好好睡覺，別總夜裡看書，可隔一日，所有人就都說他沒了。怎麼可能，我不相信！他為什麼不告訴我一聲？我恨他！」小夭對著月亮大叫：「塗山璟，我恨你！」

野風徐徐，銀盤無聲。

小夭無力地垂下了頭，淚如雨一般墜落，「可是，我捨不得恨你，我知道，你不能守約，你肯定也很痛苦。」

苗莆用衣袖悄悄擦去臉上的淚，「別想了，睡吧！」

小夭對苗莆說：「去拿截湯谷扶桑枝來。」

苗莆猜不到小夭想幹什麼，也沒問，立即跑去拿。

她回來時，小夭站在廊下，居然搬著個梯子。苗莆把用玉石包著的扶桑枝拿給小夭，「小姐，拿來了。小心點，這東西看似無火，實際全是火，手要握在外面的玉石上。」

小夭放好梯子，接過扶桑枝，爬到了梯子頂，用扶桑枝把廊下的大紅燈籠點燃。

小夭跳下梯子，想要搬梯子。

苗莆已經明白小夭想幹什麼，立即說：「我來！」她是顓頊訓練的暗衛，靈力高強，輕輕鬆鬆地把梯子移到了另一盞燈籠下。

小夭爬上去，點燃了燈籠。

安靜黑沉的夜裡，苗莆陪著小夭，一個搬梯子，一個點燈籠，將章莪殿內每個角落的紅燈籠一盞盞點亮。

廊下、門前、亭中、橋頭……花燈掛在不同的地方，樣子各式各樣，圓的、八角的、四方的……材質也各種各樣，羊皮做的、鮫綃做的、琉璃做的、芙蓉玉做的……可不管什麼樣的花燈，都是同一種顏色——吉祥喜慶的紅色。

隨著一盞盞紅色的花燈亮起，整個章莪殿都籠罩在朦朧的紅光中，平添了幾分熱鬧和歡喜。

點亮殿門前最後的兩盞紅燈籠，小夭跳下梯子，望著滿殿的喜慶，對苗莆說：「好了！」

回到屋內，苗莆看小夭眼眶下有青影，勸道：「天就要亮了，小姐趕緊歇息吧！」

小夭坐到鏡前，對苗莆說：「幫我梳妝。」

這段日子，小夭連飯都懶得吃，幾曾梳妝打扮過？苗莆愣了一下，明白了小夭的心意，她忍著心酸說：「是！」

苗莆並不會梳理嫁婦的髮髻，那要專門訓練過的老嫗才會梳，可因為璟出事了，本來應該來的老嫗都沒來。苗莆梳了小夭最喜歡的垂雲髻，把以前璟送給小夭的步搖為小夭插好。

小夭對著鏡子照了照，和苗莆一起動手，為自己上了一個淡妝。

小夭問：「我的嫁衣呢？」

苗莆打開箱籠，拿出了紅底金繡的嫁衣，有些遲疑地叫：「小姐？」

小夭展開雙手，肯定地說：「我要穿！」

苗莆咬了咬牙，展開嫁衣，服侍小夭穿衣。

自顓頊遷都軹邑後，西邊和中原的衣飾漸有融合，小夭的嫁衣就兼具二者之長，有神農的精緻繁麗，也有軒轅的簡潔流暢，穿上後，莊重美麗，卻不影響行動。

待收拾停當後，小夭就好似等待出嫁的新娘一般，安靜地坐在了榻上。

小夭問：「苗莆，妳知道定的吉辰是什麼時候嗎？」

「不知道。」

「妳說璟知道嗎？」

「肯定知道。」

「那就好。」

小夭從榻頭拿了一冊帛書，竟然翻閱起醫書來。苗莆呆呆站了一會，出去端了些湯水糕點，擺在小夭身側的小几上。

正午時分，黃帝來章莪殿，看到小夭穿著嫁衣端坐在榻上，嫁衣的明媚飛揚和翻看醫書的沉靜寂寞形成了詭異的對比。

仲夏日，燦爛的陽光從窗戶活潑地灑入，照在小夭身上，卻沒有照出吉祥如意、一世好合，而是生離死別、一生情殤。

低垂著眼眸的小夭是多麼像她啊！黃帝好似看到眼前的小夭守著一個寂寞的屋子迅速老去，青絲染上了飛霜，花般的容顏枯槁，朝雲殿內蒼老寂寥的身影和眼前的小夭重合，黃帝竟不忍再看，猛然閉上了眼睛。

小夭聽到聲音，抬頭看去，見是黃帝，她探頭去看窗外的日晷。

黃帝走進屋子，看小几上的糕點和湯水一點沒動，他說：「小夭，陪我吃點東西。」

小夭收回目光，拿起一塊糕點，一點點吃著。

黃帝陪著小夭，從正午一直等到天色黑透，苗莆把明珠燈一一打開。

因為璟的突然身亡，顓頊這段日子忙得焦頭爛額。

等忙完手頭的事，天色已黑，他顧不上吃飯，就趕來小月頂。

小夭這段日子都在章莪殿，他也徑直去往章莪殿。坐騎還在半空，就看到章莪殿籠罩在一片喜慶的紅色中。

待飛近了，他看到從門前、廊下到橋頭、亭角的花燈都點亮了，各式各樣的花燈，照出了各種各樣的喜慶。

坐騎落在正殿前，顓頊躍下坐騎，陰沉著臉問：「怎麼回事？」

瀟瀟彎身奏道：「是小姐昨夜點燃的。」當日布置時，所用器物都是最好的，這些燈籠裡的燈油可長燃九日。

顓頊靜靜地凝視著廊下的一排紅色花燈，瀟瀟屏息靜氣、紋絲不動。

半晌後，顓頊的神情漸漸緩和，提步要去小夭的寢殿。

瀟瀟立即跪下，小心地奏道：「小姐換上了嫁衣、上了妝。」

顓頊猛地停住了步子，面色鐵青，一字一頓地問：「她穿上了嫁衣？」

「是！」

顓頊沒有往前走，卻也沒有回身。瀟瀟彎身跪著，額頭緊貼著地，看不到顓頊，卻能聽到顓頊沉重的呼吸，一呼一吸間，瀟瀟的身子在輕顫。

一會後，顓頊轉身，一言不發地躍上坐騎，離開了章莪殿。

瀟瀟癱軟在地，這才敢吐出一口一直憋著的氣，背上已經冒了密密麻麻一層的冷汗。

瀟瀟走進寢殿，向黃帝和小夭奏道：「黑帝陛下有要事處理，今晚就不來了，明日再來看陛下和小姐。」

小夭心神根本不在，壓根沒有反應。黃帝卻深深盯了瀟瀟一眼，什麼都沒說，揮了下手，示意她出去。

小夭低聲問：「是不是吉辰已經過了？」

黃帝說：「小夭，璟不會回來了，妳的一生還很長，妳忘記他吧！」

小夭說：「外公，我想休息了，你回去休息吧！」

黃帝擔心地看著小夭，小夭說：「我沒事，我只是……需要時間。」

黃帝默默看了一會小夭，站起身，腳步蹣跚地走出了屋子。

小夭走到窗前，看著天上的圓月。

望日是月滿之日，璟選定這個日子成婚，應該想要他們的婚姻圓圓滿滿吧？可竟然是團圓月不照團圓人。

小夭告訴黃帝她只是需要時間，可是，這個時間究竟是多久呢？究竟要有多久才能不心痛？

小夭問：「苗莆，妳說究竟要有多久我才能不心痛？」

苗莆訥訥地說：「大概就像受了重傷一樣，剛開始總會很痛，慢慢地，傷口結疤，痛得輕一點，再後來，傷疤慢慢脫落，就不怎麼疼了。」

小夭頷首，她不是沒受過傷，她很清楚如何才能不痛苦。

想要不痛苦，就要遺忘！時間就像黃沙，總能將人心上的一切都掩埋。可是——

璟，我不願意！

如果不痛苦的代價是遺忘你，我寧願一直痛苦，我會讓你永遠活在我心裡，直到我生命的盡頭。

我已經穿起嫁衣，對月行禮，從今夜起，我就是你的妻！

長相思（卷五）完

長相思 卷五 生相依，死相隨

茶蘼坊32

作　　者　桐　華

野人文化股份有限公司

社　　長　張瑩瑩
總 編 輯　蔡麗真
責任編輯　楊玲宜、蔡麗真
校　　對　仙境工作室
美術設計　洪素貞
封面設計　周家瑤
行銷經理　林麗紅
行銷企畫　李映柔、蔡逸萱

出　　版　野人文化股份有限公司
發　　行　遠足文化事業股份有限公司（讀書共和國出版集團）
　　　　　地址：231新北市新店區民權路108-2號9樓
　　　　　電話：（02）2218-1417　傳真：（02）8667-1065
　　　　　電子信箱：service@bookrep.com.tw
　　　　　網址：www.bookrep.com.tw
　　　　　郵撥帳號：19504465遠足文化事業股份有限公司
　　　　　客服專線：0800-221-029
法律顧問　華洋法律事務所 蘇文生律師
印　　製　成陽印刷股份有限公司
初　　版　2013年6月
二版1刷　2023年8月

歡迎團體訂購，另有優惠，請洽業務部（02）22181417分機1124

國家圖書館出版品預行編目資料

長相思. 卷五, 生相依,死相隨/桐華著. -- 二版. --
新北市 : 野人文化股份有限公司出版 : 遠足文
化事業股份有限公司發行, 2023.08
　面；　公分. -- (茶蘼坊 ; 32)

ISBN 978-986-384-927-8(平裝)

857.7　　　　112013714

ISBN 978-986-384-927-8 (平裝)
ISBN 978-986-384-914-8 (EPUB)
ISBN 978-986-384-915-5 (PDF)

野人文化
讀者回函卡

感謝您購買《長相思》

姓　名　　　　　　　　　　□女 □男　年齡

地　址

電　話　　　　　　　　　　手機

Email

□同意 □不同意　收到野人文化新書電子報

學　歷　□國中(含以下) □高中職　□大專　□研究所以上

職　業　□生產/製造　□金融/商業　□傳播/廣告　□軍警/公務員
□教育/文化　□旅遊/運輸　□醫療/保健　□仲介/服務
□學生　□退休　□自由/家管　□其他

◆你從何處知道此書？
□書店　□書訊　□書評　□報紙　□廣播　□電視　□網路
□廣告 DM　□親友介紹　□其他 ____________

◆你以何種方式購買本書？
□書店：名稱 ____________　□網路：名稱 ____________
□量販店：名稱 ____________　□其他 ____________

◆你的閱讀習慣：
□親子教養　□文學　□翻譯小說　□日文小說　□華文小說
□藝術設計　□人文社科　□自然科學　□商業理財　□宗教哲學
□心理勵志　□休閒生活（旅遊、瘦身、美容、園藝等）
□手工藝／DIY　□飲食／食譜　□健康養生　□兩性
□文書／漫畫　□其他 ______

◆你對本書的評價：（請填代號，1. 非常滿意　2. 滿意　3. 尚可　4. 待改進）
書名 ____ 封面設計 ____ 版面編排 ____ 印刷 ____ 內容 ____
整體評價 ____

◆你對本書的建議：

野人文化部落格　http://yeren.pixnet.net/blog
野人文化粉絲專頁　http://www.facebook.com/yerenpublish

廣　告　回　函
板橋郵政管理局登記證
板橋廣字第143號

郵資已付　免貼郵票

23141
新北市新店區民權路108-2號9樓
野人文化股份有限公司 收

野人

請沿線撕下對折寄回

野人

書號：0NRR4032